俺娘

My Mother

张林 著

湖南文艺出版社

博集天卷
CS-BOOKY

嵩山 王洪涛摄

目　录

Contents

代 序

娘给了我两次生命

母亲节那天，天底下有妈的孩子似乎都成了大孝子，忙着发微信、打电话或是回家送温暖，亲口说上一句"妈，我爱你"。

每到这一天，我心里就有一种隐痛。

我没有娘了。

没有娘了，儿子就当到头了。想说一句想念的话，怕她也听不到。

娘病重那天，我赶回家，她眼睁着，却已不能说话。她看见我，嘴唇翕动，努力地想说什么。我拉着她的手，把耳朵贴在她的嘴边，想听清她的声音，可是她终于什么也没说。

娘离开我已经 31 年了。我时常会梦到她，看到她一袭白衣，无声地走过来，在我身边坐下，如同一位欲言又止的菩萨。我惊醒，却什么也没有。

这样的梦，没有对别人说过，只在心里问："娘，你要对我说些什么呢？"

虽然我相信，肉体不是生命存在的唯一方式，死亡不是生命的结束，而是另一次开始，但是，再也见不到娘这件事，永远是我不能解开的心结。

娘活着的时候，为了教我学好，说过很多话，可是我嫌她啰唆，嫌烦，有时候听她说半天，却一句也没往心里去。可是现在，你日想夜盼，想听见娘的声音，却什么也听不见，万籁俱寂，只剩下你的心跳和眼前被泪水模糊的一切。

娘从小在诗书之家长大，在全国四大书院之一的嵩阳书院上学，熟读四书五经，对《周易》《黄帝内经》多有涉猎。在与她同时代的女子之中，她无疑是佼佼者。只可惜心比天高，命比纸薄，造化弄人，徒呼奈何。她后来在无奈之中嫁给了自己并不喜欢的人——俺爹，一位大字不识几个的善良农民。

因为得不到希冀的爱情，俺娘便把她的理想与愿望寄托在我身上。

我是她唯一的儿子。

而我因为从小家贫被人看不起，产生了强烈的叛逆心理，喜欢打抱不平，讲究哥们儿义气。曾因为饥饿，偷吃生产队的玉米棒子，还因为打群架弄伤了别人的眼睛，惹下许多是非，让娘大伤脑筋。

按现在的说法，俺娘是个"虎妈"，在我面前，她不苟言笑，十分严厉。不夸张地说，我这个从小出名的捣蛋鬼，是在俺娘的笤帚疙瘩底下长大的。

娘爱面子，再穷再苦，平生不曾拿过生产队一粒粮，不曾欠过别人一分钱。那时候，生产队为了防止社员放工时把队里的粮食带回家，经常会排队检查每个人的衣服，但是俺娘是唯一的"免检"人员，因为她的人品太好了。但是，我却让她接二连三地在众人面前丢脸，让她不停地去向人家赔着笑脸道歉。

道歉之后，一定是我罚跪挨打的时候。

俺娘打我下手很重，只要逃不脱，我的屁股一定会肿得老高，睡觉都得趴着。

那时我对俺娘一是怕二是恨，甚至还怀疑过我不是她亲生的。

在我30岁之前，我对俺娘的态度是敬而远之。

如果我没有受伤，可能我永远都不会知道母子之间血脉的连接有多么紧密、多么厚重。

那一年，我从高压电线杆上跌落的瞬间，我的日子坍塌了：我变成了一个洪水没顶的人、一个跌下悬崖的人，每次挣扎都有窒息的感觉。

当我的肉体在生死之间挣扎的时候，我的精神也在沉沦和毁灭之间徘徊。

家庭一蹶不振，重回赤贫，更可怕的是这里的冷漠如冰窖一般。至爱亲朋一个嫌弃的眼神、一次有意的疏远，都会像庖丁解牛的钢刀，把我肢解得体无完肤。

不是他们太无情，而是我太脆弱。

特别是那个你寄予了最大希望、曾经生死相许的人，却挥手斩断了你所有的念想。

当我坠向深渊的时候，娘伸出了手臂。

有人说，娘手上的劲跟着孩子长，孩子长多大，娘的手劲就有多大。

娘死死地拉住了我。

只有我知道，我的身体有多么沉重；只有我知道，俺娘拉住我需要使出多大的气力。

俺娘说："我什么都不要，只要我的儿子。"她带着我来到嵩山深处的山洞和废弃的寺庙中度日。

这看似为了生存的出走，实际是因为尊严的需要。

7年时间，2500多个日夜，我与娘住在大山深处。缺吃少穿，被人驱赶，甚至猪都跟我抢食，狗也与我争饭，那滋味真是求生不能，求死不得。娘有过绝望，经常背着我痛哭，但是擦干了眼泪，她转身就又是"虎妈"了。俺娘知道，如果她垮了，我这个儿子是活不下去的。

娘用并不坚强的肩膀扛起所有的苦难，用"孙子膑脚，兵法修列""朱熹日盲腿瘸，终成大师"的故事激励我刻苦自学，与我一起默默行医行善，用祖传秘方免费给人治病，吸引了方圆几十里的农民前来求医。

最难忘的是，在严寒的冬夜，俺娘用自己的体温温暖我冰凉的双腿。娘还自己制药，治好了我严重的褥疮。

在俺娘看来，我这个垂死之人能活着就是她生命的意义。娘的梦想是让我这个不会走路的儿子攀上高山。娘不仅仅想要我活着，还想要我活得有尊严。

娘的信心和努力如同一根不言不语的纤绳，只是使劲拉着我，一步一步朝前走。娘清楚地知道，在这条路上，她终会因衰老和用力过度而死去，但她不会停脚。

娘历尽苦痛把我带到了这个世界上，又含辛茹苦把我养育成人，而当命运把我推入绝望的深渊，使我生无可恋之时，娘又一次为我开启了生命之门，使我对生命有了更深的领悟。

娘分明是给了我两次生命。

后来的岁月里，我将废弃多年的登封大法王寺建成了大殿七进、房屋数百间、占地 2000 余亩的宏大寺院，寺院被列为全国重点文物保护单位。

然而，娘却没能活着看到这一切，她于 1986 年因病去世。

俺娘走了，我永远不会再有娘了。

小的时候，娘曾对我说，等你将来出息了，把娘带到一个不挨饿、不受累的地方去，可我没能实现娘的愿望。受伤后，看见娘跟我一起在山洞里挨饿受冻，我羞愧地对娘说，我这辈子也不能孝敬你了。娘却笑着对我说，娘那是说着玩哪，不吃苦受累，还要娘做啥。

现在，我在高山之上，娘在九泉之下，阴阳两隔，我就算想给娘倒口水，娘也喝不到了。每想到此，我就感觉锥心的痛。

唉，娘这辈子真没享过一天福啊！为了我，她生生把自己最后一滴血也耗尽了。娘的恩情比天高，比地宽。这世上，没有谁敢说报得了娘的大恩。

娘生前曾经交代后事说，把我埋在你经常能去看望的地方，省得娘想你了找不着你。我照娘说的做了。我在娘的坟前守了整整 100 天，这也是我唯一能为娘做的了。

一晃 30 多年过去，我还会时常梦到娘。我知道，娘是记挂着我的，舍不得走远。停笔那一刻，我的眼前突然出现了幻觉，仿佛娘就站在我面前，笑着说，连福，娘来了……

2017 年 6 月于河南嵩山

你的伤口在哪里，
你的生命之花就绽放在哪里。

雨纷纷，旧故里草木深。

那是与嵩阳书院一墙之隔的一面山坡，荒草没腰，一扇柴门。

荒草之中，盘踞着古窑倾塌时遗下的石头，深一脚浅一脚地走过去，三孔窑洞立在那儿。

四周空寂无人。只有一只鸟在细雨中浅吟低唱，啼声婉转。

这里曾经住过俺娘。

猛然间，窑洞里仿佛有一串笑声传来，又似有轻轻的耳语和窸窸窣窣的脚步声。

那是俺娘。

她豆蔻年华，长发及腰，步态轻盈。

她纯洁善良，血脉里充满了慈爱的力量。

她在这里尽情地演绎了默默无闻又轰轰烈烈、如泣如诉又荡气回肠的人生。

我正想喊她，可她的身影和声音突然消失了。

定睛看去，空旷依然。

生命无声无息地随着岁月飘逝而去，俺娘的声音、俺娘的体温、俺娘的快乐与泪水，都已不复存在，空留几孔残破的旧窑。

一切的一切，转瞬成空。

心很痛，像刀扎一样。

佛说，生命不死，循环往复。就如时钟，转了一圈，总会再回来。

我却再也没见过俺娘。有一次在梦里，她问我说："儿啊，肚子饥不饥？晚上睡觉冷不冷？"

睁开眼，什么也没有，只有眼角留着泪痕。

佛又说，生死一如，何足忧喜？肉眼看假，慧眼观空，法眼见中，有如鹤立雪中，愚者看鹤，聪者观雪，智者见白。

我却忘不了俺娘。我看见她怀里揣着一件东西在红尘中穿行，她小心地呵护着，想让这东西千年不朽，万年不坏。

我问："娘，你怀里揣的是啥？"

俺娘说："儿啊，是慈悲。"

古窑口，一枝山花，挂着雨滴，开得正浓。

第一章

侯家有女

3 月里，登封山野里大片大片的油菜花开了。拥挤细密的花儿们沿着山坡层层叠叠铺排开去，风一吹，满天满地都是炫目的黄和沁人的香。

比油菜花更招摇的是一队正从花田里穿行的迎亲队伍。三乘花轿、一匹老马、一队唢呐，前后两乘小轿里各坐两位男家的"娶女客"，给新媳妇留着的那乘花轿里坐着一个压轿的小男孩。

小轿如同花海里游过的红船，又如同湖面上掠过的一队蜻蜓。

三乘花轿十二个角，每个角上都有一面明晃晃的小镜子和一朵花，新媳那乘轿顶上还用红布系了个绣球样的大花。轿子抬在轿夫肩上，一颠一颠，小镜子把早晨的阳光变成几块欢快的光斑，跳个不停，煞是喜庆。

嘀嘀嗒嗒吹唢呐的是两个小伙，腮帮子鼓得老高，眼珠子瞪得像铜铃铛，看到路过的村子里姑娘媳妇们跑出来看热闹，更是憋足了劲吹个不停。吹笙的是位老者，虽然也很卖力，但这种乐器总会不经意地流露出忧伤。

21 岁的新郎官尚根有左肩右斜披着红花，骑在一匹瘦马上。他双手紧抓着马鞍上的铁环，腿把马肚子夹得很紧，面带慌张之色，一望便知是个从未骑过马的新手。

迎亲队伍从马庄逶迤而出，要去八里外的书院村迎娶新娘侯荣花。

书院村坐落在嵩阳书院的正门附近，因此就有了这么个书生气十足的村名。

书院村的村民多数姓耿，据说有不少是嵩阳书院山长耿介的后人。

这耿介是登封城关人，原在书院村附近办私塾教书为生。他一表人才，学问高深，写一手好文章。大清朝顺治爷当朝的时代，他考中进士，后来当了康熙爷的儿子、皇太子允礽的老师。后因举荐他进京做事的人犯了事，他很明智地以身体不好为由辞职还乡，专心复兴嵩阳书院，在书院讲学带徒，直到去世。

书院村的文脉就是因此而来，到今天还有余香。

书院村只有一户人家姓侯。

这家人是外来户，当家的名叫侯德山，清朝末年他跟着父亲从河北省永年县逃难而来。他家究竟是因为什么逃到了数百里外的山区小村，已经无人知晓，人们只记得他爹是个有学问的人，身上背的褡裢里有一摞古书。

侯德山就是我姥爷。

我姥爷不做农活，以教书为生。

我姥爷敢在嵩阳书院的山门之前开学馆授徒，敢收耿姓人家的孩子当学生，说明他的学问十分了得。

我姥爷心善。有一天，一个生病的逃难者求到了他们上，他二话不说就收留了那位老人家。那时他已经娶妻生子，日子并不宽裕，但他是那种见不得别人受罪的人。他腾出房子让老人住下，细心供养。

老人姓高，是个江湖郎中，他在侯家养好病之后，就开始行医。此人看病不收钱，如果病人的病好了，送点米面或点心来感谢，则会收下。一时间，十里八村的人都往这儿跑，有的来求学，有的来求医，侯家的好名声就这么传开了。

后来，高郎中得了重病，自知不久于人世，叫来我姥爷，拿出三个治病秘方交给他。高郎中说："你收留我，我没啥能报恩的，就把这三个秘方传给你。但我有一个心愿，就是你看病抓药不能收人家的钱，这叫'赊药'。赊药者，就是仁心仁术，不恋财物，以行善救人为主要目的。"

我姥爷自然是含泪一一应承。

高郎中从枕下摸出秘方，给我姥爷逐个讲解：一个是治胃病的，一个是治妇女病的，一个是治外科病的。处方里都是些非常廉价的中药，但配在一起，却有神奇的疗效。

待高郎中过世，侯家将其厚葬，村人也年年过去烧香祭奠，延续了两三代人。

从此之后，我姥爷除了教书，也开始给人看病。

三个秘方，其中犹以治"干血痨"病的"血痨散"使用最多。此药针对的是青年妇女月经不调、量少导致的不孕之症，其毒性甚大，绿豆大的一丸吃下肚，不一会儿工夫，便上吐下泻，拉得人卧床不起，半死不活，此时再以红花、陈皮、甘草煎制，以红糖冲水服下，病立时减轻。这种以毒攻毒之法颇为有效，有的人多年不孕，来年就生了孩子；有的人改变了枯槁的容颜；有些精神方面有问题的人，吃了这种药也能打通气脉，使疾病好转。

我姥爷成了方圆十里德望很高的人。除了读书、看病、写对联，村里人有红白喜事、邻里纠纷，也会求他到场主持，帮忙调解，事后少不了掂着礼品来感谢。

侯家因此渐渐富裕起来。我姥爷在村子的最东头打了三孔大窑，盖了四间瓦房，成为村里的大户人家。

1916 年，我姥爷最小的闺女出生。那时正是草木枯了又荣之际，屋檐下有新来的小燕在衔泥垒窝，窑顶满坡的山花开得正欢。文化人侯德山因此给小女取名侯荣花。

侯荣花就是俺娘。

老来得子，我姥爷对他这个闺女宠爱有加，破例让她在私塾里读了几年书。闲暇之时，给她讲些岳母刺字、孔融让梨、曹冲称象的故事。俺娘 5 岁会背唐诗，8 岁能读《百家姓》《三字经》，背起书来，小嘴吧嗒吧嗒说个不停。这在当时的书院村成为一道风景，老少爷们儿纷纷称奇。

俺娘年纪渐长，人们发现她出落得十分俊俏，个子高挑，唇红齿白。村里人说她"一双大眼睛会说话，扑闪扑闪不知想说啥"。

1939年3月的那天，是俺娘侯荣花出嫁的大喜日子。俺爹尚根有带着娶亲队伍已经来到了书院村的村口，锣铳鸣放，礼炮三声，唢呐正欢，眼看就要进新娘的家门，可是俺娘脸上不仅没有半点喜庆之色，还多出几道泪痕。

登封这个地方的风俗，新媳妇出嫁只能哭，不能笑。但不管别人是真哭还是假哭，俺娘侯荣花可是哭得实实在在、痛彻心扉。

她是哭爹哭娘还是哭自己？只有天知道。

那一年，俺娘虚岁已经25。在20世纪三四十年代的登封，她绝对属于嫁不出去的老姑娘。那时，农村姑娘一般8岁以前就订婚，十四五岁就结婚，最大的结婚年龄不会超过20岁，俺娘却一直待字闺中，嫁不出去。

照理说，俺娘读书人家出身，家境殷实，长相可人，提亲的人不会少，可她却一年年地拖到了现在。

俺娘守身如玉，是因为她心里早就有一个人了。

多年之后，这段情债似有似无、亦真亦幻，已经无从考证，但它在俺娘心里却是刻骨铭心，终生难忘。

那是位年轻英俊、一身戎装的军人。此人大号樊钟俊，外号樊老五，是民国初期建国豫军总司令樊钟秀的胞弟。

樊钟秀在河南，算是一个奇人。他是河南宝丰县人，少年时曾经在少林寺习武练拳，后因为被土匪勒索，逃到陕西，先是设计杀死了想抢她妹妹去当压寨夫人的土匪头儿，然后当了劫富济贫的刀客①。后来他的队伍不断壮大，并在兵荒马乱的年代成功转型，成了孙中山的红人、

---

① 以刀为武器的江湖中人，其组织为刀客会，是陕西关中一带下层人民中特有的侠义组织。其成员因携带一种临潼关山镇制造的长约3尺、宽不到2寸的"关山刀子"而得名。刀客约产生于清咸丰初年，清政府文书称之为"刀匪"，其成员多为破产农民、失业手工业者和游民，一般有一个类似首领的人物，首领以下的人都是兄弟，围绕首领活动。

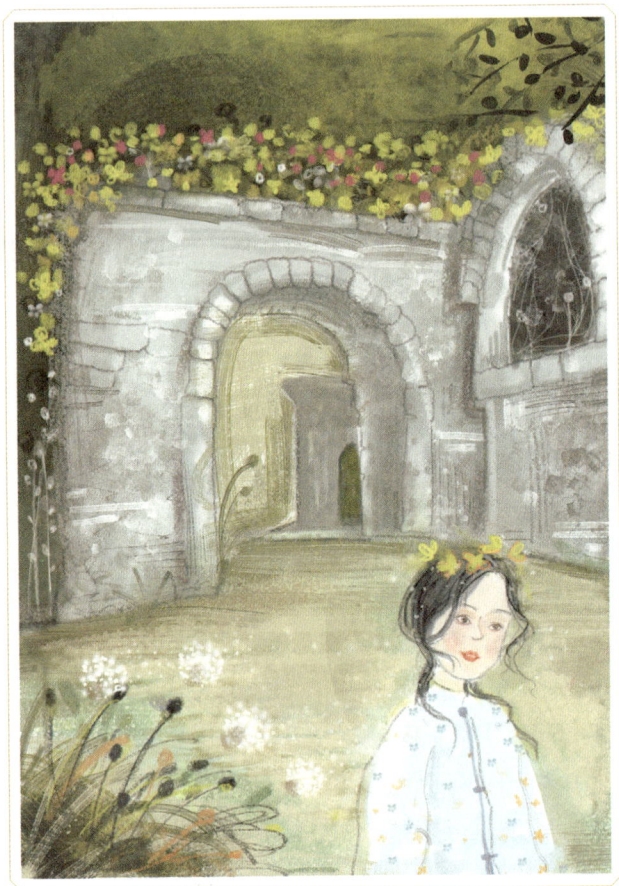

嵩阳书院墙外，遥立三孔寒窑。
侯家有女初长，如今人去窑空。

革命军的首领，人马最多时达八万人之众。他的几个兄弟都在他手下当军官，五弟樊钟俊的官最小，是个团副。

樊钟秀曾经追随孙中山，参加过北伐战争，后被冯玉祥把队伍打哗啦了。孙中山去世后，他又跟蒋介石反目成仇，与冯玉祥、阎锡山的队伍联手，参加了1930年的"中原大战"，与蒋介石的军队杀得昏天黑地。那年6月，樊钟秀被蒋介石的飞机炸成重伤，不治身亡。

樊钟秀人马鼎盛之时，把自己的教导队办在嵩阳书院里，专门培训中下级军官，他的兄弟樊钟俊也在这里接受训练。樊钟俊认识教书先生侯德山的时候，俺娘侯荣花还是个不起眼的小女孩，两人并无什么交往。1930年樊钟秀阵亡，樊军在中原大战中失败，樊钟俊逃到书院村避难，住到了我姥爷侯德山家。此时俺娘已经出落成秀丽丰满的大姑娘了，她看到樊钟俊，不禁羞红了脸，腰一扭，跑开了。

以后的日子里，樊钟俊总是有意无意与少女侯荣花搭话，虽然侯家规矩很严，但并没有人能挡住他们偷偷说话，对彼此吐露心迹，也没有人知道他们是否曾经私订终身。不过我姥爷已经看出了樊钟俊的意思，愿意把闺女许配与他。

很快，樊钟俊重新拉起队伍要去打仗，依依不舍告别了侯家。他走之前是否与侯荣花定亲，究竟与我姥爷商量了什么，人们已经无从知晓。我们只知道，这之后，俺娘侯荣花一直没有嫁人。

然而，樊钟俊一走便再无任何消息，不仅没有片纸只字寄来，连口信都没有一个。

侯家人猜测，樊钟俊已经战死沙场。

时间来到了1939年，侯荣花从黄花大闺女变成了嫁不出去的老姑娘。鸿来雁去，春花依旧，她却陷入了深深的绝望之中。

俺娘没有想到，一句承诺，竟然要用十年来等待。

白娘子千年等一回，因为她是神仙；七仙女与董永鹊桥相会，因为她会天女下凡。而凡尘中的俺娘不过是一个村姑，十年一梦，心已碎成落红片片，散落一地。

村人发现，爱说爱笑的侯荣花不知自何时起，变成了一个冷艳之人，轻易不会再有笑脸。

那时候，女人没有任何资格选择她的婚姻，全靠父母之命、媒妁之言。侯荣花这个有文化、有主见的姑娘想自己寻找她的幸福，简直是大逆不道。有人说，侯家这闺女她老能，跟司令的兄弟挂上钩了，想攀高枝，现在抓瞎了吧。还有人说，侯家的闺女眼老高，心性老高，谁也看不上，跟她一茬的姑娘如今孩子都生一群了，她还傻等哩。

侯家人在村里从没有被人瞧不起过，如今却被这些闲话刺挠得坐卧不安，才知道唾沫星子也能淹死人哩。他们盼着赶紧把侯荣花嫁出去才好。

俺娘看着父亲为了自己的婚事一年一年发愁，眉头越锁越紧，终于明白，如果不想成为全村人的笑柄，只有两个办法：一是赶紧把自己嫁出去，哪怕是瞎子瘸子，也不挑不拣，认命收心；二是削发为尼，遁入山门，落个一世清静。俺娘把出家的意思给爹娘一说，俺姥爷顿时老泪纵横。我姥娘气急了，过来就给了俺娘一个耳刮子："养活你这么大，一点不懂事，你让你爹娘的脸往哪儿搁？你不找婆家，外面天天有人戳我的脊梁骨啊。你说说，你走了，恁爹恁娘咋活？啊！"

那个年代，登封人把出家看成一件丢人的事，他们认为，只有犯了法的、欠了债的、嫁不出去的、穷得没了活路的人才会出家。

俺姥爷那么好面子，哪能丢得起这种人？

俺娘是个孝顺孩子，看到爹娘急成这样，心下不忍。她咬着嘴唇，抿一抿被打乱的头发，帮娘干活去了。

俺娘的五姐嫁到了附近一个叫张店的村庄。有一天，她们家从马庄雇了几个人来干活，她多了个心眼，把来人挨着个儿问了一遍，得知其中一个小伙名叫尚根有，因为是孤儿，所以 21 岁了，还没有娶上媳妇。

五姐像捡了个宝贝似的往娘家赶，报告她的发现。

我姥爷听了，马上让人去马庄打听尚根有的家世，得知尚根有虽然父母双亡，但老辈留给他的还有十几亩地、七八间房，家境不好却也不会吃糠咽菜。

登封乡下婚配，讲究门当户对，"穷对穷，富对富，高门楼不睬种地户"。"黑漆门儿对着红漆门儿，秫秸秆儿对着杆草棍儿，秃子不嫌麻子赖，弯刀对住瓢切菜"。俺爹尚根有虽然与俺娘侯荣花门不当户不对，但他年龄上有着绝对的优势，这也算是一种平衡吧。我姥爷把闺女叫过来，把事情原委这么一说，俺娘的泪就流了下来："爹，你为我受这么大的委屈，眼下就是个火坑，我也得跳呀。一是让我有个归置的地方，二是堵住别人的说闲话的嘴。"

十年春梦，一朝魂断。

枯坐孤窑，谁人知情？

侯荣花的情与梦，在这一刻，哗啦啦地坍塌。

于是，转回身，面对红尘，请来媒婆提亲，其实是娘家催着尚家赶紧选定吉日娶亲。

按照规矩，在结婚这天之前，尚家人与侯家人见三次面。

第一次是选吉日，请风水先生拿着女方的八字来算结婚的日子和时辰，俗称"看好"。

第二次是"送好"，就是尚家告诉侯家，咱准备几月几日办事。尚家用红纸写一个契约，送入侯家。契约上面画着龙和凤，寓意龙凤大吉。

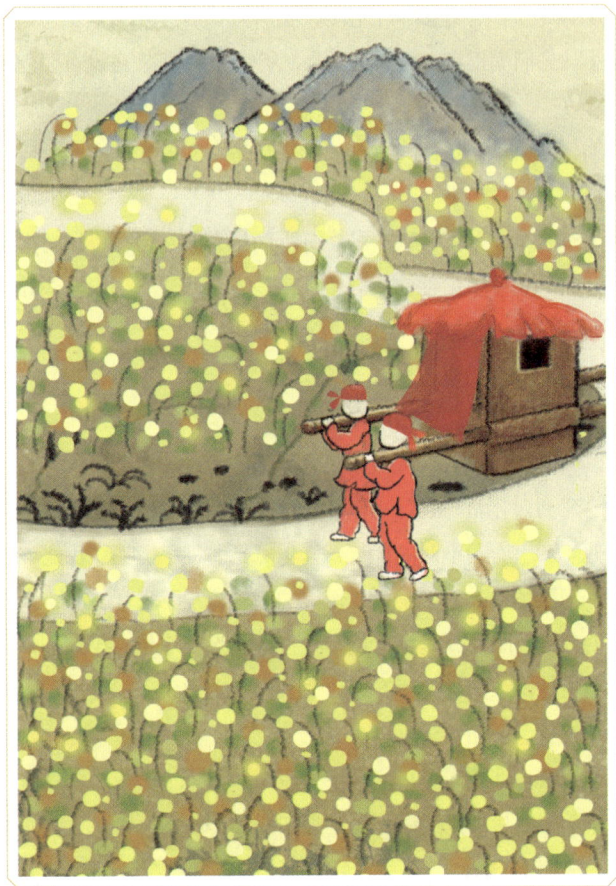

山花烂漫之时，花轿抬走俺娘。
月有阴晴圆缺，人间真爱难寻。

第三次是"送红"。在办喜事的前一天，尚家要把新娘的新衣新裤、凤冠盖头、木梳镜子化妆品还有新被窝送到侯家。侯家则赠予尚家人和前来添箱的亲友乡邻"蜜食"①，寓意不能变心。

这些事情办完，就专等尚家迎亲的队伍出现了。

村口三声炮响，唢呐狂吹，转眼迎亲的队伍已经来到侯家门口。

侯荣花心如古井，波澜不惊。

没有期待，也就不会激动。

迎亲的主持人被当地人称为"引礼"，主持人的助手被称为"驾毡"。新郎要跪拜时，"驾毡"就要把红布铺好，不能让新郎身上沾土。新媳妇出家门时脚也不能挨到土地，要踩着红布上轿。途中如果遇到长相奇怪的树、没了门的土窑或是碾盘，"驾毡"都要过去用红布挡住辟邪，保证迎亲队伍平安无事。

"引礼"冲大家一抱拳，扯直了声喊道："吉时已到，马庄尚家弟子尚根有迎娶书院村侯家新娘侯荣花——"

"驾毡"把胳肢窝里夹着的红布赶紧抻平铺在地上，面前有一个条几，放着五盘贡食，有肉方、糖块、瓜子、核桃，还有蜜食。一张大红纸上写着侯氏历代宗亲之灵位，大红的三炷高香忽明忽暗，香气氤氲。尚根有又被人右肩左斜披一挂红花。两挂红花在胸前交会，让他更加拘谨起来，咬着嘴唇不知所措。"引礼"一把拉过他，按着他和新娘一起并肩站在侯家祖先的牌位前，向侯家列祖列宗行三拜九叩大礼。男方拜祖，意思是告诉侯家祖先，我将你家的女子娶走了，我一定会好好待她。女方拜祖，意思是告诉祖先自己要成了，特来向亲人告别。

三炷高香落下一截又一截的香灰，像灰色的毛毛虫爬进了俺姥爷的心，

---

① 河南登封、许昌一带的传统食品，由香油、面粉、鸡蛋搅拌匀和，用擀杖擀成薄饼状，然后层层相叠，切成块状，放进油锅烹炸，出锅后再敷上一层蜂蜜，撒上白芝麻。其用途是在结婚送红时，女方回赠前来添箱的亲友乡邻。

氤氲的香气刺激着俺姥爷的鼻孔,让他露出了想哭的表情。俺姥娘早已经忍不住纷纷下落的泪水,只好用新浆洗过的蓝布大褂的袖子去遮掩。

俺爹一脸懵懂,还来不及关注岳父岳母的心境,就被"引礼"拉到俺娘跟前,让他用一截红绸牵着蒙着盖头、从未谋面的俺娘,走向院子。这时,侯家的亲戚纷纷前去佯装堵路,不许新郎走过。这寓意着出嫁的侯家闺女高贵,不能轻而易举地让人领走,要请三请,留下三个红包,才能领走新娘。

到第三请的时候,俺爹尚根有扯着红绸把俺娘从家里拉了出来。他们来到喜轿跟前时,"引礼"示意俺娘不能马上上轿,还得站在红布上,将脚上侯家的鞋换成尚家带来的新鞋,意思是娘亲家的灰土不往公婆家里带。

准备登轿的时候,俺娘已经哭成了泪人。

她用泪水埋葬了那个恋着意中人的侯荣花,回复到一个村姑的本来面目。

姥爷姥娘站在轿前,言不由衷地叮嘱几句,掩面而回。

新娘上轿,三声炮响,唢呐开吹,轿夫起轿,队伍离开侯家往马庄而去。

轿子里,尚家压轿的男孩振振有词:"婶子婶子你别哭,回家让你吃白馍。"

八里路,迎亲的队伍紧赶慢赶往回走,一定要在正晌午头之前把新媳妇娶进家门。

尚家人早早就在村口候着呢。

侯荣花来到尚家门前,俺爹他姨出门迎接新人。

俺娘陪送的嫁妆不多不少,正好八件,有雕花的半截柜、衣箱、条几、炕桌、脸盆、被窝等物。

马庄的人们已经很久没有见过这么排场的嫁妆了,他们只听老辈人说过,清朝末年,本村首富的儿子结婚,用了花轿九乘,女方送嫁妆的队伍排列一里多地，家具均系佳木油漆，送嫁妆的人扬言："谁能找出缺啥，赏银十两。"偏巧有一讨饭的老婆子曾经当过大户人家的使女，她指着满箱的核桃要砸核桃的锤子，结果得到了赏银。

侯家陪送新娘的那些柜子箱子，钥匙都在女方送客的小男孩手里，俺爹他姨满脸堆笑，拿出早已封好的红包一一分发完毕，算是接收了嫁妆，新娘子才由伴娘搀扶着下得轿来。

尚家的大门前，一个火盆里炭火正旺，一片犁地的犁铧放在里面烧得通红。尚家的"引礼"指挥着新媳妇要从火盆上一步跨过去，在俺娘跨步的瞬间，那个用火钳夹着犁铧的人，往烧红的犁铧上倒了一瓢水，水碰到滚烫的犁铧，"刺啦"一声化为蒸气，笼罩了新人。这叫"燎"，意思是把可能附在新娘身上的妖魔鬼怪都"燎"跑，让她干干净净、安安全全地进尚家的门。

一跨进尚家的门槛，尚家的婶子嫂子们就把些花生、红枣、核桃类的东西撒在俺娘头上，祝福她早生贵子。

三拜九叩跪拜父母之后，娶女客开始给俺娘象征性地梳头，她边梳边唱：
一梳金，二梳银，
三梳梳个聚宝盆。
梳梳头发梢，
引（生）个小鳌羔；
梳梳头发根儿，
引个小鳌孙儿。
梳梳头发辫儿，
引个孩子带着把儿（男孩）。

"小鳖孙儿"本是骂人的话，是"乌龟王八蛋"的意思，但是用在婚礼的唱词里，就是一种诙谐和传宗接代的祝福了。因为在民间，老鳖是长寿的象征，老鳖的孙子估计寿命也短不了。办喜事，讲究搞笑和热闹，这种坏坏的幽默是众人所期待的。

等到所有的仪式闹腾完了，俺爹牵引着那截不知多少人拉过的脏兮兮的红绸，拉着俺娘入了洞房。

做这一切的时候，俺娘木然地跟随着，既然已经听天由命，那就一切随缘吧。

直到吃晚饭的时候，新娘子的盖头才揭开。

侯荣花面前的尚根有，不瞎不瘸不傻，还有几分清秀。俺娘第一眼看见他，有了些许的好感。

而俺爹的表现就有些窝囊，他啥话也不会说，哼哧了半天才挤出一句话："饿不饿？"等他看见俺娘的眼睛都哭肿了，有点惊慌失色，很长时间低着头不再吭声，好像自己做了什么错事。

俺爹做新郎官的时候才21岁。这一天，他很早就起床去娶亲，跑了一天路，见人就作揖，进了侯家又是磕头又是鞠躬，累得够呛。这会儿往炕上一坐，上下眼皮直打架，不一会儿就和衣睡着了。

俺娘见他这样，叹了一口气，给他盖上被窝，自己也和衣躺下了。看着陌生的屋顶，听着陌生的呼吸，她已经开始想今后的日子了。

在中国，从古至今，女人的婚姻都像一场赌博，前程难测，需要搭进自己一生的岁月。

第二章

尚氏孤儿

俺娘的夫家马庄村在登封城西，北依嵩山，南望东河，山水之间，铺排开一片片院落。与书院村的浓郁文气相比，这里多了许多江湖豪侠之气，村风剽悍，多有奇人。

这个村庄，是 14 世纪明朝初年由马姓人家创立的。当时，由于连年战乱和灾荒，河南一带"东西六七百里，南北近千里，几为丘墟焉"。马庄的马姓人家在几十年后不知去向，而由山西大槐树下迁来的移民尚木一家却扎下根来，繁衍至俺爹尚根有这一辈，已经过去了十二代。

尚家经历了清王朝的"康乾盛世"之后，到了 19 世纪的道光年间，已经人丁兴旺。村中拥有土地 2000 余亩，北到少林寺，南到大金店，均有马庄良田，人称"十七顷皇粮"。村中骡马成群，富贵人家众多，最富者有三进四合院三座，各家考中秀才数人，在登封城传为佳话。

但是，迁徙的族群总是缺乏安全感。

1851 年，广西农民洪秀全、杨秀清等人组成反政府的武装集团，号称"太平天国"，把朝廷军队杀得人仰马翻。洪秀全没有想到的是，他的起义行动，让一个遥远的河南小村受到了惊吓。

1862 年，太平天国在邻近的省份湖北、安徽杀人如麻的消息让马庄的人十分紧张。村中长老商量数次，决定筑村寨御匪。事实上，太平天国在那一年已成秋后的蚂蚱，蹦跶不出什么事了，但消息闭塞的马庄人还是行动了起来。

尚根有爷爷的爷爷尚文灿是本村响当当的人物，是修建村寨的发起人之一。他在登封城开有钱庄，修建村寨占的也多是他的土地，所以他理所当然地成为领导者。全村人集资出力，开始建设这个浩大工程。

对一个远距离迁徙而来的山边小村来说，再没有什么比墙更能让他们产生安全感的了。

但没过多久，他们发现，事情远不像他们想象的那么简单。工程的耗费大大超出了这个村庄的承受能力，钱像流水一样花出去，寨墙却总是立不起来，人们开始说起了孟姜女哭长城的故事。关键时刻，尚文灿大公无私，卖良田百亩，筹集银两，同族亲人也有许多人卖地借债，又经历了三年磨难，村寨终于矗立起来了。

远处看，这寨墙十分高大，取三六九之吉数，墙高三丈六尺九，墙宽一丈六尺九，东西长九十余丈，南北宽六十余丈，东西有寨门，四角有炮楼，配有铁炮12座，抬枪数十杆，还有弓箭、长矛、大刀等冷兵器不计其数。

然而，村寨修成之时，城头大王旗已经变幻，太平天国灰飞烟灭，收租收税的还是大清王朝。

尚根有爷爷的爷爷尚文灿赢得了马庄的荣耀，却输掉了自己的人生。

村寨没有派上用场，他却从乡绅变成了穷光蛋。

原来，因无暇顾及自己在登封城里的钱庄，待他脱得身来回去一看，发现钱财已被大管家（尚家人称其为"相公"）开的空头支票倒腾一空，还落下巨额债务。

尚文灿回到村中，面对高大的村寨痛哭失声。他对自家的几个兄弟说，咱们得赶紧分家，要不然债主追上门，咱哥们儿弟兄的房和地都得赔光。

文灿义气重于山，他与兄弟分了家，自己一人担债，让弟兄们没有同自家一样一贫如洗。

马庄同门族亲里负债累累的人亦不在少数，好多年没有缓过劲。几

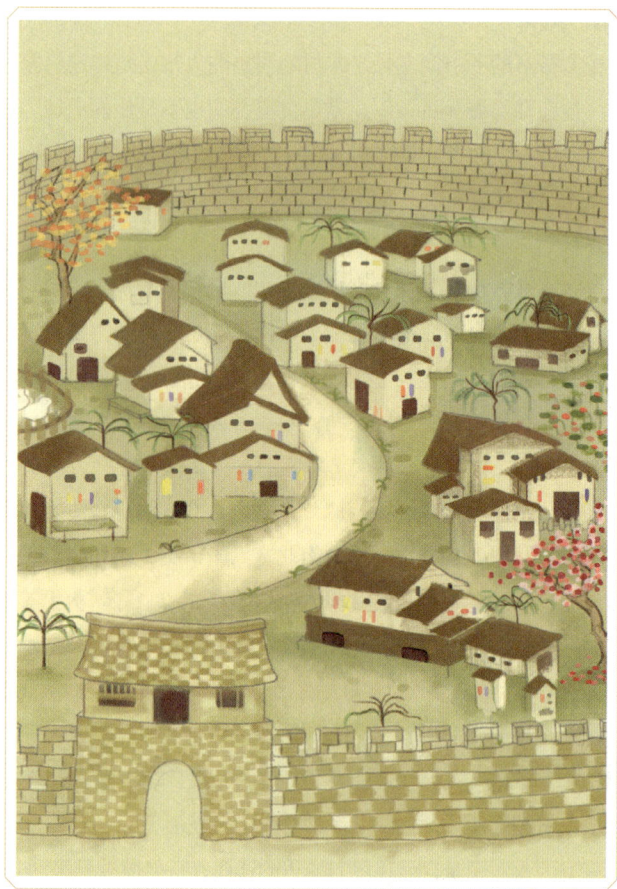

马庄人，生得怪，四十八家打个寨。
马庄没有姓马的，尚氏族群山西来。

代人辛苦操劳积累的财富就这样付之东流。

马庄的村寨成为一种忧伤的记忆，一种尚武的象征。

对于这件事，民谣唱道："马庄人，生得怪，四十八家打个寨。"

然而，善根还在，义胆还在，这是另一种财富。

尚氏宗族真正表现出尚武精神，是在 1925 年。那一年，为对抗官府欺压，马庄人加入了农民自卫组织"红枪会"，结拜、烧香、喝符，认为这样就能刀枪不入。

2 月间，军阀胡景翼与憨玉琨发生战争，憨军战败，沿少室山败退到了大仙沟，抢劫在此避难的村民。红枪会一声令下，马庄百姓擂鼓为号，摇旗呐喊，手持红缨枪、铡刀、镢头包围了败兵。败兵本来已经抢了钱，埋了枪，包了细软，伪装成难民，准备逃之夭夭，没想到平日软弱如蝼蚁的老百姓敢在他们头上动土。等到发现事情不对的时候，他们已经像屠宰厂被圈起来的猪，等着挨刀了。有个抡着大铡刀的农民接连砍死 7 个兵，后边跟来的红枪会会员也杀红了眼，不论死活，见兵就砍。有个败兵头都被砍掉了，他们还拿枪戳呢。

败军丢下大把的银元、烟土，夺路逃走，马庄人追杀之中甚至都来不及去捡。

这一仗，马庄人大胜而归，夺得战马数十匹、枪支弹药一批，自身无人伤亡。

谁也没有想到胜利会来得如此之快，快得马庄人都有点晕了。红枪会刀枪不入的消息像风一样在登封传开：红枪会一念咒，快枪子弹打不透；红枪会总会长刘大麻子挨了三枪，胸脯上就落下三个白点，比他脸上的麻子坑还浅。这些绘声绘色的传说越传越神，马庄人的自信心迅速膨胀，相信子弹看见他们都会吓得躲着走。

这为他们日后的失败埋下了祸根。

到了那年 5 月，红枪会认为自己羽翼丰满，可以与官府比试比试了。

他们扬言要攻下县城，杀死贪官，以平民愤。城内官府闻讯大惊，派了一个与红枪会首领刘大麻子相熟的染布匠去谈判。刘大麻子知道"两国交兵，不斩来使"的规矩，对染布匠说："这事与你有球相干，赶紧回去通报，让县太爷提头来见。"染布匠说："兄弟，县太爷昨天晚上已经把樊老二的大部队请来了，你们打不过。自古以来，你看见谁造反能成事？都不得好死呀。"

染布匠不会说话，刘大麻子大怒，令人把染布匠五花大绑，亲手用长矛把他捅死，然后调集各村青壮年，摇着旗，扛着长矛大刀去攻打县城。

守城的兵是樊老二的部队，这支部队打过中原大战，哪里会把红枪会放在眼里。他们连城门口的吊桥都不升起来，人人手握快枪，耐心地等待着一场好看的屠杀。只见刘大麻子磕头拜神、烧香杀鸡地忙活了一阵后，把鸡血往顶脑（头）上一抹，敲响了红色的大肚子圆鼓。红枪会的会员们前胸挨后腔地挤在一起往前冲——看不见敌人，他们有些心虚。好在马庄、尚庄的尚氏各门族亲表现勇猛，他们跑在最前面。一个叫尚广招的青年提着大刀，怪叫一声"老子刀枪不入"，便冲上了吊桥。那一瞬间，枪响了，尚广招好像愣怔了一下，停住脚，往后看了一眼，然后一头栽到了护城河里，河水咕嘟咕嘟翻滚了几下，泛起一片血红。机关枪响起来了，声音像一挂响鞭在耳边炸开，尚氏家族的青年像被割倒的麦子一样倒下一片。不到一分钟，只会使冷兵器的红枪会会员们四散逃命，刘大麻子屁都不放一个，夹着尾巴窜了。此役，尚氏一门就有十余人死伤，几乎家家戴孝。没有几天，躲进深山的刘大麻子被县官捉拿，拉到东河滩上砍了头。他的血飞溅起尺把高，那头颅落在地上的时候，人们看到，他脸上的麻子在那一刻消失了。

尚家的第十二代孙尚根有似乎没有继承老一辈人的勇武之气。

从尚氏族谱上看，俺爹尚根有这一支人脉不旺。

俺爹3岁上死了娘，7岁上死了爹，孤苦无依，一度靠同亲族人接济为生，最终跟着大伯尚明登长大。

尚氏家族到了尚明登这一辈，有兄弟三人，大哥尚明登，二哥尚登科，三弟尚登魁（俺爷爷）。其中尚明登受苦最多，寿命最长，对家族的贡献也最大。

说尚明登命大，是因为光绪皇帝登基的第三个年头（1877 年），登封遭遇连年的大旱灾，尚氏家族 500 余口人，饿死、病死一半以上。一个本家邻居饿到眼睛发绿，与父亲合谋，将自己 15 岁的弟弟用绳子勒死，悬在村中富人的家门口，索赔粮食 200 斤，以求活命。

饥饿能把人重新变回成野兽，这爷俩的恶行随着马庄的历史流传下来，使他们成为比鬼还可憎的人。那一年，马庄村中 6 岁以下的儿童仅活下来两个，其中一个就是俺的大爷爷尚明登。如果他那时被饿死，或是被饿疯的人们当成充饥的食物，我们尚家这一脉就断了，以后任何故事也都不会再发生。

不幸的历史中也会有某种幸运和偶然。

俺大爷爷尚明登从小丧父，他带着兄弟独立谋生，努力侍奉老娘，成为一个种庄稼的好手。在接下来的十几年里，登封的年景尚好，他带着我二爷爷和我爷爷一起赎回了祖辈典当出去的良田数十亩，给弟弟们一人娶了一个媳妇，兄弟三家一起奔了小康。

我家的大院子是三进的四合院，有房子 37 间。

院中有开小白花的六棵枣树，有开大红花的一棵石榴树，还有几棵不开花的椿树。

俺家的宅基地从村子的东头一直到村中 400 多岁的大槐树底下。

大爷爷尚明登 54 岁那一年，大旱成灾，村中的井水都干了，村中人张罗着打井。风水先生说，尚明登家宅基地下有水。尚明登例来通情达理，他说，人要是渴死了，要地有啥用？他缩小了自家的院子，让出了宅基地让村民打井。开始，井打了很深都不见水，村人以为这里打不出水了。俺大爷爷说，再往下打，不信老天爷要断尚家的香火。

隔了一天，井中突然涌出甜水，而且越涌越多，俺大爷爷激动得跪在地上给土地爷磕了三个响头。他说，这口井以后归村中公用，谁也不能据为私有。他让村人刻了一通石碑立在井边，上书碑文曰："尚明登设地一区，合议掘井一空，全村合用，日后无论本村、外人与临村户无干，与众村无干，持有自作祸耳。功成告竣开于石上，以志不朽云。"

碑上这些半通不通的文字，大意是，这口井是村里的公有财产，专利权属于马庄，任何人不得以任何理由据为私有。

石碑上的文字水平不高，证明了俺大爷爷虽然高风亮节，但识字不多，也可能根本就不识字。大爷爷自己有三个儿子，他的两个兄弟登科与登魁很年轻就过世了，各自留下一个独子——俺伯根治和俺爹根有。大爷爷要把五个男孩拉扯成人，生活的压力可想而知。所以，他虽然知道自己祖上有读书之人，也知道读书的重要，但条件有限，错过了机会，他的儿子和侄子们都没有念过书。

农村人讲究不吃闲饭。俺爹尚根有10岁上就去帮人放羊、打零工，换口粮。

虽然俺爷爷留给俺爹20来亩地，但俺爹年纪尚幼，只能靠大伯耕种。

俺娘嫁到尚家之后，对俺爹不识字这件事嘴上不说，心里却非常失望。她知道，一个穷人，要想改变命运，只有一条路，那就是念书。自己娘家的男人因为都识字，日子就比别人过得好。

不过，接下来发生的一件事，让她对俺爹的印象大为改观。

俺爹上山砍柴时，听到有人呼救，他跑过去伸头一看，只见同村的尚纯俭摔到了深沟里，头上有个窟窿，血流了一大摊，躺在那儿一动不动。跟尚纯俭一路的几个人都吓傻了，谁也不敢下沟去救，就站在那儿大呼小叫地喊救命。俺爹骂他们是王八蛋，自己拽着树枝茅草往下爬。几番努力后，他下到了沟底，身上划了几道血口子，裤腿被剐得稀烂。他把自己的蓝布小褂脱下来，把尚纯俭的头包扎好，然后把他背起来，从沟里爬了出来。

回到村里，两个人都是一身血。

俺爹救了人家一命，自己赔上了一身衣裳，累得大病一场。

大爷爷劝俺娘："你瞅瞅，恁这当家的心多善。人好比啥都好。有的读书人心眼孬，还不胜咱家的人咧。"

俺娘暗暗叹一口气："有啥法儿呢？闺女的命，爹娘定，嫁鸡随鸡，嫁狗随狗。"

俺娘到底是个好女人，既然要活下去，她就得振作起来操持这个家。

她的转变非常自然，就像谷子成熟了会低下头，就像果树挂了果会弯下腰。

她的爱情结束了，她的日子开始了。

正如悟道者所言，婚姻最重要的是稳定而不是幸福。

俺爹是这个家庭里最稳定的因素，一个永远安于现状、永远安分守己的人。

爹娘能自立门户了，大爷爷尚明登尽了兄弟情分，上对得起天，下对得起地。在他的主持下，俺爹他们五个兄弟开始分家。

尚明登早年把家产分成了三份。两个弟弟过世之后，两人的土地一直由他耕种。现在俺伯根治和俺爹根有成家了，家产需要再次分开。由于根治和根有都是大爷爷拉扯成人的，所以在分家时，大爷爷有个想法：把尚家的土地和房屋分成五份，让尚家的五个男孩各得一份。

尚明登接手尚家的财产时，家里的土地已经典当出去，是他靠着自己的血汗辛辛苦苦从别人手里收回来的，所以他的这个想法并不过分，甚至可以说是合情合理。但是，同族的一位长辈提出了不同意见，他认为根治和根有应该继承自己父亲的那份家产，而明登的三个儿子只能将父亲的家产一分为三。我的大爷爷又一次证明了他的德行崇高，他好事

爷爷死得很早，伯父养大俺爹。
祖屋分成三份，住了兄弟五人。

做到底，尊重了长辈的意见，三兄弟的家产各归其后人。于是，俺爹娘分得瓦房 7 间半，土地 25 亩。

这在当时的马庄，家产算是比较大的。

农民只要有了土地，就有了根基。但是，那时粮食产量低下，好年景，一亩麦子能打 150 斤，一亩玉米能收 200 斤。但登封十年有九年会遭遇旱灾，遇到赖年景，一亩麦子只能打五六十斤，普通的农民都是半年糠菜半年粮。俺爹身子骨单薄，家里没有耦①也没有犁，虽说是"庄稼活不用学，人家咋着咱咋着"，可他打回来的粮食总是比别人少。而且，俺爹是个与世无争、随遇而安的人，按俺娘的说法，就是"窝囊"，凡事没什么主见，没有上进心。俺娘遇到了事问他咋办，他都是老一套，眼一翻："咋办？你说呗。"

俺娘看到过日子指望不上他，就买了一群羊，让他上山放羊去。马庄人有一句俗话，三百六十行，不赶牲口不放羊，可见放羊是个风餐露宿的苦差事。但俺爹似乎很喜欢这个差事，每天一早就揣个玉米饼子赶着羊进山了，到晚上日头落山才回家，图个省心、自在。

家里的 25 亩地俺娘忙不过来，亲戚们倒是乐意帮忙，可是一到农忙时节，等各自忙完自己的活再来帮俺娘时，已经误了农时。于是，俺娘做了个顺水人情，把自家的 8 亩地借给一个远房亲戚尚根祥耕种，说好了不收租子，农忙时由尚根祥出劳力帮俺家把地种上。

俺大爷爷看到俺娘维持家境的这些办法，直夸她心眼活泛："啧啧啧，读书断字的人脑子就是好使。"

在中国的婚姻关系里，最常见的就是一个为主，一个为辅，不论男女。

俺爹看到俺娘有主见，又能干，也乐得当个甩手掌柜，娘让他干啥就干啥，碰到心里不情愿的事，也不敢吭气，最多也就吊着脸两天不说话，过罢这两天，一切如常。

---

① 登封人将牛称为"耦"。

第三章

求子

婚姻使女人从温润如水变得坚磐如玉。

自从俺娘家出钱把尚家的几间老屋整修一新，俺娘在尚家的地位就算立住了。

一年之后，俺娘生下了俺哥。

在旧时的登封，生了儿子喜欢叫"富贵"，以示母以子贵。所以俺娘生下俺哥后的欣喜是可以想见的。作为一个初做母亲的人，她对生活的希望之火又重新点燃了。她每天搂着俺哥睡觉，哼唱着童谣，恨不得把一腔的爱都给他。

然而，人争不过命。

霍乱来了。

1939 年和 1940 年连续两年，登封农村霍乱流行。这种病，也叫"绞肠痧"，主要通过被霍乱病菌污染的水或食物传播，是一种死亡率很高的烈性传染病。病人起病急骤，猝然发作，上吐下泻，神志不清。据县志记载，那两年，霍乱从城东向西蔓延，有一个村庄死绝 27 家，有一个村庄 80% 的人得病，每 10 个人中就有 1 人死亡。

俺哥得了霍乱，死了。

那时候，婴儿的成活率很低，村里死个孩子，大家叹息一阵，劝说一阵，就算完了。据老人们说，那时乡下人生的孩子多，死的孩子也多，谁家的孩子死了，找个席片一卷就扔了。当时的野地里扔着很多死孩子，要看到哪儿围了一大群黑老鸹，八成就是在那儿吃死孩子。

俺娘说，她让俺爹把俺哥带到大山里埋了，嘱咐他不能把孩子让老鸹叼了。她说这话的时候，一直低着头，没有再看俺哥一眼的勇气和承受能力。她相信因果报应，觉得一定是自己做错了什么事，得罪了老天爷。多年后她对我说："恁哥一死，我就像得了神经病，成天想着去跳河。"

这是命运给俺娘的第二次重大打击，这次打击甚至比她失去爱情还要惨烈。

俺娘的痛苦像波浪一样，一波未去，一波又来。

1942年，各村都在传递着一个可怕的消息，日本鬼子就要打过来了。然而，比这个消息更可怕的是，这一年因为大风、大旱和蝗虫灾害，两季粮食绝收。当年9月7日的《新华日报》称："豫省本年灾情惨重之成因，即由于水灾、旱灾、蝗虫灾、风灾、雹灾同时波及，在蝗虫灾区则地无绿色，枯枝遍野……其旱灾区之麦田，高不盈尺。"

据《河南省旅沪同乡会会议》载："自去年旱魃为虐，粮米昂贵，每斤二百余元，各处饥民均典卖房田，变卖牛马，苟延生命。入春以来，糠菜业已吞尽，物产无所弃变，全恃剥食榆皮，扫吞蒺藜，风烛朝露，危在旦夕……饥民惨死沟壑，流亡各地，不可胜数……婴儿抛弃无人收留，道旁遗尸，被人割食，耕牛家犬，均杀果腹……饥民食树皮草根已成惯事，有将干草炒黄，磨成细末，和以榆树皮粉果腹者；有用田内青麦苗暂时疗饥，吃后不到数日，中毒而亡……"

俺娘记得，那年从夏到秋，三个月一滴雨没有下。家里粮食很快吃完了，俺爹的那群羊瘦得只剩下一张皮，也都杀了吃掉。山上能吃的野果、野菜都被挖光，刚入冬就开始吃树皮和草根了。许多人卖了儿子，或是送女儿去当童养媳妇，换来粮食以求活命，也给孩子一条生路。一个本家亲戚，一家四口饿死了三口。全村每家都有出去逃荒的，多数人是往陕西走，不少人饿死在了路上。

好不容易熬过这一年，第二年的庄稼长势很好。俺娘想，要是老天爷开眼，到了夏天兴许就能吃上一顿饱饭。可是，就在 7 月那个酷热的下午，亿万只蝗虫突然从东边飞来，当时，太阳被这些会飞的虫子遮住，天都黑了下来。大家以为是要刮大风下大雨，赶紧跑出来收拾东西，看到的却是如风似雨的蝗虫。人们吓呆了，过了一会儿，有人拿着扫把和棍子冲着天一阵乱打，想把这些从天而降的害虫吓跑。可是，蝗虫丝毫不理会那些冲着它们大声喊叫的人，冲着绿色的植物扑过去大啃大吃，五谷青苗，顷刻吃尽，地里正在灌浆的玉米变成了光杆，连树叶也被啃光了。

奇怪的是，平日里见虫子就吃的鸡们也惊慌失措，竟然不去吃它们平时爱吃的蝗虫。

我们那里把蝗虫叫蚂蚱。如果它不吃庄稼，不祸害人的话，我们甚至可以说它长得很漂亮。它的身子碧绿或褐黄，有一张吃遍天下无敌手的大嘴、两只光洁的复眼、强壮有力的大长腿、狭窄而坚韧的翅膀。它飞起来的时候，扇动翅膀，发出啪嗒啪嗒有力的响声。它还是超级生育模范，一只母蚂蚱至少能生出三五百个子孙，厉害的一生能产卵 1000 枚。它还是飞行能手，一个钟头能飞八里路，甚至能连续飞十几小时不落地。

但是，它的这些漂亮与武功全是靠啃食俺们的庄稼得到的。它那张饕餮大嘴几乎从不停歇，一直在吃吃吃，直吃到赤地千里，村落荒芜，无数的农民被饿死。

农民看到蝗虫，就像看到地狱里的恶鬼一样。

有个年轻人曾经提出疑问，说是炸蝗虫或是烤蝗虫还是挺香的，我就不信人都吃草根树皮了，却想不起来吃蝗虫。

蝗虫的确能吃。公元 628 年，西安闹蝗灾。有一天，唐太宗捉到几只蝗虫，他捏着蝗虫说："我的臣民以谷为命，你却把他们的命吃了。

蝗虫下落如雨，故乡赤地千里。
院中小鸡吓傻，繁华散尽刹那。

你要他们的命，我就要你的命。"说完就把蝗虫吞了下去。

皇帝肚子不饿吃蝗虫，是为了表明一种与民同悲同喜的态度，但如果哪个农民傻到想抓一堆蚂蚱填饱饥饿的肚皮，他可能会死得更惨，连骨头都剩不下。你想，蝗虫是飞在天上的，像风一样来去无踪，几十亿只蝗虫吃 100 亩的庄稼连一小时也用不了，吃完就飞了。那些饿得连走路都没有力气的人哪抓得着？

在自然灾害面前，人类是如此不堪一击。我们家就在这两年变成了赤贫户。

三千繁华，弹指刹那。

整整过了三年，马庄才缓过劲来。

日本鬼子投降那年，我的姐姐出生了。

俺娘结婚 6 年，快到 30 岁时，还没有儿子。

俺娘嫁过来时，俺姥娘对她说："六啊，你记住，女人没有儿子，就等于没有家，老了以后没地方去。"

而夫家的人面前不说，背地里一直指指戳戳地说闲话，那眼神里，交织着许多怀疑与怜悯。

这件事使俺姥爷心焦。俺姥爷把绿豆大小的"血癆散"包了好几丸，让俺五姨送过来。五姨对俺娘说："你这儿出了门就有奶奶庙，到了初一、十五，你一早去拜拜。"

俺娘心里比谁都急，可她还是嘴强牙硬，不说软话："命里有时终须有，命里无时别强求。"

五姨深知她妹妹的脾气，并不计较。她笑笑，凑在俺娘耳边面授机宜。

五姨前脚刚走，俺娘后脚就到村东头的奶奶庙烧香去了。

家里太穷，她只有一小堆花生可当供果。临走又包了一提溜辣椒串，她自作主张地认为辣椒的形状像男孩的小鸡鸡，也带去敬神。

村里的奶奶庙是座很小的庙，里面供奉的是观音老母，供本村和外村的人求子之用，据说很灵。清朝道光年间，俺村修村寨的时候把它拆除了，把观音老母请到村西的另一座猿猴庙居住。大约是观音奶奶嫌猿猴庙太挤，也可能是她嫌猿猴爷爷进化得不彻底，不讲卫生，很生气，罢工了。结果人们发现那段时间的观音奶奶不灵了，求子的不得子，求福的没有福。全村婶子媳妇都认为是得罪了观音奶奶，她们说，那猿猴庙供奉的是孙悟空，号称齐天大圣，其实就是给唐僧跑腿的、给玉帝喂马的，哪能跟观音奶奶平起平坐？再说了，一个庙里有男神有女神，男女不分，有伤风化。在婶子媳妇们的强烈要求下，村里重建了奶奶庙，把观音老母请了回来，还在门上为她挂了一副对联"抱来天上麒麟子，送给人间积善家"，以表示对她的尊重和歉意。

俺娘把花生和辣椒摆上香案，点燃一炷香，双手捧着，跪在观音老母像前，双目紧闭，口中念念有词……

登封这个地方，可能是整个中国庙宇密度最大的地方，比较有名的有法王寺、少林寺、中岳庙，还有达摩面壁多年的山洞。俺们一个小小的马庄，不过六七百口人，就盖了十座庙。在这些庙宇的信众里，妇女占了绝大多数。她们中的许多人因为从小生活在磕头烧香拜佛的环境中，对敬神的程序几乎是无师自通，有的女人大字不识一个，却能滔滔不绝地背诵祈祷的经文，连续背诵一个多小时不带重复的。那情景很像藏族唱《格萨尔王传》的"神授艺人"。

这种现象是现代科学的难题。一是她们大多目不识丁，不可能通过读书获得这些知识；许多读了多年书的人对各路神仙都分不清楚，而她们却仿佛无所不知。二是她们唱的这些经文并非即兴创作，确实是老辈人多年前就背诵的，但并没有看见谁教过她们，也没有人见过她们勤学苦练地背诵，仿佛这些东西是自己跑到她们脑子里去的。按她们自己的说法，那是神仙借她们的嘴在说自己想说的话。

人类发明了文字以后，记忆模式产生了对文字的依赖，所以谁也解释不了这种发生在不识字的人身上的所谓"神通"。

花生辣椒一堆，奶奶庙里上供。
观音老母保佑，生个大胖小子。

俺娘虽然比不了这些出口成章的"神婆"，却也能无师自通地唱出不少经文，只听她喃喃唱道：

　　清晨起来一静心，手捧黄香整三根。
　　黄香插到香炉里，请请南海观世音。
　　手捧黄香请南方，有请南方的观音堂。
　　观音老母来复位，金童玉女来到场。
　　观音老母站云盘，手把天门四下观。
　　尚家媳妇心贤良，送她儿子保平安。

　　莲花莲花开得白，观音奶奶从南来。
　　我问奶奶哪里去，我给善人送子孩。
　　善人得子心欢喜，三生四岁许花供。
　　花供摆在大庙院，满园众神都喜欢。
　　奶奶庙前一道河，一对鸳鸯又有鹅。
　　鹅扇翅膀经本合，合住经本心安乐。

　　观音老母一身青，坐在南海水晶宫。
　　漂江过海翻云洞，手拿杨柳渡众生。
　　无极仙女挽着过，请到家里问事情。
　　尚家善人有困难，初一十五念三遍。
　　观音老母站门庭，保佑贵子早降生。

唱罢经文，俺娘还不忘吾日三省吾身，开始自我批评："观音老母在上，弟子罪孽深重。几年前奶奶送来贵子，弟子照料不周，吾儿撒手西去。今求奶奶免罪，大人大量，保我儿子早日托生于贵人之家。"

俺娘再虔诚地叩三个响头，许下心愿："弟子饱尝无子之苦，求奶奶开恩送子。如果遂了心愿，愿意送奶奶麦子20斤、花生3斤、红布幔帐9尺。"

俺娘爬起身，拍拍身上的土，按照五姐的话，用红线拴了一个奶奶庙的泥娃娃——都是带小鸡鸡的男孩，抱在怀里往家走，不论谁打招呼都不能回头，一路上不忘默念着"阿弥陀佛"。她一双小脚踩得土路噔噔响，回到家才发现已经紧张得满头大汗。

很快，俺娘就怀上了我。

按照民间的说法，到庙里拴泥娃娃叫"引孩"，医学上认为这是"心理暗示"。无论如何，俺娘的求子愿望算是达成了。

可能她预感这次是个男孩，早早就开始准备了。

腾出一间屋子，在炕上铺一层秆草和一层细细的煤渣。秆草是新收割谷子的秆，煤渣是取暖做饭的煤炉烧出来的渣子，如果不被污染的话，这些东西还算干净。

那时登封乡下无论贫富，妇女生孩子都是采用这种方式。他们舍不得在孕妇身下铺褥子和被单，一来是认为铺盖被污染了不吉利，二来也确实把东西看得比人金贵。

虽然当时世界上已经有了超音速飞机和广播电视，登封城里也偶然能看见汽车，但登封乡下妇女生娃的方式还处在原始状态。

俺娘没有婆婆，所以在临盆之前的几天，俺娘给俺爹和俺姐备了好几天的干粮，好让他们饿不着，然后自己去请了接生婆。那时马庄的接生婆并不懂医学知识，也没有人教她们接生，只不过是比别的女人胆大，能下得去手而已。

我出生在阴历二月。俺娘在炕前笼了一盆火，烧了一锅水，备了一把剪刀，准备工作就算完成了。

那一天早上，天气阴冷，下着小雪。俺娘觉得肚子不对劲，就让俺爹去喊接生婆。接生婆来了，俺娘就自个儿进了"产房"。爹在外头问："孩儿他娘，我干啥？"

俺娘说："又不是头回生孩子，熟门熟路了。你留家里也搭不上手，还是去放羊吧。"

男人不能看生孩子，这是祖辈约定俗成的规矩。俺爹就顶着雪赶着羊上山了。

俺娘自个儿爬上炕去，不一会儿工夫就觉得腹痛难忍，异于往常。本来她是很能忍的，可是今天她终于忍不住，发出了痛苦的呻吟。

过了一阵，没有动静，就听接生婆说："妹子，胎位不正，小孩露的不是头，是屁股。你还得使大力。"

但是，不管俺娘怎么使劲，我就是出不来。

坚持到傍晚，俺娘的呻吟声终于变成了哭喊，她的哭声从喉咙深处爆发出来，让人有一种撕心裂肺般的震撼。周围的邻居都吓得聚拢到一块儿，摇着头，叹着气，觉得俺娘是不行了。

这时候，俺爹披着一身雪花回来了。他听到俺娘的哭声，吓得愣在那儿不知所措。他好像害怕听到俺娘的哭声，圪蹴在墙根下，抱着头，捂着耳朵："这咋弄？这咋弄？"

接生婆强装镇定，她说："妹子呀，女人生孩子肚子能不疼？你咋那么娇气哩！"

俺娘说："他婶，这回不一样，真受不住呀。"

接生婆出来给俺娘拿了一件棉袄盖上，搅了一碗面汤让她喝。"喘口气，再使力。"

转眼到了深夜，这场母亲与儿子的博弈还不见分晓。也许是人间的苦难太多了吧，我死活不肯出来。俺娘的血流了一炕，气力已经使尽，她那痛苦的哀号声音越来越小，几次昏迷过去。可能她觉得自己就要死了，上气不接下气地对接生婆说："快，快点让俺当家的去喊俺娘，我不中了。"

接生婆这阵子是真慌了，她说："妹子，保大人的命要紧，这孩子不能要了。"

听了这话，俺娘突然异常清醒："我这孩儿是男是女？"

"男孩。"

"那就保孩子。俺当家的傻不啦叽的，是个瓜瓜（傻子），将来得有个儿子给他养老送终。我无所谓了，活够了，自从嫁到他家，没有吃过一顿饱饭呀。"

俺爹一声不吭，扭头就往书院村跑。雪大天黑，才跑几步就摔了个嘴啃泥。他爬起来，又跑，很快就消失在黑暗之中。

接生婆没了招，只好下手去掏我。

俺娘彻底昏死过去。

人常说，母亲生孩子，母奔死，儿奔生。

此时此刻，我和俺娘一起与阎王爷周旋、争吵和扭打，他想把我们拖下地狱，俺娘不愿意，俺娘说："阎王爷爷，我和俺儿都是清清白白、光明磊落之人，你凭啥要拖我？我要是寿限到了，你把我拖走，但你不能拖走俺儿，俺儿没罪没孽，赤肚小孩，是观音老母专意送来的，你不能坏了良心！"

此时此刻，我的命与娘的命是连接在一起的。她用一根脐带把我拴住，她用这种方式告诉我，我们本来就是一个生命，她的命就是我的命，我的命就是她的命。

接生婆还在往外拽我，她手上身上都是血，像是一个刽子手。火盆里的炭火已成灰烬，屋里的温度越来越低，她却浑身是汗。

我终于被拽出来的那一刻，接生婆一个屁股蹲儿坐到了地上，好像是与阎王爷玩拔河比赛终于赢了。"我的个娘哟，可吓死我了，这事以后打死我也不干了。"

她看到浑身青紫的我没有哭，知道我还不会自己呼吸，又拍拍屁股爬起来，倒提着我的两条腿，冲着我的屁股啪啪啪连打三巴掌："小鳖孙儿，不会哭，老娘打你的光屁股。"

　　"哇"的一声，哭声从我的腹腔里冲了出来，而且越哭声音越大。

　　虽然我还没有睁眼，但是接生婆说，我是因为知道俺娘还没有醒过来，在大声喊她呢。

　　俺娘失血过多，面白如纸，昏迷不醒。身下的谷草乱成了烂草窝，草下的煤渣被血凝成了一个血饼。

　　接生婆用粗布小褥子把我包好，放到俺娘头边上的草窝里："妹子，睁睁眼，看看你的小子。"

　　俺娘费了好大的劲才睁开了眼，她歪过头仔仔细细地看着我，泪水一颗一颗滴到了我的脸上。

　　我在人间吃到的第一口东西，不是俺娘的奶水，而是俺娘的眼泪。

　　咸咸的，有一点淡淡的香、一丝微微的涩。

　　等到俺爹搀扶着俺姥娘踉踉跄跄满身泥水地赶到马庄时，天已经大亮。雪过天晴，早上的日头把荒凉的雪野变得金黄一片，扎疼了俺爹的眼睛。他把我抱起来，放羊的粗手把我的脸蛋不挀（用手抚摸）来不挀去，弄得我生疼："儿啊，你爹我三代单传，总算有了根啊。"

　　俺姥娘对俺爹说："生了儿子该高兴呀，你哭啥咧。"

第四章

施者富贵

生下儿子，如同倾塌颓圮的城头新发了绿枝，如同冰雪之中炉火传递出温暖。

爹娘给我起名叫连福。

这是请了算卦先生按我的生辰八字起的名字，大约是想让我福报连连吧。

这是 1947 年。

有人发现，中国最近 100 年的历史，每一个逢七之年，都发生了一些重要的方向性、结构性变化。

1907 年，黄冈起义，国民政府崭露头角。

1917 年，旧政府复辟失败，一个强大的苏维埃共和国在中国的身边崛起。俄国十月革命，也决定了中国后来的走向。

1927 年，中国共产党建立了自己的武装部队，开始真正独立。同年，日本确定侵华国策。

1937 年，日本进军关内，全面侵华战争打响。

1947 年，国共两党两军的内战发生了根本性的变化，共产党的军队由守转攻，开始全面反攻。共产党还公布了《中国土地法大纲》，地主、富农的土地被没收，一场颠覆历史格局的利益再分配决定了战争的终局。

在我出生之后的那些逢七之年，也都带着强大的冲击力，改变着中国人的生活与命运。

我刚满月，俺娘就跟俺爹念叨，一定要去奶奶庙还愿。

这件事似乎关系着俺娘在神仙那儿的信誉，所以她格外重视。

战乱时节，人还吃不饱饭呢，要筹足俺娘给观音老母许下的20斤麦子、3斤花生、9尺红布，不是一件容易的事。

正做难的时候，俺爹放羊时，在一个叫牛惊树的老路上捡了一个布袋，打开一看，全是钱，那时叫中央票。

当时内战正紧，物价飞涨，中央票贬值得厉害。俺爹掂掂这一布袋钱的分量，知道足够买10亩地了。

这是他此生第一次见到这么多钱，他本应狂喜过望。一个没有当过爹又失去了自己爹娘的人，本来对活着这件事会看得很淡。但有一天，当他有了自己的孩子，他会突然发现自己变得自私了，为了孩子，会做他以前做不到或不想做的事情。也就是说，如果他以前拾金不昧的话，现在他会把这袋子钱背回家，让一对饥饿的儿女吃点好的。

可是，俺爹却被吓住了。他的心扑通扑通地跳，脑子里全是丢钱那人着急的样子。他想，如果那个人找不到这些钱，可能会去投河，也可能会去上吊。俺们那山上经常有一些寻死的人吊死在那儿，这对整天在山上放羊的人来说是一种极大的感官刺激，让他心生恐惧。因此，他觉得这钱滚烫滚烫的，好像多摸几下就能把他烧化。这钱如果不还回去，就会有吊死鬼来找他。

他一屁股圪蹴到树底下，开始守株待兔。他等在这儿，是认为丢钱的人一定会沿路往回找。

家里还欠着观音老母的愿呢。可是俺这缺心眼的爹根本就不会这么想事，他比丢钱的人还急，嘴里嘟嘟囔囔地骂着娘："丢钱的这个鳖孙儿，恁长时间了，也不回来找。"

天擦黑的时候，一个赶车的人出现了，着急慌忙的，落泊的样子像死了老子娘。他看见俺爹，张口就问："大兄弟，你这布袋里是啥东西？"

俺爹反问他："你说是啥东西？"

"俺说是钱。"

俺爹捡钱一袋，树下苦等失主。
半天不见人来，他骂人家鳖孙。

"你咋知道？"

"俺不光知道这里头是钱，还知道这里头装了多少钱。都是一千元一捆的。"

原来，这是一个做生意的人，赶着车，拉了几布袋钱，准备翻山去偃师那边进货，半道上打了个盹儿，就把钱丢了。

俺爹把钱还给他，他拿出来一沓递给俺爹，俺爹没要："兄弟，都不容易，钱找着了就妥了，你赶紧做你的生意，我赶紧回家。"

那人拿出烟锅子，点了烟递给俺爹，俺爹很恭敬地接了，抽了几口，又还给人家。

结果，俺爹不仅没收人家的感谢费，还把自己的玉米面菜饼子倒贴给那人充饥。

爹回家把这事一说，俺娘笑道："你说我咋恁有福气，嫁了个瓜瓜。俺爹要知道你是个瓜瓜，把我喂了王八也不会给你这个鳖孙儿。"

平时俺娘这么说是骂俺爹，不过这一回，俺娘是夸他。

当时，世道很乱，盗匪横行，人很容易起歹心。马庄有个老百姓在山道上抢国民党败兵的东西，结果被一枪崩了。俺爹凭空捡了一大堆钱，而且荒山野岭的没人看见，他为啥不扛回家呢？那笔钱要按现在的眼光看，价值在一百万以上。作为一个成天吃不饱饭的穷光蛋，他为啥没有经过思想斗争就决定不要这钱呢？

我这个想不通的问题，俺娘一句话就说明白了。她说："古代有一位学士在战乱中逃难，路过一个果园，众人都去摘梨吃，他却坐在那儿不动。别人问他，你怎么不采几个吃呢？他说，这个是有主的，我不能偷人家的。别人就说，都落难了，哪儿有什么主？学士说，这里好像没有主，但是我们的心里不能没有主。心里没主，一钱不值。你觉得你爹傻，我看他是找福报。"

后来，俺娘拿什么礼品去奶奶庙还愿的，我就不知道了。在我们家乡，许了愿不还，被认为是不吉利的。

在为人慷慨上，俺娘比俺爹更胜一筹。

1949 年前后，马庄的人都穷，有些大男人到娶媳妇那一天，还连一件像样的衣裳也没有。为了不让外村人笑话，村里人便流行起一种集体无意识的"撒谎"行为：从亲戚朋友家里借来柜子、箱子、桌子和被褥，摆在新郎家里撑门面。于是，俺姥爷陪送给俺娘的那几件像模像样的家具便轮流出现在娶媳妇的人家里。那一年，俺万三叔结婚，从俺娘这儿借走了柜子、桌子和凳子，本来说好用一年半载就还，可是万山叔结完婚就得了肺结核，两年后撒手西去，留下一个刚刚断奶的女儿叫尚爱。万三婶是个泼辣的女人，她很快就改嫁到外村了。临走的时候，她明知道家具是借俺家的，却睁着眼说瞎话，坚决不还。她把家具搬到院子里，准备让新找的那个男人抬走。

俺爹和家族的亲戚们不愿意，堵在门上不让她走。

万三婶泼辣的功夫终于找到了用武之地，她把头发弄成了鸡窝，斜襟大褂的纽扣也趁乱解开了，好像遭到了凌辱似的。她一屁股坐到地上，把尘土都惊得飞扬起来。她柿饼一样的圆疙瘩脸上，鼻涕眼泪如同冲开泄洪闸的洪水一样浩浩荡荡地涌出来，这些东西又被她用手抹到人褂上和鞋帮子上。她指桑骂槐地控诉着她死去的前夫："万三你个狗杂种！早不死你晚不死，刚把我娶进门你就伸腿了。你交的这些狐朋狗友现在都来欺负我，你干脆把我也带走吧，我上阴间有吃有喝，也比在马庄强。"

她的哭声像一只拉着鸽哨在空中飞翔的灰鸽子，呜呜声一会儿远一会儿近。她那双黑少白多的眼珠子在哭泣的间歇偷偷扫视着众人，好像众人的表情管控着她哭声的强弱与大小。

俺爹说："他婶子，做人不能不论理，这些东西是俺家全部的家产呀，你搬走了，俺全家连个坐一堆吃饭的地方都没有了。要不咱找公家人评评理。"

"我不去我不去我不去。我今天就死到这儿啦！"万三婶干脆就地一滚，弄了一身泥土，然后四仰八叉地躺着不起来。她还暗中踢了小女儿尚爱一脚，不懂事的尚爱哇哇大哭起来。

　　场面乱成一锅粥的时候，俺娘过来了。与众人的义愤填膺相反，她的眼睛像平静的湖水。她把俺爹往身后一拉，叫大伙给万三婶子让开路。俺娘说："现在新中国成立了，妇女地位提高了，国家规定，丧夫的妇女改嫁可以把家产带走。虽然这些家具是俺的，可是万三婶孤儿寡母也不容易，她的女儿也是咱尚家的血脉。更何况，她嫁到咱马庄了，就是咱马庄的人。现在她改嫁，咱马庄送她一套嫁妆也是应该的。"

　　俺娘掏出白手巾，上前拍打着万三婶身上的土，把她拉起来说："他婶子你听清了，东西我送你了，你赶紧回屋里收拾收拾走吧。你记住，不论啥时候，咱妇道人家，面子比天大。"

　　那一刻，万三婶羞得没地儿钻，红着柿饼脸，低着头，抱着女儿快步跑回了屋。

　　俺姥爷侯德山陪送给俺娘的嫁妆就这样归了别人。娘只剩下一只雕花的樟木箱子。从此，俺家20年没有柜子桌子，我写作业都是趴在炕沿上。

　　俺爹偶尔会提起那些宝贝家具，俺娘说："你就当是老日（日本鬼子）来的时候一把火烧了。"

　　俺娘这种肚量，天下难找。

　　佛说，施者是富贵也。

　　付出的人生，表示我们尚有余裕，可以帮助别人；而接受的人生，是贫乏的象征。

　　我两岁的时候，中国发生了改朝换代的大事。国民党政权败退台湾，新中国成立了。

　　第二年，农村开始土改并划分阶级成分，每个村的农民都被分成了五个等级：地主、富农、中农、贫农、雇农。这五个等级里面还有一些更具体的划分，例如，地主中的军阀、官僚、土豪、劣绅属于"特别凶恶者"，富农中分反动富农和富农，中农又分为富裕中农、中农、下中农。

　　如果被划成地主、富农，就成了专政对象和阶级敌人，那可不是闹着玩的。

马庄有好几家姓尚的被划成了地主和富农。俺家因为也有不少土地，到底应该划成富农还是富裕中农，村长拿不准。别人给他出了个主意，查查俺家收过尚根祥家的租子没有，如果收了，那就是剥削，铁定的富农。

俺娘吓坏了，去找村长求情："俺嫁到马庄，十来年没吃过一顿饱饭，炕上就一床铺盖，咋就算富农？"

村长说："别说恁家了，地主家灾荒年也挨饿哩。俺这儿划成分，不看别的，就看你收不收租子。"

于是，村干部和背着大枪的民兵到村西边尚根祥他们家。

那一刻，俺家的命运就系在尚根祥身上了。

尚根祥哪儿见过这阵势呀，嘴唇和手都哆嗦开了，连他们家的狗见了背枪的，也夹着尾巴缩着脑袋趴在地上不敢动弹。村长一脸不屑："看你那尿样儿！没尿裤吧？你就照实说，政府给你做主。"

尚根祥胆怯地说："政府做主就好，就好，那我就照实说？"

"对。"

"俺根有叔会放羊，种地不在行，他家的地多点，种不过来，都荒了。俺荣花婶子心眼好，看见俺家人多地少，兄妹四人只有四五亩地，经常吃不上饭，就把她家的地借了8亩让俺种。要不是这8亩地，俺家的人在大饥荒那年早饿死了。"

村长大手一拍腔："根祥，我问你，侯荣花收过租子没有，你啰唆半天也没说。"

"没有，没有。"

尚根祥救了俺家。最后俺家被定了个富裕中农。

就差一根头发丝那么远，俺家就成了阶级敌人。好悬。

这件事，把俺娘吓得不轻。自从知道土地会让人变成阶级敌人，她就意识到土地不能握在自己手里，就像钱财一样，多了会惹上灾祸。

没过多少天，登封要建白沙水库，国家掏钱，到我们村征地。那时候，已经把地主、富农的地都分给农民了，家家户户，刚拿到土地证，金贵得不得了，比得个儿子还高兴呢，谁肯卖地呀。

可是俺娘她自作主张，把家里十几亩最好的地卖给国家了。俺爹当然是一百个不情愿，可是他不敢说，只能吊着个脸生闷气。

俺娘说："你别生气，你种地种不好，我把卖地的钱给你买群羊，你还上山放羊去。"俺娘刚嫁到马庄时给俺爹买的那群羊，到大饥荒那年全杀了。

村里的人听说俺娘要卖地，都说俺娘脑子不正常："过去他们家是男的傻，现在男的女的一块儿傻。"

俺本家的叔和婶子都来劝俺娘说："有钱去放账，不胜买粪土。地是刮金板，有吃又有穿。刮了今年刮明年，明年没了刮后年。这地卖了你吃啥，你喝啥？你说根有是个瓜瓜，我看你比瓜瓜还傻。"

俺娘的主意可大，她说："国家要地你不给，胳膊你拧得过大腿？农民你听国家的话没有错，跟国家唱对台戏，你自己就成了好戏了。"

事实证明，俺娘是个有先见之明的人。

1953年，我6岁，农村开始组建互助组和合作社。按照政府的说法，这是中国劳动农民在个体经济基础上组成的、带有社会主义性质的集体劳动组织。农民在"自愿互利"的前提下，互换人工或畜力，共同劳动。一年的收成扣除税收和成本，按照社员出工的天数和入社土地的多少进行分配。1957年，全国96%以上的农民都成了高级农业生产合作社的社员，高级农业生产合作社对农民的私有土地实行无偿转为集体所有。

这时候，俺庄上的人都开始羡慕俺家。他们的土地入社后都归集体了，一分钱也落不着，俺娘却把本来也得归集体所有的地换成了钱，弄了一群羊，还给孩儿们挣了点学费。

后来我和俺姐上学了，如果没有俺娘卖地的钱，俺俩学费都交不起。

这件事，让俺娘得意了好几年。她得出一个结论，听政府的话没有错。从此，她的思想便很上进。

第五章

童谣

俺家三代单传，我是长子长孙，俺娘对我的疼爱可想而知。

她小时候学会的那些童谣虽然多年不唱，自以为忘记了，可是一抱起我来，词就涌到了嘴边：

赤肚孩儿，扛毛篮，
一扛扛到南菜园儿；
扒个坑，拾俩钱儿，
买个核桃哄哄孩儿。

那时候，俺这一茬的小男孩，五六岁前，夏天都是光屁股满街串，根本没有穿内衣的概念，什么裤衩、背心全没有。天凉了，就赤肚穿衣裳，裤子是大裤裆，腰里系个绳。我记得我那裤腰带不结实，断了就系个疙瘩接着用。有时候正赛跑呢，裤带绷断了，裤腿"唰"的一下就褪到了脚跟上，人就光着屁股摔个嘴啃泥。俺娘过来，总是亲昵地往我光屁股上打一巴掌，再把我拉起来，嘴里念念有词：

一二三四五，蛤蟆来背鼓，
鞋子来吊孝，拧着驴屁股。

我的眼比别的小孩大，俺娘就唱：

大眼双眼皮儿，
小嘴疙瘩鼻儿，
一对儿招风耳，
财神领进门儿。

村里好多男孩都记得，晚上一到喝汤的时辰，就端个粗瓷碗跑到俺家来了，往炕上一盘腿，烂被窝往身上一围，一边呼呼噜噜地喝汤，一边听俺娘说故事。旧时登封人穷，晚上不敢吃干的，都是喝玉米面和野菜一块儿煮的稀汤，俺那地方管这种汤叫"蜀黍糁"，也习惯称晚饭为"喝汤"。

这些小孩因为常年靠汤水让自己产生吃饱的感觉，所以体形很奇怪：一个个黄皮寡瘦，三根筋挑一个头，胳膊腿都很细，唯独肚子很大，大到连肚脐眼都鼓出来。由此，当地还编出了这样的打油诗：

大头大头，下雨不愁，
人家有伞，俺有大头。

俺娘喜欢这群大头娃娃，总是把油灯的捻子拧得小小的，留黄豆那么大一点光亮，然后开口问："想听啥呀，孩儿们？"

孩子们有的要听故事，有的想听唱曲。俺娘就说，你们长大都得孝敬爹娘，给你们念个孝敬娘的顺口溜吧：

野麻雀，尾巴长，
娶个囚子（媳妇）不要娘，
囚子裹进被窝里，
把娘背到房坡上。
做中饭，谁先尝？

我去上房喊俺娘，

囚子脸上一黑丧（不高兴），

摔盆打碗闹嚷嚷。

囚子囚子别黑丧，

以后你也学俺娘，

生个儿子娶媳妇，

同样背到房坡上，

你到那时后悔晚，

房坡不上也得上。

屋檐滴水照炕滴，

这个道理你想想。

囚子一听恍然悟，

咱俩一块请咱娘。

这种关于孝顺的民间教育，从小就由长辈灌输给我们了。中国的许多传统文化都是从农家的炕头上、树荫下传授给下一代的。

一曲唱罢，小孩们就央求着再唱：

木铣把儿沉甸甸，

俺娘不给我打银簪。

打哩银簪骨朵小，

俺娘不给俺做红袄。

做哩红袄红又红，

俺娘不给俺寻公公。

寻哩公公没婆子，

俺娘不给俺买骡子。

买哩骡子三条腿儿，

油灯忽明忽暗，俺娘盘腿说书。
童谣声声入耳，我们开始懂事。

牵到河里喝口水儿。

官儿看了哈哈笑，

秀才看见只想要。

秀才秀才你别慌，

叫我回去问俺娘。

俺娘说，一个姑娘舍不离，

两个闺女舍给你。

秀才秀才你别忙，

叫我回去问俺哥。

俺哥说，一个妹妹舍不离，

两个妹妹舍给你。

秀才秀才你别吵，

叫我回去问俺嫂。

俺嫂说，一两金，二两银，

打发妹妹早出门，

省哩在家垫害人。

爹也哭，娘也哭，

嫂子美哩拍屁股。

拍哩三天没吃饭，

拍哩屁股稀巴烂。

用啥糊，用面糊，

一糊糊个白屁股。

用啥洗，用尿洗，

一洗洗个烂臊气。

用啥泥，用屎泥，

一泥泥个烂臭气。

看你还美气不美气！

这是讲述家里小姑子与儿媳妇矛盾的，笑着唱着就把家里的亲疏关系讲清楚了。我们听着歌谣里把"屎"呀"尿"呀这些平时小孩们爱说的骂人话唱出来，觉得怪可笑，个个笑得前仰后合的。

俺娘有时候会问："想吃肉不想？""想。"小孩们异口同声。那时候，一年吃不上几次肉，别说看见肉了，就是离老远闻到肉香，也会口水直流。

俺娘说，那就给你们说个吃肉的词：

野麻雀，叫喳喳，

二姑瞧娘来到家，

二姑二姑吃点啥？

掂住小鸡杀了吧。

小鸡说，我打鸣，

杀我不如杀那鹅。

那鹅说，俺的脖子长，杀俺不如杀那羊。

那羊说，四只银蹄朝前走，杀我不如杀那狗。

那狗说，看家叫得喉咙哑，杀我不如杀那马。

那马说，身背金鞍叫你骑，杀我不如杀那驴。

那驴说，套上拉磨呼噜噜，杀我不胜杀那猪。

那猪说，喝怎恶水（刷锅水）吃怎糠，不如一刀见阎王。

这是把各种家畜家禽的用途讲给小孩子们听。大家一边咽着口水，一边想象着吃肉的快乐，但我觉得很不公平，为啥别的动物都有理由不挨刀，偏偏猪就躲不过去要挨刀呀？

俺娘说，就这你一年都吃不上一次肉，猪不挨刀你更吃不上肉了。

想到杀猪就能吃上肉，我就流口水，可是心里还是可怜那猪。

俺娘还唱过她小时候抓石子玩时唱的小曲，十句话，说出了十个中国古代著名的故事：

一一哎哎，山伯英台。

两两海棠，昭君娘娘。

三三沾沾，吕布貂蝉。

四四摇摇，平贵别窑。

五五节节，屈原爷爷。

六六豆豆，嫦娥出走。

七七妮妮，牛郎织女。

八八拉拉，黛玉葬花。

九九重阳，登高望望。

十十对对，又是一轮。

俺娘记性特别好，姥爷就夸她过目成诵。她讲孙悟空大闹天宫、陈三两爬堂、杨家将和岳飞被奸臣陷害，《水浒传》里孙二娘的人肉包子……她的语调平缓，不讲究抑扬顿挫，但我们还是随着那些故事的情节，一会儿愤怒，一会儿高兴，一会儿害怕，一会儿激动，总是把自己也想象成故事中的英雄，铲除妖怪和恶人，替天行道、匡扶正义。

俺娘还有一本书，叫《宣讲拾遗》，是根据清世祖顺治皇帝的"圣谕六训"编纂的。清兵入关之初，顺治皇帝为了长治久安，吸纳汉家文化，提出孝顺父母、尊敬长上、和睦乡里、教训子孙、各安生理、毋作非为六条行为准则，由文人收集相关的民间故事，用顺口溜一类的文体，讲述劝善故事。这部书广布民间，里面的故事在旧时可以说尽人皆知，家喻户晓。

俺娘举到我们面前说，等你们这些孩儿识字了，好好把这本书看一遍。

天黑透的时候，小孩儿困了，各自回家睡觉，俺娘开始纺花。

所谓纺花，就是把棉花搓成细细长长的一条，然后摇动一种叫纺车的工具，通过传动绳，让铁制的线轴旋转，把棉条放在线轴的末端，就能拉出长长的棉线。这些棉线可以用来织布或进一步加工成用于纳鞋底的细绳或缝衣服的线，也可以拿到供销社换成钱。

那时，纺花织布是登封农户的主要家庭副业。每次赶集或庙会，都有布摊从事棉纱和土布交易。

登封的棉花产量很低，所以俺家孩儿们的衣裳、被褥、鞋袜都属于稀缺资源，必须珍惜。

特别是男孩子的鞋，最费。我的布鞋前面大脚趾那个地方总是顶出个大窟窿，鞋底也磨透了。穿这种鞋走路，跟赤巴脚走路差不了太多，脚趾缝里都是黑泥。晚上在炕上，边听俺娘讲故事边搓脚趾缝里的黑泥，也是一乐。俺娘做双鞋很不容易，先要把破布用糨糊一层层粘好，贴到墙上晒干，再按照脚的大小剪成鞋底的形状，再搓出纳鞋底子的细麻线，用针锥一针针把鞋底纳出来，最后把新布做成的鞋帮裰到鞋底上，这叫百纳鞋。俺娘说："点灯熬油给你做双鞋多不容易，省着穿。"

可我是小孩子家，一出门就把娘的话忘了，光觉得是新袜新鞋，高人一截，撒着欢跑，谝自己能穿上新鞋，结果一天之内就把鞋踩"坐跟"（鞋帮和鞋底的结合部软了）了，到家被俺娘打了一顿。从此，我一出家门，就赶紧把鞋脱下来，掂着鞋走路，这样一双鞋就能穿很长时间。脚底板疼点比屁股上挨巴掌强。

第六章 —— 学费

岁月总与沧桑有关。

我小时候，马庄村里有十多棵大槐树，有的在庙前，有的在街边，树身老粗，两个孩子都搂不住。老人们说这些树都四五百年了，可能是尚氏祖先从山西大槐树底下迁徙到这里时种下的，说不定还是从山西带来的树种。

村里还有一棵歪脖子枣树、一棵身子很斜的皂角树，都很古老。树身上疙疙瘩瘩地长满了那些遗忘的年代，粗粝而富有神韵。

在嵩山高大而又苍翠的身影下，表面矮小而安详的马庄每时每刻都在发生着故事，小到生老病死、娶亲嫁女，大到村与村械斗、与官府干仗，富人变成了乞丐，穷人变身为地主……每一个屋檐下都充满了变迁、动荡、激情、泪水与忧伤。

夏天，中午吃饭的时候，每棵老树下都有三五个端着粗瓷碗的大人或孩子，边吃饭边议论些家长里短或是城里发生的大事。这是村中的新闻发布中心。

树上有麻吉鸟（知了）在叫，有时喜鹊也会把一坨粪拉到人的脖子上，引起一片笑骂。

这些老树是俺村与历史连接的一条纽带。它让你想起这些树下曾经生活过的人，他们来过，笑过，哭过，互相咒骂，又互相扶持，然后就消失了。像沙漠中的脚印，风一掠过，就倏忽飘逝；像太阳下的影子，云彩一来，影子就不见了。但是，在半梦半醒的时候，你会听到他们飘忽不定的脚步和似隐似现的话语。他们会站在你身后，温情地用目光抚摸你，安慰你，让你咬着牙度过一年又一年苦哈哈的日子。

从我记事起，俺家在马庄就是最穷的人家。所以，我光着脊梁，穿个破烂裤衩，来到大槐树下的时候，我的碗里总是稀汤寡水。大人们可怜我，有时会往我碗里倒一些稠点的汤。这让我知道了人家的汤比俺家的好喝，也让我感到被怜悯是一件让人难受的事。慢慢地，我就不往大槐树底下去了。

俺家的人个子都大，俺爹是一米八几的大个子，我后来也长到一米八，按过去的说法就是身长六尺。个子大就吃得多，我七八岁时，俺娘天天叹气，说我比那些鸡嫌狗咬的半大小子吃得还多。俺家放粮食的面缸总是空空如也。俺娘做饭的时候，往往要嘭嘭嘭地使劲拍那缸沿，想把缸壁上沾的那点面给震下来。粮食的短缺，使俺家经常吃了上顿没下顿。

在我的记忆里，小时候吃饭从来没有吃饱过，能填个半饱就不错了。家里有个装馍的篮子，高高地挂在房梁上，那里面会有一块半块玉米面菜饼子。我天天都会仰望这个馍篮，盼望着俺娘把它摘下来的时刻。但俺娘说，那里面放的是俺爹放羊带的干粮。偶尔，俺娘会偷偷从篮里掰半块玉米面饼塞给我，让我感受到一些她对我这个长子长孙的偏爱。

从记事起，我早上起床必干的事就是挖野菜，给猪薅草。人吃的是灰灰菜、扫帚苗、胡饼嘴、毛妮菜、马苋菜……胡饼嘴有点细长，毛妮菜是圆的，荠荠菜好吃，麦莲子不能吃，吃到嘴里好苦。因为俺家从来不会剩饭，所以家里养的一头半大猪只能吃草和糠。

有时，家里除了野菜什么也没有了，俺娘就得去别人家借粮食。这是她最不愿意干的事情。因为周围的邻居都借遍了，一上门，人家就知道是借东西来了，嘴里说着客气话，心里直想把你往外撵。可是，为了养活孩子，只能去看人家的脸色。有时为了借二斤面，恨不得跑半条街，

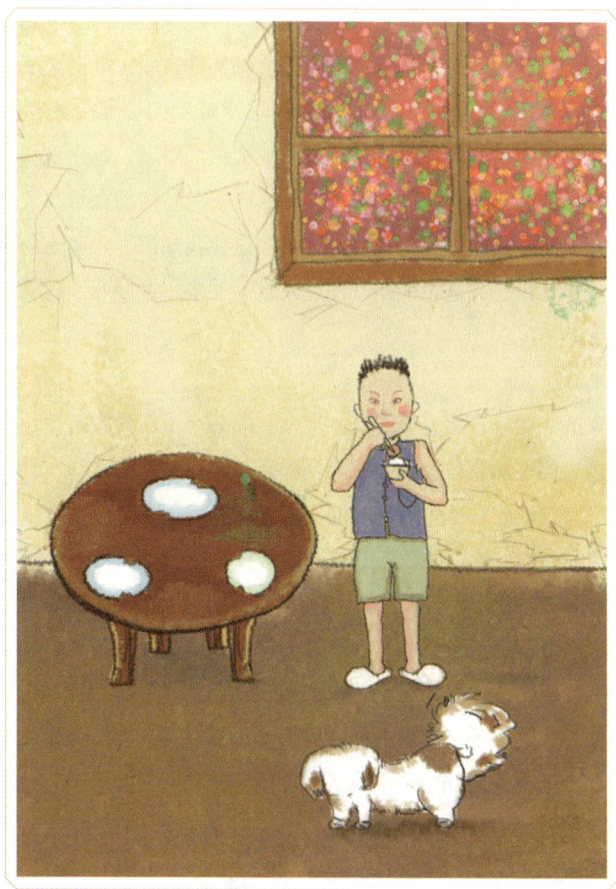

上学光着脊梁，穿个破烂裤衩，
因为吃得太多，俺娘天天叹气。

虽说都是邻居，可是去的次数多了，人家的脸就不好看了。

所以，我从小就对别人的脸色非常敏感，能从人家的眼神里看到他心里在想啥。我还有一种负罪感，生自己的气，恨自己吃得多，一碰到吃的，喉咙里好像伸出一双手，转眼之间就下肚了。我越是想压制自己，就越觉得饿，气短心慌，虚汗淋淋，动弹不得。

春荒的时候，日子更难挨。俺娘烧一锅水，放半锅野菜，然后用手捏一小撮玉米糁下到锅里。有时候盛汤，那汤稀得能照见人影。我和我姐会用勺子使劲搅汤，把那一小撮粮食搅到上面，我们就用勺子去追那几颗在稀汤里翻滚的玉米糁，都想盛到自己的碗里。

那岁月是没有用油炒菜吃的，腌咸菜从腌菜缸里捞出来就吃。俺娘往往会背转身，用筷子在一个放猪油的瓶子里蘸一下，然后很快地抹到我的咸菜上。那瓶子里的猪油刚刚盖住瓶底。有时我馋得急了，就约着小伙伴跑到村里的油坊铺去看打油。油坊屋里黑黑的，里面长年飘出来一阵阵香气，我每次走到那里都忍不住流口水。

打油的师傅赤膊袒胸，裤子被油抹得明晃晃的。他们把各家送来的芝麻、棉籽和油菜籽放进大锅里炒熟，然后放进一个夯土坑里敲打成饼，再放进油床，打油匠便举起大铁锤，嗨哟嗨哟地一锤锤照着油楔砸下去，不一会儿，就会有晶莹闪亮的香油涓滴而下，流进油槽。

我们把瘦骨伶仃的双腿埋到炒好的棉籽堆里，感受着这罕有的温暖。等我们吸取了一些热量，双腿活络起来之后，肚子就开始咕噜咕噜地叫唤。我们强忍饥饿，纹丝不动地坐着，眼睛紧紧盯着油坊的主人。如果他有些麻痹大意，我们就有机会飞快地跳出棉籽堆，抓一把炒好的芝麻塞到嘴里。

这种榨油的芝麻里面有土和沙粒，非常碜，硌牙，我不敢嚼，伸直脖子就咽下去了。

这样一口硌牙的芝麻能让人三天口有余香。

不过，这样的机会实在太少。如果被发现，师傅会拧住我的耳朵把我提溜到俺娘那儿告状，马上就是一顿躲不过去的笤帚疙瘩。

还有一个地方能得到吃的东西，那是村里的铁匠铺。铁匠铺离俺家不远，主人是俺远房亲戚。那时犁地的犁铧、木匠的工具、固定房梁的大钉、烧火用的通条和铁铲都必须靠铁匠做。一个砧子、两把铁钳、两柄铁锤、一个风箱，叮叮当当就让这个山村里有了生机和红火。通红的铁块被从炉子里夹出来，徒弟抡大锤，师傅挥小锤，对着红红的铁块一通乱打，只见火星乱飞，看热闹的人左闪右闪，嘻嘻哈哈。我瘦兮兮地往那儿一站，师傅就知道我来的目的。他指着我说："你，过来。"下巴颏往风箱那儿一扬，我就知趣地走过去，双手抓住风箱的拉杆，使劲拉起来。

那风箱是一个一米多长的长方形木箱，前后各有两个进气孔，中间有两根连杆夹着一个活塞，活塞周围塞着羽毛，防止漏气。拉动连杆，空气从后孔进入时，前孔闭锁；推动连杆时，前孔开启，后孔关闭，气流就吹进了火炉，使煤块充分燃烧。风箱上还贴着一副对联：有风不动无风动，不动无风动有风。

因为风箱大，我要用双手才能拉动，拉着拉着，我喘气的声音比风箱的动静还大。好在猛拉一阵之后，师傅开始打铁，我就歇口气。

当我拉风箱拉得双手发抖、双腿打战的时候，师傅会把半块玉米面饼子当酬劳，塞到我手里，很大度地说："小兔崽子，拿去吃吧。"

我迫不及待地把吃食塞到嘴里大嚼，觉得这是世界上最高级的美味。

我那时觉得，人在吃不饱肚子的时候是不会有什么追求的，如果说有的话，就是追求吃一顿饱饭。但是，俺多俺娘的行为推翻了我自以为是的结论。他们活得那么艰难，缺吃少穿还经常行善。记得有年春天，村里来了一个要饭的女人，30多岁，带个孩子，自称是扶沟县人。结果，不知谁家的狗把她的腿咬了，流了好多血。女人走不了道了，众人围着她七嘴八舌地议论。俺娘走过去，一手搀着那女人，一手牵着她孩子，把她带到了俺家门前的磨坊屋，安顿她住下。此后的三四天里，俺娘每顿饭都会从锅里把本来就少的汤盛一碗给那女人端去，还找了草药给她治伤，直到那女人缓过劲来，一瘸一拐地离开马庄。

我问俺娘："又不是咱家的狗咬的她，为啥咱们给她送吃的呀？"娘说："咱村的狗咬人家，如果都不管人家，让外边的人知道了，会戳咱的脊梁骨，说咱村的人薄气、不地道。咱少吃一碗饿不死，她这几天不能要饭，会饿死人哪。"

俺爹更是村里有名的善人。我上小学二年级那年冬天的一个黄昏，他放羊路过村南边的黑山潭时，看到一个人跳河轻生，他二话不说就跳河救人。那人执意要死，伸手乱打一气，打得俺爹连呛了几口水，差点沉底。后来俺爹掰开那人的手，揪着他的衣裳领子把他拖上了岸。

仔细一看，原来是村里的尚六明。

俺爹让尚六明脸朝下趴在一块石头上，往外控肚子里的水。尚六明一醒过来就骂俺爹："你闲吃萝卜淡操心，我想死你也管。"

俺爹说："村里人天旱时靠这个潭吃水呢。你死这里，以后村里人吃不成这里的水，骂你一百辈！"

俺爹为了安抚尚六明，甚至给了他五毛钱。要知道，我上一年学他才舍得让我花两毛钱。

两年后的夏天，村里的尚炎西为了口粮的事与生产队的队长吵架，一时想不开，跑到娃家窑村一棵柿子树上去上吊。他前边跑，一伙人在后边追，可是追到跟前，他已经把自己挂到树上了，眼睛上翻，舌头也吐出来了。众人被吓坏了，谁也不敢往前凑。俺爹老远听见人们的吆喝声，三步并成两步跑过来，冲上去就抱住尚炎西的腿往上送，喊众人去解这个可怜人脖子上的绳子。

弄清了事情的原委，俺爹让俺娘给尚炎西家送去了五斤玉米面。

我知道，这都是从我们牙缝里抠出来的。全家又得饿几天。

还有一回，俺爹去村里的小卖部里买东西，人家多找了钱，他没数清楚，到家俺娘一数，多了，叫他赶紧去把多找的钱退回去。

小鸟跌落地上，我想把它养大。
俺娘叫我放生，因为它也有娘。

卖东西的刘姨心里感激，说："尚根有，怪不得你受穷呢，多给了钱你也不知道要。"

俺爹慢悠悠地说："穷了不丢人，坏良心老丢人。"

俺家这两位善人不断地施舍，让本来就贫穷的家雪上加霜。

我饿得双眼发绿，看见啥东西，先想能吃不能。

俺娘让我拾柴火，我不想往山上跑，因为太饿，走不远。一般情况下，我是就近上树掏鸟窝。喜鹊的窝大，一个窝就是一小捆柴火，碰巧了还能掏几个鸟蛋。这些鸟蛋，我不敢往家里拿，俺娘不叫掏鸟蛋。她说："掏人家燕儿了害眼，掏个麻雀顶脑疼。人不能杀生。"

有一次，一只刚爹毛的黄口小鸟摔到了地上，我把它捡回家，对娘说，把它养大，说不定还能烧烧吃。

娘上来就给我一巴掌："光记住你的嘴咧，这么小的生灵，你就想吃它！人不能做伤天害理的事，去，给我送回去。"

我说："送哪儿去呀？这是我在地下拾的，不是掏的。"

"那也不行，你给它送回树上去，让它找它娘去。你小时候离了你娘能活呀？"

我从小到大，不怕爹，就怕娘。爹从来不打我不骂我，当然也不大管我。娘对我却是严加管束，时时刻刻不放松，按现在的说法就是"虎妈"。一旦我犯了错或是违背了她的规矩，她就怒目圆睁，一声断喝："连福，过来。"我一听这声音，就知道大事不好，如果还有逃跑的可能性，我会撒腿飞奔，溜之乎也。但一般情况下她都会事先堵住门，让我插翅难飞。于是，我便被罚跪或是被笤帚打屁股蛋子。有时候，我觉得我有理，就会不服气地辩解，她一般都不听，而是骂道："你敢犟嘴，看我打不死你个小鳖孙儿。"但有的时候，她也会听我的道理，然后对我说："你记住，骂人扎嘴，偷人扎腿，顶撞老人罚跪，欺负小孩打背。你给别人家的孩子搁气，我得先打自己的孩子，这是老辈立的规矩。"

都说环境塑造人，但人天性中的邪气与丑陋遇到机会就会跑出来。我7岁那年，马庄回来一个从监狱里放出来的人，他叫尚子兰，论辈分是我的伯伯。尚子兰的成分是富农，民国时期当过镇长，按当时的说法，他是双料的阶级敌人。"地富反坏右"这五类坏分子，尚子兰一人就占了富农和反革命两类，生产队抓阶级斗争有了好靶子，经常开会批斗他。俺村的批斗会还算温和，不捆绑也不戴纸糊的高帽，就让他低着头站在台上，任别人批判或拿手点他的额头。

尚子兰沉着脸，从不辩解也从不反抗。你永远不知道他心里在想啥。

一块儿玩的小孩们告诉我，这个劳改犯可老实了，咱村里谁都能欺负他，你叫他站住他立马就得站住，敢不站住就是对抗革命群众。

"那咱们小孩叫他站，他站不站？"

"站。"

好奇心让我决定试试。有一天，我正好在路上碰见尚子兰背个箩头去拾粪，就迎头走过去，拦住他的路。

"站住。"我说。

尚子兰立刻站住了，垂着头，低着眼，不看我，也不说话。

"你老实交代了没有？"

"……"

"你为啥不说话？"

"……"

"你犯了什么罪？"

"……"

一问三不答。

我正不知如何是好，俺娘从那边过来了，她一看周边没有人，冲尚子兰摆摆手说："他伯，走吧，小孩不懂事，别跟他一般见识。"

尚子兰垂着头默默地走开，俺娘伸出手牵着我回家了。

一进门她就压低嗓门吼道："跪下。"

我知道大事不好，赶紧跪下，手捂着屁股，因为逢到这时候，俺娘

我想欺负别人，挨了一顿痛打。
屁股肿了七天，睡觉都是趴着。

的笤帚疙瘩必然会飞过来。

果然是一顿好打。

俺娘说："人家跟咱没仇没怨，你欺负人家干啥？那是恁伯你知道不？恁爹都给他叫哥哩。你跟谁学的欺负人的坏毛病？你给我记住，你一辈子不能欺负别人，欺软怕硬，我见一次打一次。"

这是我自记事起挨得最狠的一次打，屁股肿了一个星期，睡觉都是趴着的。

我是在马庄小学读的书。那年，俺妹妹正好出生，妹妹生下来智力就有问题，按我们那儿的说法叫"瓜瓜"。她后来读一年级读了八年都没升级，坐在那儿很老实，就是学不会。

养活一家三个孩子，供我和我姐上学，俺娘的日子越来越艰难。

学校就办在村中的北大院里。北大院是五间瓦房，隔成两个教室，小学生们编成两个班，一年级和三年级一个班，二年级和四年级一个班。学校只有两个老师，上课时，先用十几分钟给一年级讲，然后就布置作业，写字或默读课文，再给三年级的同学讲。

我的学习很好，语文和算术在班里总是第一第二。每当我得了奖状，俺娘就贴到家里最显眼的地方，逢人就说，俺连福看见书就来灵气，你看看得了多少奖状！

俺娘经常私下里教导我："天雨虽大，不润无根之草；天理虽宽，不予无心之人。你爹不识字，一辈子也出不了头。你千万别跟你爹学，一定要好好念书，吃得苦中苦，方为人上人。"

有时她会补充一句："将来有出息了，娘脸上也有光。"

我那时特别盼望能有出息，做梦都想当个老师或者是干部，带着俺娘远远地离开马庄，到一个能吃饱饭的地方去过日子。

可是，现实中的我却连学费也交不起。那时，我一学期的学费也就一两毛钱。可是俺家连这点钱也没有。

那时的农村实在弄不来钱。

白天，俺娘得下地劳动，挣工分。男劳力一天十分，女劳力一天八分，半大小子和姑娘下地只有六分。出一天工能挣一毛几分钱，分红是以实物和口粮顶替。我们家因为孩子多、劳力少，一年下来分不到钱不说，还倒欠合作社几十元的口粮钱。

因为俺爹能力有限，俺娘啥都得干。农忙下地劳动，农闲得去修水利，挖土、拉土、抬土。俺娘是小脚，三寸金莲听着好听，走路却走不快，抬土自然是不行，人往那虚土上一站，脚陷下去多么深！只能去挖土，一天下来，腰都快累断了，可是回到家，她马上就得烧锅做饭、喂猪、洗衣、纳鞋底。到了晚上她还得纺棉花，经年累月，我都是伴着纺车的嗡嗡声睡着的。偶尔半夜醒来，见俺娘打着哈欠还在纺线。俺娘啥时候睡的，我从来不知道。

俺娘是一个自尊心很强的女人，借了人家的东西一定要还上，欠了人家的账，手里有一个子儿，自己不吃不喝也得先还钱。但是，我和我姐的学费，她实在是交不起。每到交学费，她就会到学校，脸上堆起很勉强的笑，央求老师宽限些日子。

而实际上，这些钱是永远交不上的。

记得上三年级的时候，都开学仨月了，我还交不上学费，老师捎话让俺娘过去。

那天，家里本来就揭不开锅了，晌午饭就喝了一碗稀汤。

一家人都吊着脸不说话。

俺娘磨蹭半天才出门。我知道，她内心纠结得很，怕见老师。而我更是寒酸，光脊梁赤巴脚，就穿了一条粗布裤衩。

见了老师，俺娘双手放在衣裳的大襟前搓着，完全失去了她平时的镇定与尊严。

因为我学习好，老师对俺娘还算客气："连福他娘，俺这些老师也是挣工分吃饭的，要是学生都不交钱，老师们吃啥喝啥？要不你来当老师，我给你交学费？”

“哪能呢？稍过几天，我手边宽绰了就把钱给恁送来。”

“连福上个学期的学费都没交啦，你啥时候手边宽绰呢？”

我看见，俺娘的脸一下子变得通红，内心很挣扎的样子：“唉，连福他爹比不上别家的男人，家里啥事都压到我身上，难哪。恁读书多识字多，大人大量，俺来世做牛做马报答恁。”

“这辈子的事都办不成，还说啥来世！你啥时有钱了赶紧交上，比啥都强。”

俺娘堆出来的笑僵在脸上，比哭还难受。

每当这时，我都会很愤怒。

我恨老师说话不留情面，也恨自己的爹娘没本事，为啥人家交得起学费就俺家交不起。

那天回家的路上，我故意不跟娘走在一起，她叫我我也不理。

俺娘逗我：“你看你那嘴，噘得能拴个叫驴。”

“我还不胜驴呢！驴有吃有喝还听不懂难听话。”

这话伤了娘的心，她到家就坐在炕上抹眼泪。

我很后悔，但噘着嘴不肯认错。

娘不跟我一般见识，她哭了一阵，站起身说：“孩啊，你饿了吧。一天都没吃啥东西哩。”她把梁上挂的馍篮摘下来，把里面仅有的半块玉米面饼递给我：“赶紧吃了念书去。”

我问娘：“你吃啥？”

娘又恢复了她的严肃：“你不用管我。叫你吃你就吃。”

从我六七岁开始，俺娘就得了浮肿病，小腿明晃晃的，一按一个坑，半天起不来。人在长期的饥饿状态下，身体里大量缺乏蛋白质，细胞内的水分不能被及时转移到血浆中，排出体外，而是蓄积下来，导致浮肿。饥饿引起的浮肿吃几顿饱饭就能好，但如果饥饿一直持续，人的心脏、肝脏、肾脏就会受到损害。也就是从那时起，我就没看见她笑过。

我那时已经知道心疼娘，非要把饼子递给她吃。推搡之间，饼子掉到了地上，俺娘一急，随手打我一巴掌："叫你吃你就吃，推搡个啥？"

我也真饿急了，把沾着土的半块玉米饼子擦了擦，一口一口吃下去。与此同时，我的眼泪也一滴一滴掉下来。

娘突然过来搂住我的肩膀，用手抹我的眼泪。我清楚地记得，俺娘来回抹泪的手上布满了一道道的血口子，很长很深，如同小孩子的嘴。

我看着俺娘的手和她伤心的样子，心中的痛苦倒海翻江。

从此，我非常痛恨交学费这件事，不想让俺娘作难。我上学多年，没有找俺娘要过一次学费。我不会像别的孩子那样，在老师的压力下哭哭啼啼地回家要钱，我绝对不张这个口。同学们笑话，老师吵，可是我一声气不吭，不让我坐在课堂里我就出去站在教室外面，下节课再进去，反正拿定主意不找娘要钱。

除了我的学费，我一年读书花的钱不会超过两毛。

七分钱买一个蘸水笔的笔尖，插到一根木棍里算是有了钢笔。这笔省着用能用两年，有时写到笔尖断了，放在磨石上磨磨还能再用。两分钱买一包蓝颜色，倒在小瓶里用水一搅就成了钢笔水。这瓶钢笔水要用一整年，快用完了就往里添水，写在纸上的字迹淡到看不清。作业本两分钱一本，正面用完了用反面，实在买不起了，就捡些乱七八糟的纸订成本子。有一次我捡人家出殡时撒的纸钱订成本子用，被老师骂了一顿，说是不吉利。

交不起学费的时候，我就没有课本用。老师让我和同学苗同成伙看一个课本，交换条件是下课后我帮他写作业。

我的学习成绩很不错，如果不是有这点本事，老师早把我扫地出门了。

我说的学习成绩是指语文和算术，每次考试不是全班第一就是第二，当然了，我们那班上同年级的只有十几个孩子。

我的美术和音乐成绩却不好。我买不起铅笔和彩色蜡笔，所以老师让画画，我就用蘸水钢笔在本子上随便找个空白地方，画个小人或小鸟就交差。唱歌唱戏我就更不中了，没有那细胞，五音不全，一张嘴老师和同学就笑。那时唱的歌有《东方红》《小燕子》啥的，我都不会。老师说，《东方红》你不会唱？我说念念中，不会唱。老师坚持让我站起来唱，逼急了，我就把歌词念一遍，然后就噘着嘴站在那儿。老师给我的音乐课打的都是零分。

有一年，快放寒假了，老师给我们布置的作文题是《新年的心愿》。我的同学们大部分写的是好好学习，长大要当科学家、工程师、老师、医生或是工人，没有一个写要当农民的。我跟他们的想法不一样，不想写那些大话，我写的大意是："新年都是在寒冷的冬天开始的，我不喜欢冬天，因为冬天太冷了，天一冷，我的手就会长冻疮，我妈妈的手就会裂口子，老师的手往黑板上写字，也冻得很疼。我如果有了钱，我就买两双手套，一双给老师，一双给我的妈妈，他们的手就不会冷了。"

老师看了我的作文很感动，夸我小小年纪却很善良。

10岁时，我到邻村西十里铺上高小，学校要求住校，让每个学生带被褥到学校。俺姐虽然比我大4岁，却和我一个年级，我们同时都要住校，需要两套被褥。

那时，一床被窝可是大家产呀。俺全家就只有一床粗布被窝，是娘纺的粗布做的，上面有红蓝两种细道道，盖了七八年，棉花套都烂得成了絮。

全家五口人，盖一床被窝，哪儿盖得严？我是男孩，挨着俺爹睡，俺姐和俺妹挨着俺娘睡。冬天冷，我在睡梦中只顾把被窝往自己身上拽，结果盖住了头露出了脚，再拽，就会挨一巴掌："老实。"后来我就发明了一种睡觉方法，蒙住头，把身子团起来，双手抱腿，下巴颏挨着不老盖（膝盖），从而最大限度地保存身体的热量。

那时，俺姥爷和姥娘都已经去世，谁能接济我们一床被窝呢？

俺娘坐在炕沿上发愁。想了半天，只能去五姨家碰碰运气，因为五姨家只有一个孩子上学，家境比我们稍好一点。俺娘对五姨说："姐呀，我只有靠你了，借一床被窝让俺家妞妞盖一个学期，我再想办法还你条新的。"

五姨心疼妹妹，总算咬咬牙借了一床被窝给俺娘。

娘说："恁俩去学校住，我只有一床被窝，咋弄？"

我说："娘，俺姐是女孩，总不能让她没有被窝。我不要被窝，看哪个同学有被窝我钻他被窝里。"

姐带着被窝去上学了。

娘把炕上铺的半块毡片给我揭下来说："连福，你把这个背到学校吧。"

我大爷爷的重孙子尚银权比我小一岁，却管我叫"叔"。他正好带了一床被窝，没带铺底（褥子），于是我就把毡一铺，两人伙盖他的被窝。我睡这头，他睡那头。我的个子比他高，所以我的臭脚一伸正好伸到他鼻子低下，他就呸呸呸地吐唾沫，然后搔我的脚心，痒得我乱叫唤。

尚银权还经常尿床，他把被窝一尿湿，就打个滚，拱到别人被窝里去了。第二天晒被窝，都说这是军用地图。有时他还不承认是他尿床，非说是我尿的。

星期天学校放假，我也不回家睡，我觉得我已经懂事了，不愿意跟爹娘再拱一个被窝。夏天我就找看场看瓜的小屋去睡觉，冬天就找能在家里单独住的男同学去睡觉。

同学们在一块儿玩，我一般都是首领或是军师。比如玩"斗鸡"、摔跤、逮人（捉迷藏）、弹琉璃蛋儿、砸衔役（在远处立几块砖，然后把手中的砖头扔过去，砸中远处的砖头为胜），大家都是分成两班比赛，

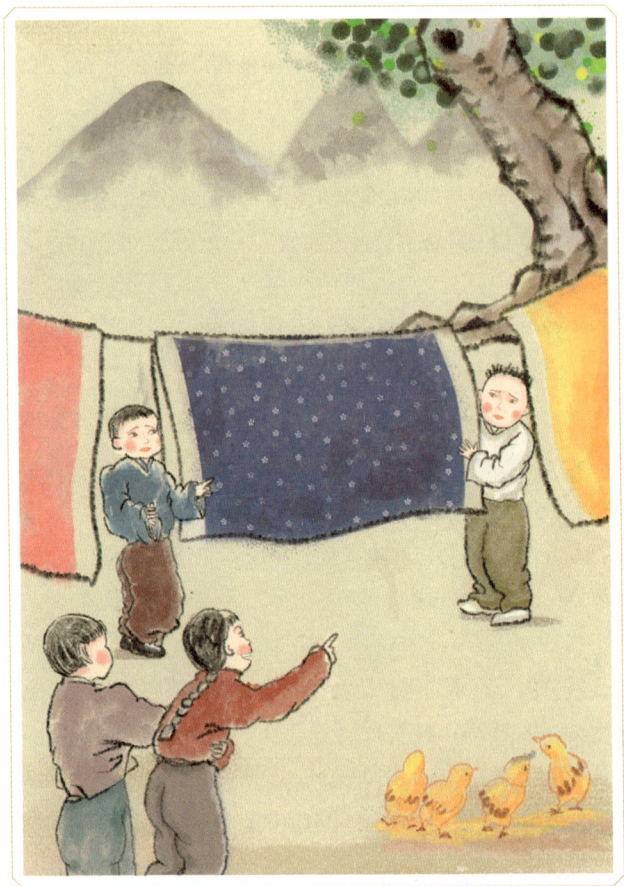

住校没有被子，拱进同学被窝。
天明被尿浇醒，非说是我尿的。

我就开始挑兵挑将：

> 野鸡翎，扛大刀，恁的人马叫俺挑。
>
> 挑谁的？挑英豪。
>
> 王魁马五赵麻子，还有大个黑老包。
>
> 你背枪，他抡刀，老包挎个盒子炮。
>
> 长长的队伍没头尾，
>
> 杀绝贪官除强盗。

我们玩得热闹，但有一个叫吴国强的同学总是跟我过不去，现在看来就是两人调皮到一块儿了。他个子也不矮，力气也不比我小，但是学习他差很远，因此，他总是不服气，碰见了会说些风凉话挑衅我。

有一天，我端个碗正在大门外喝汤，这小子过来了，我低着头不搭理他。

他也不看我，嘴里就念开了：

> 富裕老中农，
>
> 天天光喊穷，
>
> 上学不交钱，
>
> 还想逞英雄。

我追过去，拦住他的去路。

"你骂谁？"

"没骂你。"

"你说谁是富裕老中农？"

"谁是谁知道。你们家差一点定个富农成分，富农就是阶级敌人、专政对象。"

吴国强伸出个小手指比画了一下。

"你再胡扯小心我撕叉你的嘴。"

"你本事怪大呀，撕叉我的嘴呢还，你有种把学费交上，有种别叫恁娘去求情。自己有短处还不叫说。我看恁一家人都是要饭的托生的，上辈子要完下辈子要，东家要完西家要。"

那个时候，骂你出身不好，已经和骂你祖宗八辈一样狠，再骂俺爹俺娘是要饭的托生的，就更狠了。

我真恼了，所有的羞辱和愤怒都在那一刻暴发："你敢骂俺家老的！我打死你！"

我扑过去，把手里的一碗稀汤连汤带碗一下子扣到了吴国强的头上。

汤汤水水和野菜叶子把他的头变成了一个烂鸡窝。

吴国强没想到我这么猛，被打蒙了。他抱着头蹲在地上，嘴里嚷着："你敢打我，我去告恁娘，让恁娘打你。"

我冲上去又是一脚。我那布鞋的帮子本来就已经糟了，这一脚踢过去，鞋帮子和鞋底彻底分家了。我更恼了，把烂鞋底拿在手里又抽他几下子："你敢去俺家，我现在就打死你。"

吴国强像个布袋一样倒在地上，嘴里呜呜地哭着，再也不说话了。

当然，我少不了又挨俺娘一顿打，但这一次，我没有跑，而是冲着俺娘喊："你打吧，你打我多少下，我见他就打他多少下。因为我没有输理，他骂爹骂娘是要饭的，就不中。"

俺娘举着笤帚的手一下就软了，她叹着气说："连福，给你说了多少遍了，咱这门上人丁不旺，惹不起人家。忍忍忍，让让让，忍字让字一样高。你啥时候能懂得忍让呀？"

我脆弱的自尊像一只蜗牛躲在并不坚硬的外壳里，任何一点压力都会把我引爆。

第七章 ———— 关于吃饭那些事

1958 年的事，按现在的说法叫"共产风""浮夸风"，对马庄的农民来说，什么也不懂，只懂得天下合久必分、分久必合。十年前土地改革，没收了地主的土地和财产，征收富农多余的土地，并将没收、征收的土地平均分配给无地少地的农民，这叫"分"。万分高兴的农民把"土地还家，合理合法"的牌子插到自己分配到的土地里，做起了"三亩地一头牛，老婆孩子热炕头"的小康美梦。可惜好梦不长，上级说，"共产主义是天堂，人民公社是桥梁"，一个动员，一个命令，所有的土地在一夜之间都成了公社的，并且不允许私自买卖，这叫"合"。

　　中央在 1958 年 8 月 29 日通过的《中共中央关于在农村建立人民公社问题的决议》中，决定把各地成立不久的高级农业生产合作社，普遍升级为大规模的、政社合一的人民公社。

　　《决议》说："我国农村实现机械化、电气化的要求已愈来愈迫切；在农田基本建设和争取丰收的斗争中，打破社界、乡界、县界的大协作，组织军事化、行动战斗化、生活集体化成为群众性的行动，进一步提高了五亿农民的共产主义觉悟；公共食堂、幼儿园、托儿所、缝衣组、理发室、公共浴堂、幸福院、农业中学、红专学校等等，把农民引向了更幸福的集体生活，进一步培养和锻炼着农民群众的集体主义思想。"

　　《决议》还说："人民公社虽然所有制仍然是集体所有的，分配制度无论工资制或者按劳动日计酬，也还都是'按劳取酬'，并不是'各取所需'，但是人民公社将是建成社会主义和逐步向共产主义过渡的最好的组织形式，它将发展成为未来共产主义社会的基层单位。"

《决议》乐观地认为："建立人民公社首先是为了加快社会主义建设的速度，而建设社会主义是为了过渡到共产主义积极地作好准备。看来，共产主义在我国的实现，已经不是什么遥远将来的事情了，我们应该积极地运用人民公社的形式，摸索出一条过渡到共产主义的具体途径。"

那一年，中国的 74 万个农业生产合作社合并成 26000 个人民公社，农村基本上实现了人民公社化。

土地入社，马庄的人再次羡慕起俺娘来，都问她当初是不是有先见之明，把地卖给公家，起码落了几个钱、一群羊，给孩子们添置了几件衣裳。而现在，土地不允许买卖了，都入了社，想卖地也卖不了了。

俺娘说，其实也没占啥便宜，一群羊都归公了，家里还是穷。

巧的是，1958 年全国农业获得了大丰收。6 月麦收，登封的亩产达到了三四百斤，这是老祖先都没有见过的好年景呀。

本来丰收年应该想着歉收年，多存粮食，可是，与天气一块儿热起来的是人的头脑。

全国掀起了大炼钢铁运动，还大办万鸡山、万头猪场，大办水利，大办铁路。几千万人齐上阵，土法洋法一块儿搞，到处热火朝天地调集人马搞义务劳动。马庄这种只有铁匠铺的小村竟然也建立了炼钢炉。村里没有铁矿石，村干部就挨家动员大家把自家的铁锅、铁犁一类的东西都交出去，然后扔到小高炉里烧，化成铁水，再变成一团黑乎乎的铁疙瘩。炼钢需要高温，高温需要燃料，没钱买煤，就砍树，开始是上山砍，山里的树砍完了，就砍村里的，因为所有的东西都成了公家的，砍树的时候谁也不心疼。村里那些活了几百年的古槐树被砍得只剩下两棵，过去绿油油的山坡也变成了秃子的头，没几根毛了。

壮劳力出来大炼钢铁，庄稼顾不上收，棉花顾不上摘，红薯顾不上挖，大好的年成白白荒废了。

　　大丰收也使狂热的理想主义与"浮夸风"找到了一些根据。

　　据说，"浮夸风"是从河南先刮起来的。1958年6月8日，《河南日报》报道遂平县卫星农业社亩产小麦2105斤，11日又报道该社亩产小麦3530斤。这是全国放出的第一颗"高产卫星"。1958年6月13日，河南省委宣布夏粮总产已达到103亿公斤（实际只有50亿公斤）。接着，西峡县先锋社的6494斤、西平县和平社的7320斤、跃进社的7201斤、邓县岁营社6541斤的"卫星"相继见报。到了秋季水稻收获，信阳鸡公山公社亩产48925斤、光山县钢铁公社31302斤、商城县跃进公社30009斤的"卫星"也"上了天"。①

　　相比之下，登封县1958年制订的全面发展规划还是比较"实在"的，规划说："我们的口号和奋斗目标是：'鼓足干劲，力争上游，十年纲要，一年完成。'今年亩产600斤，明年过淮河亩产800斤，三年千斤县，五年登封赛江南。实现我们所理想的：'绿林盖天，花果满山，牛羊满坡，肥猪满圈；高山摇钱树，河道水电站；平地粮满囤，水库鱼乱窜；耕作机械化，新房层层建；人人中学毕业，个个红光满面'……"②

　　由于要对农民实行"军事化"管理，马庄全村的人都搬了家。男女分开住，老人进了幸福院，小孩住进幼儿园，学生住校，吃饭进公共食堂。

　　俺家五口人都按生产大队的安排，搬到了指定村庄或房屋里居住。

　　大队的畜牧社设在左庄，俺爹他们一伙放牛放羊的人搬到了左庄。我和俺姐跟着学校搬到西十里铺村住校。俺娘住在妇女队。4岁的妹妹住在幼儿园里。

　　队里规定任何人都不能在家做饭，谁家要是冒烟了，队长带着人过去就把你煮饭的锅碗瓢盆没收掉，你要不让没收，当场就给你敲了。

　　全家能见面的地方就是食堂。马庄在我们马庄小学的教室里办了一

① 引自《走近"浮夸风"的发源地河南，揭开历史的真相》。http://www.szhgh.com/Article/wsds/history/201401/43015.html
② 《登封市志》，第1844页，中州古籍出版社出版。

门口一溜大缸，全村都吃食堂。
胳膊夹只大碗，稀里呼噜喝汤。

个公共大食堂，七八百口人集中到村中的食堂吃饭。

百分之百的农村人口都进食堂吃饭，那个场面很壮观。做饭的师傅有十二三个人，几个大煤火炉，把教室就占满了。食堂门口放一溜大缸，每个最少有一米高。蒸窝窝头用的是大方笼，一层笼有两米见方，需要两个人才能抬起来。

到了吃饭的钟点，挂在大槐树上的钟就敲响了，乱哄哄的社员们胳肢窝底下夹着碗就来了。没有桌子板凳，大家排着队让大师傅给盛碗饭，往那儿一蹲就吃。吃完了，用舌头把碗舔干净，也不用刷，再往胳肢窝底下一夹，回自己住的地方。那时都穷，谁也不嫌谁脏。

当时，村里各个庙里供养的泥胎神像村民没舍得砸，都集中在食堂里，天天烟熏火燎，弄得它们乌眉皂眼，在氤氲水汽中注视着我们呼噜呼噜地喝汤。

食堂不包饺子，所以那两年，我们过年都没吃过饺子。

后来我看历史才知道，太平天国时期洪秀全就是这么管理他的臣民和军队的。洪秀全那时是我们心中的英雄。

俺县的庙会和集市也被取消了，一度连穿的衣服、洗漱用品都由公社统一发。

最热闹的是"除四害"①。

那一年，写过小说《李双双》的著名作家李准到登封采访，发表了一篇报道。他写道："这里的农村比城市还干净……就以厕所来说吧，过去是蚊蝇聚生的地方，现在每个厕所上都加有盖子，墙壁粉刷一新，有些村子还请来会画画的人，在厕所的墙壁上画着几枝牡丹花卉。因此有很多人说'这简直不像厕所，倒像是戏台上的布景一样美观了'。登封县在2月底已经消灭了54万只老鼠、71万只麻雀，平均每户消灭了

---

① 1958年2月12日，中共中央、国务院发出《关于除四害讲卫生的指示》，提出要在10年或更短一些的时间内，完成消灭苍蝇、蚊子、老鼠、麻雀的任务。

10 只老鼠、10 多只麻雀。"

李准参观的这种画牡丹的厕所我没有见过。那时各家的厕所叫茅房，土墙也就半人多高，里面挖个坑或者是放两块砖就解决问题了。再说，农村根本没有画画的颜料，谁会舍得往墙上画"牡丹花卉"呀。

有一阵子，社员进食堂吃饭，必须携带并出示自己打死的苍蝇，才给你盛饭吃，否则就不能吃饭。那时农村苍蝇倒是很多，可是我们没有苍蝇拍，打不到。后来大家想办法，把硬纸片扎出小洞，缝在小树棍上，做成苍蝇拍，然后把打死的苍蝇用纸或破布包起来，带到食堂，得让炊事员亲眼看见，验明正身才给你盛饭。我们包苍蝇的纸或布还舍不得扔，都会小心翼翼地把这包东西装到兜里，等下次吃饭时，再把新打死的苍蝇包进去，当然有时也会拿原来的死苍蝇去凑数。

这是很不卫生的做法，但生产队有规定，我们就照着做。

俺娘不打苍蝇，她说自己眼神不好，让俺爹找死苍蝇去给她凑数。我想，她可能认为这也是杀生吧。

消灭麻雀却有难度，它在天上飞，也不在屋檐下搭窝，所以不好逮。村干部就让人到麻雀多的地方，敲着锣挥着竹杆大声吆喝，麻雀飞跑了，就算"消灭"了。

那几个月，我们这些小孩都很兴奋，因为过惯了半年糠菜半年粮的日子，我们能放开肚皮吃饭了——虽然那食堂去晚一点就没饭了，但对我来说，甭管好孬，不论稀稠，只要肚子不饿就是共产主义。

但是，令人担忧的情况正在发生。由于虚报粮食产量，1958 年全国粮食征购指标比 1957 年增长 22.23%，河南则增加了 55%。那年全省的实际粮食产量也就 217 亿斤，却征购了 75.43 亿斤，有的地方把农民的口粮和种子都征走了。

从登封的生猪收购上也能看出当时农民生产的积极性下降得厉害。1955 年，登封县收购生猪 8858 头，而在 1960 年，这个数字变成了 1651头，下降了 81.4%。

随之而来的只能是饥荒。

1959年和1960年春天，旱灾降临，粮食歉收。比歉收更可怕的是几乎所有地方都采用了平均主义的供给制，"一大二公"和"大锅饭"，什么东西都是公家的，干多干少、干好干坏与个人没有什么关系，于是，怠工者和懒汉出现了，人们干活的积极性被挫伤，农村生产力被破坏。农民不好好种地，俺村的公共食堂很快就断顿了，需要县里调拨才能吃上饭。县里也没有多少粮食，于是食堂的粮食开始定量，大锅里的稀汤越来越稀，喝汤变得跟喝水差不多。县里派人到食堂里监督，要求保证每人每天吃粮七两，凭票吃饭，节约归己。实际上，吃到嘴里的连半斤都不到。

集体住宿的办法也废弃了，大家各回各家住，吃饭在食堂。这样就可以在吃不饱的时候偷偷煮点野菜吃。家家户户都没有锅了，瓦罐和砂锅被当成了宝贝。

我还记得定量吃饭的严格程度。我们小孩星期六下午放假回家，星期日下午返校，这一天的三顿饭要在马庄食堂吃。我们回家的时候，学校要按每人每天的粮食定量把我们的口粮称给我们，带回马庄食堂，如果不带粮食，马庄食堂就不让我们吃饭。

那年代绝对没有逃学这一说，如果逃学，你走到哪儿都没吃的，只有饿死一条路。所以班上的同学都很守纪律，绝对不敢搞什么"出走"。

"大跃进"年代，上学学知识少，义务劳动多。整天价不是抬粪就是抬砖，或者挖土修渠，一学期也上不了几天课。

有一次，我和尚银权抬砖到尚庄，路过一口枯井时看见里面掉进去一只灰黄色的野兔子。我扒着井沿的砖下到井底，把兔子逮了上来。回到教室，我把兔子装进书包，塞到课桌的桌斗里，准备回宿舍养着玩。不料兔子乱弹腾，弄出了响动。老师走过来，眼一瞪，手一伸，我就乖乖地把书包交了出去。老师很生气，把兔子掏出来当场摔死，然后把死兔子扔到了教室的房顶上。

我很心疼，也不敢吭声。下了课，从学校后院爬到房上，把死兔子捡回来。

晚上，我叫上尚银权和几个要好的同学，跑到野地里，用泥把野兔一包，找点柴火就烧。烧了一会儿，泥裂开了，闻到了肉香。我迫不及待地扒开火堆，把包的泥去掉，冲着焦黑的肉猛啃了一口。哎呀，咬了一嘴毛，还有血渣子。

那会儿人太缺吃的了，见着能吃的东西不吃，觉得是罪过。我还找理由开脱责任，对尚银权说，这是老师杀生，兔子死了也怨不着咱们。

我们那个地方，男孩12周岁的生日很受重视。人生60年一个大轮回，12年一个小轮回，12岁标志着一个新的生命周期正在开始，标志着我从儿童进入了少年。俺娘找人捎话，让我生日的当天晚上回去，给我包饺子吃。

那天晚上，等大家都睡下了，我趴到尚银权耳边说："你帮我照应着点，我得回家一趟，过生日去。回来给你带吃的。"

"大跃进"的时候，俺村的孩子都被弄到西十里铺村上学，这里离家有四五里地，不算远也不算近。我蹑手蹑脚地溜出学校，把鞋脱下来掂在手里，朝家的方向跑去。我一年只有一双鞋，上一次我跟吴国强打架，拿脚踢他，把鞋踢烂了，这个教训很深刻，我更加爱惜我的鞋了。

我进了家门，俺娘在灶房已经把水烧好了，她瞒着俺全家，把包好的12个饺子藏在案板后头。饺子皮是玉米面和白面混合到一块儿做的，金黄的颜色晃得人眼花。我至今也不知道俺娘从啥时候做的准备，从哪儿弄到的白面，也不知道她为了这几个饺子求了多少人，遭了多少难。

俺娘看见我进屋，立刻开始煮饺子。饺子一出锅，俺娘用一个小罐盛了，盖上盖子说："连福，不能在家吃，这几个饺子不够全家分的，你提回学校吃去。"

我正要迈步出门，突然看见隔壁炕上的妹妹醒了。

我妹妹本来已经睡着了，可是饺子的香味是那么有穿透力和诱惑力，把睡梦中的她弄醒了。她睁开了眼睛，眼巴巴地看着我。

我的步子迈不动了，把饺子拨出来几个，放在妹妹手边，然后头也不回地走了。

跑回学校，我把尚银权叫出来，躲到墙角，一人一双筷子从小罐里捞饺子吃。饺子里没有肉，是萝卜白菜馅的，放了一点猪油。不料想，饺子的香味竟然把十几米外宿舍里的一个同学弄醒了，他跑过来问："吃的啥，叫我吃点呗。"

尚银权把最后一个饺子往嘴里一塞说："没有啦。"

那同学很生气，第二天就报告了老师，说我们夜里偷吃饺子。

老师问清了缘由说："尚连福，站起来，到最后边去。罚站一堂课。"

我低着头，走到教室后面罚站。

老师接着说："现在缺吃的，有人拦路抢东西，已经出了四五起事了，你这么小，深更半夜跑回家拿东西吃，出了事谁负责！"

老师的话我根本没当回事，因为我脑子里回味的全是昨天晚上的饺子。我一边罚站一边想："饺子太好吃了。饺子是世界上最好吃的东西。等我长大了，能挣钱了，先给俺娘买一碗饺子吃。"

我在学校另一个逞能的地方就是上树上得快。那时我们有一种男孩玩的游戏叫上树摸猴：大家都爬到树上扮猴子，其中一个人当猎人，互相比谁爬得高谁爬得快，如果"猴子"让"猎人"摸到了脚，就算输了。

我身子轻，腿长胳膊长，上树是最快的。我一般都是先爬到最高的树枝上，头朝下，脚朝上，双腿往树枝上一盘，就没人能摸到我的脚了，因为最高的树枝承受不住两人的重量，"猎人"想从我身边再往上爬，几乎没有可能。所以，我总是赢家。有一回，我和尚银权、申有财三人玩"摸猴"，尚银权当"猎人"，我和申有财当"猴子"。申有财也是有名的机灵鬼，他爬到最高的树枝上，头朝下脚朝上趴在那儿。尚银权爬树的本领也不弱，他快摸到申有财的脚时，申有财急中生智，像吊单杠那样双手抓住树枝，把腿吊在空中，尚银权干急够不着。我在边上看得清楚，出主意说："你等着，过一会儿他没劲了，脚就翘上去了。"
尚银权说："好，咱给他来个守株待兔。"他话音刚落，申有财就没劲了，
想收腿也收不上来，挣扎了几下，手一松，扑通一声掉下树去。

那树距离地面有三米多高，幸亏他是腿朝下掉下去的，把腿崴了，
不老盖流血了，好几天走不成路。

申有财的娘不愿意了，当天就到俺家和尚银权家来寻事，说是俺两
家要断申家的血脉，要害死人。我跟尚银权住前后院，人家的大嗓门一
吆喝，所有的人都听得真真切切。

我本来以为我不是当事人，最多是个旁观者，要打也是打尚银权的
屁股。但是申有财他娘坚定地认为我是主谋，她说："那树那么高，你
哄他爬树不说，人吊到那儿你还让等着，把俺儿从那么高摔下来，要出
了人命，你说咋办？"

她这么一分析，我成了主要责任人。我不服，正想开口辩解，俺娘
一把抓住我的脖领子，把我朝屋里拽。

过去我一看气氛不对，都是撒腿就跑，俺娘干急追不上我。等过个
大半天我再回去，她气消了，我就不会挨打了。可是这一次，她一听差
点出人命，真生气了，把我拽进屋，门门一插，喊了一声"跪下"。

我看俺娘大眼圆睁，满脸通红，知道不好，赶紧跪下。俺娘顺手拿
起笤帚朝我屁股上和后背上抽，边抽边骂："我跟你说了多少次，咱家
人丁不旺，咱家穷，你在人前要多低头，别惹事，你咋就不长记性！"

我求饶道："娘，我再不敢了，别打我了。"

等到俺娘停手，我那骨瘦如柴的后背已经血迹斑斑了。

这世上最疼我的是俺娘，打我最狠最疼的也是俺娘。

过了一会儿，俺娘看见我的小褂上有血，又慌了，赶紧找药给我抹。
然后，她躲到里屋，哭了好大一会儿。

日子不顺，她心里比谁都憋屈。

"共产风"刮不下去的时候，庙会和集市陆续恢复了，因为乡下人好歹还能吃上野菜，而城里人如果没有吃的只能饿死。据《登封县志》记载，1961年到1965年，商品奇缺，出现买东西排队走后门的现象。城里人为了买配给的煤得排一整夜队，很多人家头天黄昏就抱着被子往煤店门口一铺，睡到第二天黎明，爬进来排队，等煤运到家，已经是下午了。为了解决市场供应紧张的问题，县里规定一部分紧俏物资凭票供应，一部分实行高价政策。食糖三元一斤，糕点十元一斤，自行车最贵时六百元一辆，后来便宜了一点也要二三百元。

那时，每天天快亮的时候，都会有人趁着夜色的掩护卖吃食，人们称之为"黑市"。"黑市"上的吃食在当时看来都是天价：烧饼和鸡蛋两元钱一个，一个白馍一元五，一两花生一元五，一块红薯五毛钱，一个柿子三毛钱。买得起这些东西的人，大多是城里的干部、老师一类的人，他们白天高喊革命口号，一会儿斗私批修，一会儿拔白旗，揪出反革命，夜里却要为一家人的生存偷偷违犯政策规定，活得也艰难。

俺爹长年在山里放羊，单独做饭，有一口小锅。他为了把粮食省下来，长年都是煮野菜吃。他用一个小布袋把省下的玉米面藏起来，找机会煮了给我吃。这些事必须偷着办，因为队里规定不准个人做饭吃，不准烧火冒烟。夏秋两季，他衣兜里会装几个柿子、毛栗子和毛桃下山。

俺娘说："孩儿们见天饥得跟饿死鬼一样，你把这些东西拿到城边上卖了去，换点钱买粮食多好。"

俺爹唯唯喏喏地不敢应："这是搞资本主义，抓住了要游街哩！"

这位不识字的老农民已经被吓破了胆。

俺娘数落道："说你没出息，你还真带样儿。"

第二天，鸡刚叫头遍，俺娘就爬起来，蒙了一块头巾，用包袱皮兜着那些柿子，迈着小脚，悄悄走到了城边。

她找了个地方，把包袱皮摊开，一声不响地蹲在边上。

她没有秤，东西卖得便宜，柿子两毛钱一个，毛栗子五毛钱一小堆。

不一会儿，有个 40 多岁干部模样的人过来，一问价钱，觉得便宜，就花了三元钱，把野果子全买走了。

俺娘用这钱买了半斤玉米面，欢天喜地地回到家，吩咐爹以后每天都要带些柿子和野果子回来，由她负责去卖。

但是没有想到，第三天就出了事。

那天俺娘摸黑刚把她的野果子摆出来，那个干部就来了，他掏出十元钱，要把俺娘的野果子全买走。俺娘不是做生意的人，身上没有零钱找给人家，正要起身去边上找卖馍的小贩换钱，突然眼前闪出两个端着大枪的民兵。那民兵大叫："都给我站住，东西一律没收。"

那个买东西的干部二话不说，扭头就跑，忽的一下就隐身在了黑暗之中，可怜俺娘一个小脚女人，哪跑得了。她刚跑出几步，就被身后的民兵揿倒了，头磕破了，额头上肿起一个青紫的大疙瘩。

民兵人赃俱获，俺娘被押到了派出所审问。

派出所的人把俺娘的钱和野果子没收，然后让她回家去。

他们没想到面前这个小脚女人不会屈服。

俺娘把她额头上渗出的血擦了一把，把鬓角往耳后拢拢，坐在那儿纹丝不动。因为她那钱是别人的，她必须要回来。

"叫你走你还不快走？"

"你叫我走我就得走？这光天化日之下，你把我的东西和钱抢走，还想叫我走？"

"你投机倒把，不把你抓起来就不错了。"

"我投机倒把？你是看见了，还是瞎蒙的？我这是上孩儿他五姨家走亲戚去，正好路过这儿，就被你推倒了。你以前见过我？"

那人仔细看看，俺娘确实面生，但又不愿承认自己抓错了人，就挥了一下手里的报纸说："你不懂政策，这上面说了，投机倒把就要法办。"

俺娘回道："我还能识几个字，不用你吓唬我。如果你不把钱和东西还给我，我就等你们领导来了再说，看看共产党还有没有王法。"

那人冷笑了一声："你愿意等你就等着，到时候有你的好果子吃。"

俺娘就那么坐着，从早上坐到中午，又从中午坐到黄昏，俺娘找他们要饭吃："旧社会坐大牢还管饭呢，你们冤枉好人不说，还不叫吃饭，你们是啥人呀，这么恶？"

两个民兵折腾了一天，不免心烦意乱起来，皱着眉头凶巴巴地说："还没见过这样的娘儿们呢，真是茅坑里的石头，又臭又硬。走吧走吧，老子们眼不见心不烦。"

他们把扣下的钱还给了俺娘，却把俺娘的果子胡乱塞到嘴里吃了。

俺娘说："神鬼怕恶人，公家给你们发杆枪，你们拎着跑到集上抢东西吃，我权当是喂狗了。"

俺娘往家走时，天已经黑透。俺爹正六神无主地着急呢，他已经听说俺娘被派出所抓走了，这会儿看见她头破血流地回来，更是大惊失色，一个劲地埋怨："我说不让去卖东西吧，你偏要去，你再敢去，非把命搭上不可。"

俺娘白了他一眼："把命搭上也比当饿死鬼强。"

俺娘与俺爹的区别就在于她敢于行动善于行动，就好比是热锅上的蚂蚁，她永远是四处出击、拼命往外逃的那一只，而不会是原地转圈、不知所措，最终被烤死的那一只。

两天后，俺娘就又去城边上卖野果子去了。她说，要等着那个掏了钱没拿东西的干部，把钱退还人家。

果然，又碰到了那个人。人家还没说啥，俺娘就从衣裳的大襟下的兜里把十元钱摸了出来："那天，人家把这钱没收了，我硬给要回来了。"

那位干部为那天拔腿就逃的事有点难为情，说："大妹子，太难为你了。像我这种右派，要被他们抓住，不死也得脱层皮。钱你别给我了，你再给我点野果子吧。"

很快，山里能摘的柿子和其他野果都摘完了，再也没有能换钱换粮的东西了。我们就吃红薯秧和玉米芯。这两样东西晒干后，放在石磨上面碾，碾烂之后，放点水拌拌，拿手捏捏，放到锅里蒸蒸吃。

那时候，树叶也很金贵。榆树叶是最好吃的，黏糊糊的，还有一点咸味。槐树叶有点苦，凑合能吃。最苦的要数柳树叶了，苦到难以下咽。所以，村里树上的树叶都撸光了，只有几棵大柳树上还有树叶。没办法，我只能撸半篮子柳叶回来。俺娘把柳树叶反复煮上好几遍，每煮一遍，就把水倒掉，换上一盆水再煮，煮到不太苦的时候，我们就蘸点盐把它吃掉。

家门口不远处那棵老槐树上的树叶被撸光了，树顶上还有点槐菠豆没人够得着。俺爹说："咱把它摘回来看看能吃不。"

俺家只有我能上树，我瘦，身子轻，平常上树比猴还快。可是那时候，人已经饿晕了，走路都像在水上漂，甭说上树了。

站在大槐树下边，俺爹托着我，让我往上爬。我爬了几下，身上就被虚汗湿透了。俺娘说，等一下，转身回家从墙缝里抠出来一个小纸包，里面是她藏下的一小撮玉米面。俺娘说："连福，我用这点面给你做碗汤，你再上树吧。"

我饿急了，抓住那点面就往嘴里送，因为纸上沾着面，我竟然连面带纸一块儿给吞下了肚。

俺娘看着我伸长细脖子往下咽那些生面和纸，眼泪扑嗒扑嗒地往下掉。泪水流过她浮肿的面颊，把衣裳的前襟都打湿了。

我吃了这点面，腿不那么软了，就踩着俺爹的肩膀上了树，一直爬到最高的树梢上。俺娘在树下仰着脸，张开两只手，好像随时准备冲过来把我抱住的样子。她的声音里全是惊慌："连福，小心呀，上不去就别上啦。"

我嫌她喊得烦，摇摇手，不让她说话，用随身带的棍子把那些能够着的槐菠豆挨个儿打下来。俺爹很仔细地在下面捡豆，有一颗槐菠豆从豆荚里蹦出来，骨碌到了墙根，俺爹赶紧追着过去捏起来，吹吹土，放到口袋里。

我把力气使完的时候，打下的槐菠豆有一两斤，回家煮个半熟，急不可待地放到嘴里尝，还真不苦，赶紧吞下肚再说。

观音土我也吃过。

冬天啥吃的也没有了，就想起了观音土。

马庄西边四十多里的地方，有一个送表公社，这个公社的山上出产观音土。

观音土是制作陶瓷和耐火材料的原料，又名膨土岩、斑脱石，富含硅、锌、镁、铝等矿物质。但对当时的饥民来说，这就是一种食物。

那年，去背观音土的人成群结队，我那会儿十三四岁，也背个布袋跟着俺村的大人去背观音土。这种土是青黄色的，手感细腻，摸着真的跟面差不多。

俺娘把观音土放到鏊子上焙焙，摊成小饼的模样，让每人吃一个。

我吃了一口，发现观音土不仅不碜，还真有点面的香味。

我说："娘，真好吃。"说着又抓了一个"饼"吃起来。

俺娘伸手一巴掌把我的"饼"打掉了："你不想活啦？这观音土老沉，吃多了就把肠子坠断了，拉不下来屎，不出两天就死了。"

我再吃一小口死不了。因为饿极了，我把地上的"饼"拾起来，一口塞到嘴里吞下了肚。

俺娘吓得扑过来抠我的嘴，想让我把观音土吐出来，可是肚子里一点东西没有，吐不出来。

吃了土之后，我一个星期拉不出屎来，肚皮胀得鼓一样，一拍嘭嘭响。

如果不是俺娘用小棍把我肚子里的观音土给抠出来，我的肠子恐怕真的就被"坠断"了。

第八章

要饭也是见世面的一种方式

吴国强骂俺家是要饭的托生的，我狂揍他一顿，但人拗不过命，我真的去要饭了。

1960 年 12 月，可能是实在撑不住了，登封县 20 多万人口中普遍发生浮肿病，患病人数达 33000 多人，还有 10000 多人营养不良，县志上对这些人的状况描述是"干瘦"。上级下达了通知，实行"百日休整"，基本建设项目全线下马，修路修水库的人们全都放假回家，我们学校也不上课了。

我的同学里，多数人都瘦成干了，肚皮上挑着筋，肚脐眼朝外鼓。

学校一说放假，好多同学都出门要饭去了。我跟我的好朋友尚银权商量，我俩也带上两个同学出去要饭。因为我们这种半大小子肚皮特别大，一顿饭吃二斤馍也不会饱，回到揭不开锅的家里，不是家里人饿死，就是自己饿死。何况我们长到十几岁，还没有走出登封一步，不知道山外的世界是个啥样，要饭也是见世面的一种方式。

我本以为俺娘不会让我出门，她那么爱面子，肯定不会让我去干这种丢人的事。

没想到，俺娘说："连福，要想活命，只能去要饭了。咱家就你一个男孩，总不能让恁姐恁妹妹去要饭吧？"

俺娘说这话的时候表情复杂，她的嘴角微微抽动，像是想哭，又像是在生气。我感觉她心里有一块大石头在压着，有很多话说不出口。也许，她会想到生离死别吧。

第二天一早，俺娘给我一个碗、一根打狗棍，把我在学校铺的那块毡捆成一个卷，放到我肩上。俺娘摸摸我的头，条理清楚地给我交代："连福，进别人的村机灵点，可不要叫狗给咬了。打狗的时候棍子要横着打，不能举着打。进了别人家，嘴要甜，见了跟你差不多大的，要叫哥叫姐，见了跟爹娘这么大的要叫爷叫奶。人家给吃的，你得谢人家，人家不给吃的，你也不能生气。知道了没有？"

我说："知道了。"

俺娘说："那走吧，记得娘在家等着你哩。"

我看见俺娘的眼泪又要流下来，心中慌乱，赶紧转身快步出了门。

等把尚银权和另外三个同学尚战功、尚海鑫、尚海坤聚齐，我回头往家那边看了一眼，只见俺娘正跪在奶奶庙门前磕头呢。

这一次，俺娘求神保佑啥呢？是保佑我能要到吃的，还是保佑我能活着回来？

我们五个同学商量着向西走，到偃师、巩义和洛阳一带去要饭。

这是我的主意。我们村过去逃荒要饭习惯朝南走，到信阳一带去要。信阳靠近南方，富裕一些。但我想，如果大家都去信阳，人多反而不好要到吃的。我们应该反其道而行之往西走，翻过嵩山去偃师、巩义、洛阳一带，听说那儿的人种红薯多，红薯比麦子耐旱，收成可能会好一点。

我们五人中我年龄最大，成了当然的老大哥。

翻嵩山，是我们的第一道坎。

嵩山古称中岳，海拔1512米，由太室山与少室山二山组合而成，共有72座峰，延绵450平方公里。

嵩山险峻，风光无限，可是对一群饿极了的孩子来说，它就是一只张着大嘴的饕餮怪兽，我们随时有被它吞没的可能。

　　我们喘着粗气往山上爬，眼睛不使闲地四下里瞅，就是看什么能吃。人常说，在家千日好，出门一时难，我们四人谁也没有带吃的。不是不想带，而是真没有，如果有吃的，谁想去要饭？众人看见鸟，恨自己没有翅膀，看见野兔，恨爹娘少给自己生了两条腿，眼馋地看着这些能吃的东西逃得无影无踪。

　　活物我们逮不住，只能去试着挖甘草、山韭菜和蘑菇，有时实在找不到吃的，也吃草根，嚼得大家满嘴冒绿沫。

　　头天晚上，我们住在废弃的法王寺里。法王寺里有两棵非常大的银杏树，传说夜里树上会传出敲木鱼的梆梆声。我们当时啥声音也听不到，就是趴着满地找树上掉下的白果。地下的白果早就被人捡完了，只有一两颗被风雨带到了墙脚或石缝里，偶尔被我们捡到，就一阵窃喜。

　　晚上我睡在树下，因为肚里饥，做梦看见的都是吃的东西。我梦见我在一片水里漂着，突然看见一只白兔蹲在岸边，我使劲扒水，想上岸，可是刚到岸边就被水冲了回来，如是三次，白兔没影了。我惊醒，四野无声，只能听见我饥肠辘辘的肚子里肠鸣如鼓。

　　脸上有一种冰冰的感觉。

　　那是雪穿过树枝撒到了我身上。

　　下雪了。

　　燕山雪花大如席，嵩山雪花小如米。

　　嵩山的雪有时像大米，有时像小米，但是不像花。

　　它们不会像平原的鹅毛大雪一样，被空气托举得舞姿曼妙，招摇着慢慢落下来，而是细密、繁茂、急促而坚决地扑下来，如同从彗星尾巴上砸向地面的陨石。

　　它们落地之后，一冬天不化。

　　这样的雪落在嵩山冻瓷实了的块块巨石上，如同厚厚的白色沙滩上卧着大片的牛羊。这些古老的石头似乎在对我们说："切记你们只是尘土，世代生而又死，城市建而复废，国家兴而再衰，而我们却永远屹立。"

大风吹过，山间一层层地卷起千堆雪浪。雪浪疾跑，有时像白发三千丈的侠客在腾云驾雾，有时像白衣飘飘的菩萨从被砍得光秃秃的山顶掠过。无目的飞行的雪浪如果突遇打着横的乱风，立刻像撞上一堵看不见的墙，哗地粉碎掉了。

我们五个孩儿在大雪中缩头缩脑地蜷在庙墙下，寒冷和饥饿使我们嘴唇乌紫，一个劲地打哆嗦。

尚战功哭开了："我想回家，我想回家，呜——"

这一哭，军心动摇，众人噙泪。他们看着我，等我做决策。

我说："咱不能回去，回去老丢人不说，饿你三天，你再想出来要饭也走不动了。"

尚银权毕竟是跟我一个被窝从小睡到大的朋友，他表示要跟我走。他说："雪地上有老鼠的脚印，咱要能找到老鼠窝，就能逮老鼠吃，人就有劲了。"

于是，我们就沿着老鼠们的脚印去找老鼠窝。老鼠窝一般都有两三个出口，我们在其中一个出口处，挖个四方坑当陷阱，在另外的出口用柴草熏烟，老鼠受不住，就会落入我们的陷阱。那一天，我们逮了七八只老鼠，用火烧烧，胡乱吃了下去。

晚上，冻得团成一团的我又做了一个梦：俺娘拿着笤帚疙瘩追着打我，我撒腿就跑，可是越急越跑不动，腿碰到门槛上绊倒了。俺娘揪着我的耳朵，边打边骂，让你别杀生，你就不听，你老能，你不怕报应？我用手护着屁股求饶，娘呀，我们不想杀生，现在眼看活不下去了，不得不出此下策，你求老天爷宽恕我们吧。

雪停天晴，下山走几十里，就到偃师县了。

登封在嵩山之南，偃师在嵩山之东北。登封因公元696年武则天"登"嵩山"封"中岳而得名；偃师得名更早，因公元前11世纪周武王东征伐纣在此筑城"息偃戎师"而得名。先后有夏、商、东周、东汉、曹魏、西晋、北魏等朝代在偃师建都。境内有二里头夏都斟鄩遗址、尸乡沟商城遗址、汉魏洛阳故城遗址。《西游记》里唐僧的原型玄奘和尚就是偃师人。

偃师是平原，一眼望去，能看到许多散落在田野里的村庄。

有了村庄，我们就有了活下去的希望。

古诗说，柴门闻犬吠，风雪夜归人。可是，我们来到的柴门前却死一般地静。

我们一路上没有碰到过狗，也没有听见一声狗叫。我们的打狗棍早就扔了，嫌拿着费事、丢人。

人都饿死了，狗哪儿会有活路，早就被饿疯的人们杀吃完了。也许有的狗饿疯了，跑出去吃饿死的人了。其实我与狗很有缘分，很少有狗会冲着我咬。我喂过一条小黄狗，特别聪明，能听懂人话，天天跟在我屁股后头跑。后来村里执行上级指示，组织了打狗队，挨家挨户搜查，见狗就打死。打狗队来俺家的时候，黄狗吓得夹着尾巴打哆嗦。俺娘对黄狗说："你钻到被窝底下不要出来，不能出声啊，一出声就没命了。"

果然，打狗队进家的时候，俺的黄狗藏在被窝底下一声没吭。俺娘对打狗队的人说，狗还没回来呢，回来了我给你们牵去。

等到天黑，俺娘把狗放出来，对它说："狗啊，你赶紧跑吧，跑越远越好。别叫他们找着，他们找着你就杀你呀。"

黄狗迈着小碎步跑了，一步三回头，我心疼得大哭了一场。

这条狗再也没有回来过。

没有要过饭的我们心事重重地在村里讨要吃的东西。

结果走了半天，没有要到一口吃的。

我们那儿要饭的，早上不要，晚上不要，只有中午那一顿饭才去要。一般站在别人家门前，都会说："行行好吧大爷大娘，给口吃的吧。"如果人家问你从哪儿来，也要如实回答。因为要饭的很多，人家能听出各地的口音，如果说瞎话，人家就会嫌你不实诚，不给吃的。

梦想闯荡世界，想了多种方法，
不料最终选择，竟是出门要饭。

　　我们毕竟都是学生娃，抹不开脸，站在人家门前，你看我，我看你，谁也不吭声，张不开嘴。

　　你不张嘴，别人也装迷糊，大灾之年，省一口是一口，为啥给你们这群不张口讨要的要饭孩儿。

　　我一看这样不行，因为五个人聚在一起，都想靠别人，而且走不了几家，人家就都吃完饭了。

　　我把大家叫到一个麦秸垛下边说："你们记住这个地方，以后咱们晚上就住这儿，白天分头去要饭。咱们周围东南西北这几个村子，一人负责一个村，自己要自己吃。晚上那一顿，咱们再把各人吃剩下的东西伙着吃。第二天再轮换，这样一个地方我们可以住四五天。"

　　第二天，我们就按这个计划分头走了。

　　没想到，要饭也需要组织能力。

　　我去的那个村庄叫夹沟村。村子古朴残旧，一座青砖砌就的乔氏绣楼惹人注目，三层高，屋脊上有雕花，有俗称"十三拼"的龙吻。古时候，富家小姐在出嫁前，会在绣楼上读史书、弹古琴、做女红，但是我们去的时候，那儿是生产大队的办公地。

　　我走到村西头的一家，门虚掩着，看不见人。我把帽檐往下一拉，盖住半截脸，鼓足勇气张嘴说话："大爷大妈，我饿，行行好，给点吃的吧。"

　　仔细一听，声音小得如同蚊子哼哼。

　　门缝里伸出一个头，是位中年妇女，年纪比俺娘大，慈眉善目，头发花白。她挺仔细地看看我，没有说话，递给我一小块红薯。

　　我饿得很，两口三口就把红薯吞下肚。那红薯比较干，噎得我直翻白眼。大妈叹了一口气说："孩儿呀，看把人饿成啥了呀，慢点吃，我给你盛点汤。"说着，舀了一勺稀汤倒到我碗里。

　　我感激地给大妈鞠了一躬，走了。

　　我回到麦秸垛时，看见另外四个同学都回来了。其中海坤最腼腆，张不开嘴，说是没要到啥东西，肚子饥。我想起中午路过一块白菜地时，看到地里有白菜砍走后留下的根，就带他过去挖出来，擦擦土，啃了几个。我对他说："人的命比脸面重要，该低头的时候一定要低头。你不张嘴求人，难道想饿死到这儿呀？"

我们把麦秸垛掏出几个洞，人拱到里面，再把洞口堵住，这样才不至于冻死。

第二天，大家轮换了一下，分头到不同的村庄去要饭。这一天，我要到的东西很少，往回走的时候，想到了夹沟村的那位大妈。我知道，要饭不能天天到一家去要，惹人家烦，但大妈那种慈爱的眼神在我脑子里就像一块吸铁石，引得我不由自主往她家走。

刚走到大妈家，大妈的男人也下地回来了。

他把铁锨靠到墙上，转头问我："你就是那个昨天来要饭的孩儿？"

"是咧大爷。"

"家在哪儿呀？"

"俺是登封马庄的。"

"离这儿多远呀？"

"八十多里。"

"这么小出来要饭？恁妈不担心你呀？"

"担心。可是家里没有吃的了。"

大爷进屋拿了块红薯说："我看你这孩子怪伶俐，将来长大了肯定有出息。以后要不到东西吃了，错过饭点了，你就来我这儿吃。"

说着，他还摸摸我的头，很喜欢我的样子。

我说："大爷，碰到恁这样的好人，是我的运气。"

这一次，我知道了这家人姓秦。

第三天，天特别冷，风像钝刀子，把我的脸割得生疼，我又冻又饿，不由自主又去了大妈家。一进门，我找到扁担和木桶，跑到河边给大妈担了一担水，还把院子扫了一遍。大妈笑盈盈地看着我："你这孩子真懂事。河边结冰了，我正担心呢，怕恁大爷挑水滑倒。"

大妈扯着我的手往她家里拉，边走边说："哎哟，看这孩儿的手多凉。"

她给我盛了碗汤："今天在大妈这儿，让你吃饱。"

我哪儿敢吃饱呀，喝完汤放下碗，低着头说饱了。

大妈说："一碗汤能饱？我不信。"说着又给我盛了一碗。

正喝着热汤，大妈又找出一件旧夹袄让我试试。

那夹袄有些大，套在我的破棉袄上，让我像个短腿罗汉。

我从小到大，冬天都是空心穿棉袄，外面系一条草绳，哪儿有什么衬衣之类的东西，如今外面套一件衣裳，身上一下暖和许多。

这股温暖的气流从身上流到心里，又从心里拱进了眼里。我看着大妈，眼泪在眼眶里直打转。

大妈过来用她那双和俺娘一样的粗手给我抹泪，把我的脸都磨疼了。

非亲非故的大妈，此刻就像亲娘一样让我依恋。

大爷也进家了，看见我穿着他的夹袄，不仅没有不高兴，反而说："这孩子个儿高，我的衣裳他能穿。"

大爷这次问得更细了。

"恁家几个孩子呀？"

"三个。"

"几个男孩啊？"

"就我一个。"

我看见大爷的眼神不易察觉地暗了一下。我已经感觉出来，这老两口没有孩子，他们打听我家的情况，可能是想让我跟着他们过。

果然，大妈说："要是恁家有两个男孩，你就给我当儿子。大妈是真喜欢你，就是没这福气。"大妈叹着气补充了一句："孩儿呀，以后俺家就是恁家，你啥时候过来，大妈都给你弄吃的。"

"大爷大妈，我当恁的干儿子吧。"

说着我跪了下去。

大爷大妈赶紧拉我起来，满是皱纹的脸笑成了花。

"好好好，干儿子也好，跟亲的一样样的。"

要饭要了一个月，我走了偃师、巩义和洛阳三个地方。没有想到，作为一个 13 岁的少年，我竟然是用这种方式第一次见识了外面的世界，第一次与各色人等打交道。最让我想不通的是，路上遇到的与我们差不多大小的要饭小孩，都对我们怒目而视，好像我们抢了他们的吃食似的，有的还冲我们扔砖头，拿打狗棍戳我的心窝，要把我们赶走。

打架的双方，如同狗咬狼，两怕，都在揣摩对方的实力与意图，都在紧张地考虑对策。我有一个基本的判断，害怕是没有用的，不论谁的实力强，先下手就会在气势上压倒对方，就有取胜的可能。所以，我总是压下心中的恐惧，第一个冲过去与对手撕打，拿上坷垃互相砸，拿棍子互相抢。有一次我的鼻子挨了一拳，血呼呼地往外喷，衣襟都染红了，双方的人都吓住了，但也许是祖先把好勇斗狠的气质传给了我，我见血不要命，发疯一样抓住对方那个领头小孩，脚下一绊，把他摔倒，揪住他的头发一下一下往地上磕。

我们这些要饭小孩，都是两三个月不理发不洗澡，头发过长，很容易被一把抓住，成为被攻击的软肋。

冬天的土地冻得很硬，那小子的头磕在地上嘭嘭作响。他的同伴都过来围着我又打又踢，我不管身上有多疼也不松手，只摔打我抓住的那颗人头。终于，那小子受不住了，求饶道："爷爷爷爷，你是俺爷，俺们走，这算你的地盘。"

经常打架，让我的性格变得暴烈，也让我自信了许多。战胜者的威风与同学们的拥戴让我有一种对驾驭局面的渴望与快感，那一瞬间，我忘记了自己叫花子的身份，忘记了自己不过是人世间一只不起眼的小蚂蚁，有点飘飘然了。

眼看着到腊月了，快过年了，天也更冷了，我知道该往家走了。

尚银权说："我都不想回去，在这儿要饭比家里吃得好。"

"过年的时候你还想上人家门上去要饭？多不吉利呀，说不定人家就把你打出来了。"

"也是，那咱走吧。"

我又一次来了夹沟村，给秦家大爷大妈道个谢，告个别。

那天我们运气不错。半路上，尚银权去地里挖白菜根，一个正往车上装白菜的大叔问："你挖它弄啥？"

"吃咧。"

"那能吃？"

"不吃老饿。"

大叔说："孩儿呀，你咋那么可怜人啊。快过来，这几棵没包心的白菜你拿走去吃吧。"

尚银权喜出望外，赶紧谢过人家，抱着几棵白菜回来了。

我一看也眼馋，问明缘由，我也跑过去叫了两声大叔，人家也给了我三棵没有包心的白菜。

临走前，秦大妈给了我十来斤红薯，让我路上吃。

"回去给恁娘带个好，有啥难处过来，我有吃的就有恁吃的。"

我走了，一步三回头。出了村，我看见秦大妈还在门口冲我挥手呢。

冷风吹乱了她花白的头发，让她显得更加孤单和衰老。

鼻尖一阵发酸，我不敢再回头。

在我最饥饿难捱的时候，我遇到了我的第二个母亲。她不仅救了我的命，也让我知道，这世界上不管多苦多难，总会有一种温情像一簇火苗在你眼前亮起，让你看到人性的光芒。

我们杂沓的脚步声，在空旷的田野里单调地响着，这说明我们离家一个多月后还活着。这次逃荒之旅是我精神上的冒险之旅，行动上的求知之旅，感情上的历练之旅。俺娘给我起名"连福"时可能没有想到，我的成人礼竟然是在逃荒要饭的旅途中开始的。

冬天的麦苗埋在大雪里，有的地方露出一点点绿，我们的布鞋在雪里走了不一会儿就湿透了，脚冻得通红。

远远地看见被雪罩住的嵩山，又喜又怕。喜的是翻过山就是家，怕的是雪大路滑，又要耗尽我们本来就不多的体力。

那几棵没有包心的大白菜就是我们的口粮。这根本不够，我们试图拔几撮麦苗吃，可是一入嘴就知道吃不得，麦苗叶上有毛刺，拉喉咙，咽不下去。我把白菜叶一片片地分给每个人："省着吃，咱靠这几棵菜要走到家。"

我摸着布袋里的十来斤红薯和几根手指头粗细的胡萝卜想，这些东西一口也不能吃，都带回去给俺娘。

哪知道，就在我们走到嵩山的鹅岭口十八盘的时候，尚海坤扑通一声倒在路边不动了。

我上前一瞅，只见他脸色白里透青，双眼紧闭，喊也喊不应。

山上的风嗖嗖的，扎人的骨头，这么躺一会儿，他就死定了。

大家赶紧围成一堆，给他挡点风，"海坤海坤"地乱喊一气。

我说，估计是饿晕了。因为海坤的脸皮最薄，要饭时人家一说不给，他扭头就走，气性大，骨头硬，要的饭却比别人少许多。虽然我们几个到晚上能匀给他几口吃的，但他营养不良的情况肯定比别人严重，小脸只剩下二指宽，没有肉，只有松皮。

银权说："这咋办呀，咱几个也抬不动他，赶紧回去叫人来抬。"

我看看尚银权："权呀，海坤这是饿的，如果回去叫人来抬，他就冻死到这儿了。这么着，我给他点红薯，你也给他一点东西吃。他吃了东西肯定能走。"

尚银权书包里也装着十几根比手指头粗不了多少的胡萝卜，也是准备带给他娘的。

这是个两难的选择，我们俩都是一路上没舍得吃这点东西，家里都有得浮肿病的娘，还有兄弟姐妹，说不定家里人正眼巴巴地等着吃的东西救命呢。

可是海坤这会儿不吃东西是真不中，非死到这山上不可。

一咬牙一跺脚，救急不救穷，不能看着一块儿出门的朋友受难。

红薯和胡萝卜递过去，海坤立刻就睁开眼了。

感觉就一转眼的工夫，海坤已经把这些吃食吞了下去。

他刚才还呆若木鸡的眼神有了一丝活泛气儿，看看我又看看尚银权，意思是能不能再给点吃的。

我很无奈，只好咬咬牙又拿出一块红薯，海坤又是三下五除二地吞下了肚。我很心疼，气哼哼地说："叫你学着求人，多要点东西吃，你个死心眼就是不学，你吃我要的东西倒是怪利索。"

海坤也不答话，摇晃着爬起身，跌跌跄跄跟着我们回到了家。

脸皮薄的海坤命也很薄，他30多岁时得了白血病，鼻子里不停地往外冒血，塞上棉花把鼻孔堵住了，血又从嘴里冒出来，没多少天人就死了。

终于看到家门了。我虚弱地倚在门框上叫了一声娘，却没有回音。

我慌慌地进屋一看，俺娘躺在炕上，双目紧闭，脸肿得很大。

"娘，娘，你咋啦，你咋成这样啦？"

娘睁开眼，看着我，眼眶里有大颗的泪掉下来："我的儿啊，娘想你想病了。"

俺娘手脚冰凉，连坐起来的力气都没有。我掀开被窝，看到俺娘的小腿肿得透明发亮，一按一个大坑，半天起不来。

我想找口热水给俺娘喝，可是煤火早灭了，少了一只耳朵的铁锅摆在冷灶上，像个无聊的懒汉蹲在墙根晒暖儿。

"娘啊，你看你饿成啥啦，我带回来了红薯，你赶紧吃。"

娘冲我抬抬手，意思是让我靠近点。

我俯下身子，挨着娘，听她说话。

娘伸手轻轻地抚摸着我的头，小声地说："连福，恁娘可能活不成了，这东西留着你自己吃。你还小，正长身子呢。以后长大了，别忘了到娘坟上烧张纸。"

我大哭起来。

"娘啊娘，我不叫你死呀。"

娘连哭的气力也没有了，唯有摸着我的头默默掉泪。

我跑出门，叫来俺姊子，端来热水，劝说俺娘吃下了半块红薯。

姊子说："恁娘想你是不假，但这病还是饿出来的，要有一碗蜀黍糁就好了。"

我有了要饭的经验，拿了碗到村里的街上，走了几家，一家一口半口，凑了半碗汤，伺候俺娘喝了。

晚上，俺爹放羊回来，我问他，能不能挤点羊奶叫俺娘喝。

俺爹说，羊是生产队的，关在生产队的圈里，他弄不到羊奶。

其实俺爹放的羊只剩下几只了，饥荒年里，羊也会被饿死。

"生产队也不能看着人活活饿死，你去给队长说说。"

生产队队长叫尚有良，此人一直与俺家关系不睦，不过这一次他总算开恩，同意俺爹去挤点羊奶。

俺娘喝下羊奶，有了一些精神。

第二天天不明，我只身来到奶奶庙。我从记事起就被教育不信神不拜佛，但人在毫无办法的时候，唯一能做的，就是求上天保佑了。

这是俺娘求子的地方，十多年前，她跪在这里求菩萨把我赐给她，如今，我求菩萨让她活下去。

奶奶庙前非常安静，早已经没有了香火。很多想求神的人都是早上天还没明就摸黑过来，然后放上一块红薯啥的，跪下磕了头就走，但走的时候，一定会把那块红薯带走。

我见周围没人，赶紧跪下说："菩萨呀菩萨，俺娘一辈子积德行善，啥坏事也没有干过，你保佑她的病好吧。我不想叫俺娘死，俺娘死了我就没娘了。"

我庄重地磕着头，眼泪打湿了庙前的土地。

多了几口吃的，俺娘终于好起来了。

她知道了我被假师的秦大妈认亲的事，很感动，她说："扶过咱一把的人，一辈子都不能忘。知道感恩，就会有贵人相帮。等我病好了，一定要去谢谢人家。"

第二年春天，俺娘小心翼翼地用手巾包了8个鸡蛋，说要带我一起去看秦大妈。在饥荒的年代，我始终不知道娘是怎么省下的这几个鸡蛋。

俺娘是小脚，翻山走路有些吃力，好在她还年轻，四十出头，还有气力。

我和娘是一路要着饭过去的。我背了一个小砂锅和两三斤玉米面，娘一直小心翼翼地提着她的鸡蛋。

好在是春天，天暖和起来，山上野菜已经有了。俺娘对山上的野菜熟悉得很，我跟着娘就饿不着。

秦大妈把俺娘叫"妹子"。俺娘慢慢地打开手巾，露出里面的鸡蛋。娘说："姐呀，我带着儿子专门来谢您哩。家穷，没啥带，这几个鸡蛋你收着。"

秦大妈双手在衣裳的大襟上搓了两下，才伸手把带着俺娘体温的鸡蛋接过去。

"妹子，你这么老远来看我，叫我说啥哩。"

"说啥？啥也不用说，你救了他的命，就是他娘。将来长大了让他过来孝敬你。"

"你这儿子我真是喜欢。怕你舍不得哩，我才没敢让他当儿子。"

"将来他要长成没用的人，就啥也不说了；要是他能有出息，一定让他过来谢恩。"

在秦大妈家吃了一顿饭，俺娘俩千恩万谢地离开。我和娘又在附近的村庄要了几天饭，才往回走。每天晚上，我们都是找个麦秸垛睡觉。

月光沉默，河水喧哗。我和娘头挨头躺在大地之上，倾听田野里庄稼和野草拔节的声音。我从离开襁褓之后，就再也没有挨着娘睡过了，自己觉得懂事了，是个男子汉了，可是当我跟娘在一起时，才知道娘才是儿子的守护神。她永远站在你的身边，无论对错，无论福祸，无论贫富，永远是你的同盟，永远向着你、护着你，让你有一种依靠感、踏实感，让你在无形之中，被她的力量左右。

第九章

叛逆

挨过饥荒，转眼我到了 15 岁。农村人说，这个年纪的男孩是鸡嫌狗咬；城里人说，这叫心理反叛期。

1962 年，国家政策放宽，搞"三自一包"①，每户人家分了一分自留地。这一分自留地真成了我们的救命稻草，虽然还是吃不饱，但不用再去要饭渡春荒了。

这年发生的一件事让我和村支书尚有良结了怨。

马庄有个大户人家叫尚天任，他在新中国成立后不知所终，有人说他去了台湾，有人说在香港见过他，总之是"投敌叛变"了。他的失踪，使村民们不约而同地打起了他家的主意，因为知道他富裕，都想知道他是不是埋了金条藏了银元，是否有"变天账"②。终于，尚有良说话了，跑了和尚跑不了庙，抄家。

村民们个个摩拳擦掌，笑逐颜开，好像天上掉下了金元宝，一窝蜂去抄尚天任这个反动分子的家。他们爬房上梁，卸门翻床，挖地三尺，却一根金条没见到，一块银元也找不着。尚有良气得咬牙跺脚骂天骂地："尚天任这个龟孙，把剥削人民血汗得来的财富都卷跑了，罪该万死，

---

① "自由市场""自留地""自负盈亏"和"包产到户"的总称，是新中国成立后中共中央调整农村政策的产物，对当时改善农民生存条件起到重要作用，但由于高层领导对此做法存在争议，这一政策未能贯彻始终。
② 革命语言，指被推翻者梦想夺回权力，追回自己的财物。

枪毙他十万次都不嫌多。我宣布，没收他的家产，财物充公，把棉被棉袄这些值点钱的东西卖了，把卖的钱放到队里，壮大集体经济。"

充公的财物里有一床印着牡丹花的斜纹布被窝，好几个亲戚跑来给我们家说："那床被窝又大又厚，是好东西，不过队里要十元钱，可贵。你们跟支书说说，买下来吧。"

那时村里好多人都知道俺家五口人只有一床被窝，都同情俺家。

俺爹还是那种与世无争的老态度："俺家没钱，俺不要。"

俺娘说："咋不要，大闺女十八九了，再不添被窝咋住呀？借钱都得要。尚有良好歹也是你堂弟，不看僧面也得看佛面吧。"

俺爹说："你想要也中。尚有良小时候穷得叮当响，俺伯没少给他吃的东西。"

俺娘东跑西颠去借钱，一元一元地借，最后凑够了十元钱。她把钱交给我，让我找尚有良去买被窝。

尚有良在俺村当了20多年支书，按辈分我管他叫叔呢。他是个大高个儿，瓦刀脸，虾米眼，走路喜欢背着手，哈着腰，人送外号"老瓦刀"。可能是有肝硬化的毛病，他的脸总是黄里带青，好像生了锈的黄铜壶，壶嘴里还会冒出一股难闻的味道。他没有文化，做事很霸道，喜欢骂娘。

因为村里族亲太多，好多人是尚有良的亲戚，知道他的底细，所以他想在村里树立威信的努力总是付之东流。比如，尚有良的四个舅舅都是尚庄的村民，其中最小的那个叫王狗，年纪比他小，他召集开会点名时会高声叫：大舅、二舅、三舅、狗舅。

尚有良喊王狗为"狗舅"是有原因的。在登封，"小舅"是个很恶毒的骂人的称呼，所以他舍小而叫狗。但是"狗舅"这个词毕竟有些好笑，村民们就暗地里骂他，狗是老瓦刀他舅。

尚有良领着村民扒祖先茔的庙院盖新房，扒出一块砖，上书两行竖排的"吉星高照"四字，尚有良一念，成了"高吉照星"；屋基边的一块石头上写了"泰山石敢当"，他说那是"秦山敢当石"。众人暗中笑他，老瓦刀碰见敢当石，虾米眼好似丧门星。

谁要与尚有良顶撞或吵架，他会气势很足地说一句话："日你娘的，你这个不法分子，小心我叫你的屁股和顶脑分家！"这话在肃反时说可能还有点威慑力，到现在他还这么说，村里人也就不怕了，有时还会嘲笑他的肝炎脸："你快熟透了，俺不跟你一般见识。"庄稼熟透了就会变黄，尚有良的脸色的确越来越黄了。听到这话，他会恨恨地瞪那人几眼，不再吭声。

我跑去找尚有良时，他正在自留地里弄菜。我说："叔，俺家想买那个没收的被窝。"

尚有良不抬头，不看我，只管弄菜。

我又说了一遍，他才把手上的泥往下甩甩，大拇指往后一翘："没你的份啦，给贫农代表了。"

"俺家五口人就一床被窝。"

尚有良说："困难的人多了，人家贫农代表40多了还没结婚哩，多床被窝好娶媳妇。"

"你说那人家境比俺家家境好多了，家里就他一个人，炕上有一摞子被窝，叠着堆了老高，他要这床被窝是为了撑门面，壮脸。可是俺家一床被窝真没法儿住了。俺姐19岁了，我15岁了。"

"那我管不了。人家是贫农代表，有权利给干部提意见，这样的人我得罪不起不是。常言说，大姑娘缝娃娃衣——我总有用着他的时候。你们家咧，抱着孩子推磨——添人不添力。"

原来，这被窝不是救济穷人的，而是要去讨好有权力的人。

"叔啊，你是俺叔咧，俺家是真缺一床被窝呀。"

我说这话时，急得都掉泪了。为了这床被窝，俺娘求爷爷告奶奶跑了半个村才借来十元钱，尚有良一句话，就把我们的愿望踢翻了。

尚有良不理会我，扭屁股就走了，把我一个人扔在那儿愣怔着。

对他来说，这不过是个人情，可以送给更有用的人；而对我们家来说，不仅事关生存，也让全家颜面扫地。

那一刻，我的怒火让我的脸和脖颈火烧火燎。

我恨他。

有人说过，人在年少时的不良情绪都会变成死结，成为长满一生的心理障碍。

我在要饭时学会了与人打群架，自认为也算俺那一片的小霸王。尚有良对我和俺家的极端轻视成为我无法下咽的苦果，我不能饶了他。

我瞒着俺娘，准备了一个报复计划，准备找个公开的时间、地点羞辱尚有良，因为我打不过他，他个子又大，力气又强。

我的计划得到了族亲里几个大叔的认可，他们也是穷人，看不惯尚有良的势利眼，觉得他欺下媚上太过分。他们暗地里鼓动我："你骂，到时俺挡着他，不让他打你。"

俺村的习惯，早上喝汤，都端个碗到大槐树底下，边喝边说话。一连几天，我都在这个时辰来到大槐树下，像个守株待兔的猎手，等着尚有良的出现。终于等到了，只见尚有良踢拉着鞋，弓着腰，手里端个粗花瓷碗过来了。他心情很好，走一步喝一口汤，嘴里还哼哼唧唧地唱着："咱两个在学校，真是不错。马路边拾瓜子，你一个我一个。井沿上喝凉水不分你我，见一泡臭狗屎让死让活……"

这是他改编的《朝阳沟》的唱段，唱完了就哈哈地乐。突然他止住声，白了我一眼："大人堆里说话，你来这儿干啥？"

我不理他，蹲在人堆里，呼噜呼噜喝汤，心里说，一会儿我就让你笑不出来。

过了一会儿，我看人们到得差不多了，就努力压抑着怦怦乱跳的心，站起来，一步跨到尚有良跟前，指着他的鼻子开骂。

"老瓦刀，尚有良，你是个无情无义的王八蛋，忘恩负义的老鳖孙儿，有奶就是娘的势利眼，一肚子坏水，心都黑了。"

"连福你个小鳖孙儿，你活腻了吧。你骂我干啥？"

"你凭啥把被窝卖给贫农代表，你让全村的人评评理，看谁家需要。"

“我就是不卖给恁家，你还能翻了天？我过的桥比你走的路都多，我吃过的盐比你见过的米都多，你还想跑到我这儿来奓翅（意思大约是形容公鸡在母鸡面前亮翅膀的动作）？”

“呸，我吐的唾沫比你喝的水多，你吃的屎比我吃过的饭多，你燕面虎（蝙蝠）身上插鸡毛——算个什么鸟呀。”

“你还敢在我面前支巴（逞能），小心我叫你的屁股和顶脑分家！”

尚有良气得黄脸变成了紫脸，他把碗往地下一摔（力道适中，是碗没摔烂，汤也没洒），把鞋脱下来拿在手里，跑过来挥手想用鞋底子抽我。我往边上一跳，他扑了个空。我那叔上去就挡：“哥，哥，别跟小孩一般见识，让老少爷们儿笑话咱。”

我朝尚有良做了个鬼脸，撒腿就跑，感觉自己得胜了。在农村，骂架大约也算一种民间艺术吧，能骂出花样也算一种本事。

俺娘听说了这事，把我骂了一顿。她说：“尚有良再不好，他也是恁叔咧，是长辈，你当着众人骂长辈，人家会看咱的笑话，也会说你没教养。”

此后很多年，俺家与尚有良一直不来往。

随着体内荷尔蒙的增加，随着胳膊上鼓起肌肉疙瘩，我们这个年纪的男孩开始挑战大人们的权威。我们需要被认可，我们有着自己的意志、需要和特点，可惜大人们并不把我们当成独立的人来对待。

让他们认识、接纳我们，并最终承认我们将超越他们成为村庄的主宰，是我们挑战的主要内容。

夏天瓜熟的时候，一些趁着夜色爬到瓜地偷西瓜的小孩经常被看瓜老头抓住揍一顿，还要告到队里扣他家的工分。我总结了这些小孩的教训，不搞强攻，专门“智取”。我会找一帮孩子，凑出几分钱买两支纸烟——那时的香烟可以拆开盒一支支地买，然后来到瓜棚，一边叫着“大爷”，一边把烟递给看瓜老头。看瓜老头抽烟都是使旱烟锅子，弄点烂烟叶往烟锅里一塞，用洋火（火柴）点着，吧嗒两口，鼻窟窿里一冒烟就完了。

他看见纸烟，心痒得不得了，迫不及待就大口抽开了，一边抽一边微微颔首，很是享受。

于是，我们留下两人陪他说话，余下的人就分头出去吃瓜。看瓜老头心知肚明，但吸了我们的烟嘴短，只好含糊地说："想吃就吃点，可别糟蹋东西啊。"

虽然我们征服看瓜老头的手段是伎俩而不是智慧，但我们与社会交往的"情商"却蓬蓬勃勃地生长起来。

秋天，玉米结穗、红薯结果的时候，是我们最幸福的时候。那时候学校已经放假，整天在家喝稀汤的半大孩子看见玉米，心馋得不行。一个太阳很毒的午后，我约了三四个朋友，趁人们躲在树荫下打盹儿，顺着河沟迂回到很远的地方，然后从最僻静处偷跑进青纱帐，掰下玉米棒，挖出红薯，再躲到河沟里，烧熟了吃。烧玉米和红薯是讲究技术的，如果支上石块，点着柴火直接烧，不仅烟火燎绕目标大，还外焦里生不好吃。我的办法是扒一个坑，多扔点柴火，把柴火烧成炭以后，把玉米和红薯扔进去，用土埋住，一会儿就焖熟了。

结果这天非常不凑巧，我们的玉米和红薯刚烧了半熟，就看见大队支书刘全洲朝着我们这条小路过来了。刘全洲在我们马庄当官，但不是马庄的人，是从西十里铺调来的，所以他并不认识我们这些孩子。

我先是一阵惊恐，如果被他认出，俺爹俺娘都可能被批斗，因为那天我们掰了几十个玉米棒子，有点罪孽深重。

我招呼一声，大伙拔腿就跑，弓着腰，低着头，尽量不发出声音。

我让大家把小褂脱下来，这样刘全洲就算是看见我们，也不会记住任何特点。

刘全洲果然看见我们了，因为我们烧玉米和红薯的坑里还冒着袅袅青烟，食物的香气在饥饿年代极具诱惑力。他马上兴奋得像只逮住了兔子的狐狸，跑过来虚张声势地喊道："站住，干什么的？老实交代。"

我们很快逃离了刘全洲的视线，不是因为我们跑得快，而是因为他的视线早就离开了我们，专注于坑里埋的东西了。

我们趴在一条田埂后，像游击队员监视日本鬼子一样盯着刘全洲的一举一动。

只见他拿起一根树棍，把我们埋玉米和红薯的地方扒开，蹲下去，研究了一番，然后脱下小褂，把里面的吃食一个一个捡出来，用小褂当包袱皮一兜，我们辛苦半天的"战利品"全归他了。

那时家家缺吃的，他也是想把这些东西带回家。

我们边看边流口水，肚里的馋虫全被勾出来了。

这么好的吃食怎么能让他坐享其成？我心生一计，对小伙伴们说："你们有胆吗？"

他们看着我："咋，你敢去抢呀？"

"咱把衣裳穿好，逮他去。"

"啊？"

"现在他成偷玉米的贼了，咱成保护生产队粮食的人了。咱把衣裳反过来一穿，帽子戴上，他就分辨不出来咱了，咱给他来个贼喊捉贼，问他为啥偷玉米。"

那帮小孩一听："你咋这么聪明？我们跟你去。到时你跟他要，我们助威。"

"好。你们跟我来，谁要装尿，要回来的玉米你别吃。"

于是，把衣裳一穿，戴好帽子（那时时兴戴有檐的军便帽），那样子不像敌后武工队也像民兵执法队了。我们一溜小跑，拐了一个大弯，转到另一个方向，拦住了刘全洲。

我故意把嗓子的声音憋得憨一点："站住，哪儿的你是？"

刘全洲怀里抱着玉米和红薯，不敢说他是大队支书。但他毕竟是干部，气势还是够大，他反问："你们是干啥的？"

"我们大队长叫我们过来看看这地里为啥冒烟，原来是你在这儿偷玉米。"

"胡说。刚才有一群你们这般大的小孩在这儿偷着烧东西吃，我发现了，把他们赶走了。这是我没收的东西。"

"那俺队上的东西你想没收到哪儿去？你应该交给我们，我们带回去交给队长。"

刘全洲一听我这么说，马上亮出身份："我是新来的大队支书，我姓刘，你们回去给队长说，就说是我说的，你们表现很好，我过两天要开会表扬表扬你们。"

"真的假的？你真是支书？那你必须叫我们把东西拿走，要不队长还以为我们把东西偷吃了。"

刘全洲没招了，很不情愿地把玉米和红薯分了一半给我们。

他说："算了，这点东西也不值当再开会，你们吃了算啦。"

"支书，这可是你说的。那我们就吃了啊？谢谢你啊。"

"不用不用。你们表现很好。"刘全洲沮丧地表扬着我们，快步走掉了。

其实他应该高兴，白得了我们一半的"劳动成果"。

每当干了这些事，我都会很郑重地与伙伴们约法三章，这些事谁回去也不准说，更不能传到俺娘耳朵里，谁敢说出去，就得挨打，否则，我就得挨俺娘的打。

那一段时间，我在俺村打架出了名。马庄分三个生产队，我们是三队，就和一队、二队的孩子打架。这么打不过瘾，大家又合为一股，去和外村的人打架。我们打架不会拿棍棒、砖头一类的东西，就是拳打脚踢，顶多打个鼻青脸肿。有时候打得都没劲了，我就喊停，约好过几天再打。我们打架有一个原则，就是不准去找老的（父母）告状，受伤了自己编理由回去解释，就说是自己磕着了啥的。

我在马庄打架的主要对手还是吴国强。他多是木匠，他爷也是木匠，所以他的家庭生活条件好，穿戴好，朋友也多，平时很有气势，耀武扬威的。我看见他傲气的样子就烦，经常鼓动一帮穷孩子找个茬口与他打架。小孩打架的时候，打到别的地方疼点不怕，就怕打着鼻子，一打着鼻子就会流血，事就闹大了。结果有一次我下手重，打肿了吴国强的鼻子，他流了不少血，胸前弄了一片红。这下掩盖不住了，他爹很生气，拉着他去找俺娘了。

俺娘对付我又是老一套，表面装得啥事没有，很平静的样子。我进了家门，也感觉不到异样，但是一转脸就看见俺娘把门插上了，然后她拿起笤帚疙瘩，背过身把门一挡，我就逃不掉了。

这次痛打是对我一段时间以来所犯错误的总清算。俺娘一边我一边数落我与别人打架的事，这证明很多小孩都没有坚持不给老的告状的基本原则，已经多次把我打架的事透漏给了俺娘。俺娘打得真狠，我的屁股很快就肿了。但是，我挨打是不求饶的。俺娘要求我认错，我偏不认，她就下手更重。这样我就更生气，心里很恨她。

我喊道："打吧，你打死我吧。我就不认错。你也不是事事都对。"

俺娘忽然来了兴致："我咋不对？"

"凭啥啥事都得听你的，俺爹和我在家一点发言权也没有。就凭这点，你就不对。"

俺娘说："你个小鳖孙儿还嘴强牙硬，你错了我就打你，讲什么理！"

但是有一句话她还是说漏了嘴。她说："咱家就你这一个男孩，你要有个三长两短，叫家里老的咋办？"

事实上，反叛期的男孩往往记吃不记打，让俺娘痛心的事还是接二连三发生了。

1963年，我上高一了。

我是在登封一中读的书。

在一个暖风吹拂的秋夜，我躺在学校的地铺上翻来覆去地睡不着——我们一个屋三四十个同学都是打地铺，省得谁会从炕上摔下来。我几乎每天晚上都有一阵睡不着的时候，因为肚子饿。

从小到大，饥肠辘辘的感觉总是与我如影相随，肠鸣如鼓，百爪挠心，一种空荡荡的灼热在身体里流窜，好像有无数只蚂蚁在缓慢而又坚定地咀嚼我的骨髓……在我的身体被饥饿恶狠狠地摧残之时，我的是非观、人生观也在扭曲和改变。虽说渡过了三年自然灾害，可俺家还是受到粮食不够吃的困扰。我和姐姐妹妹都很能吃，每年放寒假的时候，我都有一个月出去要饭吃，给家里省下点口粮。屈辱感和饥饿感在我心中交织纠缠，如同两条毒蛇互相缠斗，撕扯不开。我在这种缠斗中，变得让俺娘越来越失望。

那时候，我们文化课上得少，种地的事没少干。我们学校有几十亩地，种的是花生和菜。收获之后都放在操场上晒。花生的香味让我无法入眠。于是，我蹑手蹑脚地起来，走到操场，看到那个值班的老师斜靠着树干睡着了，我假装提鞋，抓了两把花生就回去了。

我对面睡着一个叫张明彪的同学，他跟我老好，我就剥了一个花生米塞到他嘴里。那时候，吃的东西对人的魅力之大无法形容，花生一进嘴，正在睡梦中的他竟然开始嚼着吃了下去，然后他一睁眼："你在哪儿弄的？"

"操场上。"

"值班老师呢？"

"睡着了。"

"走，再去弄点吃。"

于是俺俩又去抓了几把花生回来吃。

没想到，我们尽量放小的咀嚼声竟然把全班都弄醒了。

于是，他们都出去抓花生吃。

我趁大家吃得尽兴，再次"作案"，弄了一个小书包，跑出去装了一书包花生。我没回寝室，而是跑到学校塌了一半的土墙边上，把花生往土里埋了一半，往草窝里埋了一半，然后掂着空书包回到寝室，招呼大家赶紧躺下装睡。

可是，这时事态的发展已经非我能控制了，隔壁寝室的人也开始往操场跑，大有人声鼎沸、熙熙攘攘之势。老师惊醒了，一看地上的花生少了一大片，知道事态严重，跑去找校长报告。校长一听很生气，带了几个老师把寝室的门把住，然后发表讲话，他认为这是学生品行不端。"饿死事小，失节事大"，人再饿也不能偷拿公家的东西。可是，对饥饿的学生来说，这样的道理太高大上了，太不着边了。

校长带人开始搜查"赃物"。那时登封城已经有了电灯，他们接了一根电线，挑着电灯，把每个人的被窝都翻开看。我是第一次近距离看到电灯，它是如此明亮，如同神话中的照妖镜，不论什么东西都会在它的光芒下原形毕露。校长皱着鼻子，一一掀开小男孩们又腺又臭的被窝，结果每个学生的被窝里都有数目不同的花生滚落出来。

校长说，一律没收。这帮兔崽子偷吃的比搜出来的多。

本来校长是准备把这些学校收获的花生上交一部分，剩下的分给老师。没想到值班老师打了个盹儿，损失这么惨重。

校长掀开我的被窝时，除了烂棉花，啥也没有发现。

旁边的老师把我的被窝提溜起来使劲抖抖，狐疑地瞪着我："连福你这孩儿最捣蛋，你把花生藏哪儿了？"

"我没有拿。"

老师冷笑道："你没拿，那太阳都得从西边出来。"

有几个同学经不住老师的盘问，证明我是第一个去偷拿花生的人。

我被责令写出深刻检讨。

第二天，我坐那儿写检讨，先写了一段毛主席语录：贪污和浪费是极大的犯罪。然后写下我的错误事实，最后坚定地表示，以后再犯类似的错误，请老师剁掉我的手。奇怪的是，我一写到花生二字，立刻就开始想念我埋在土墙下和草堆里的花生，不知道它们还在不在。我要让花生为养育我们贡献光和热，而不能让它们被埋没、被白白浪费。我虽然明明知道我干了错事，但挡不住我想起花生就流口水。

晚上，我把检讨交给老师，转脸就找张明彪："还想吃花生不想？"

"哪儿有？"我看见张明彪的口水立刻就流出来了。

"跟我走。"我的口水也忍不住了。

俺俩悄悄来到断墙边,找到了我埋的一小堆花生,又跑到草丛里挖,也挖出了花生。

张明彪说:"你狡兔三窟呀。肯定还有一个地儿。"

"没有了。就这些了。"

新挖出来的这些花生被地下的潮气浸润,变得很脆,还有一股淡淡的甜味。俺俩一通大嚼,恨不得连皮带瓤都吞下肚。

饥饿是一种强大的力量,它不仅决定生命的走向,也能决定思想的走向。

我痛恨饥饿,痛恨贫穷,强烈的自卑让我的日子变成了一连串的沮丧和焦虑。

我不想再继续这样生活了。

一个秋后的晌午,阳光横七竖八地照着,我从学校跑回家,对俺娘说:"娘,我不想上学了。"

我刚说完这话,就挨了俺娘一个耳刮子:"都说你不学好,你还越发蹬鼻子上脸了你!不上学你干啥?跟你多那样放一辈子羊?跪下。"

俺娘的手重,这一巴掌打得我眼前冒了一串金星,脸上火辣辣地疼。

我捂着脸,跪在门边,心里越发恨俺娘,谁让你叫我这么饿,谁让你叫我这么穷。我不想这么活,你打死我,我也不念书了。

俺家里,姐和妹智力都有点问题。俺姐比我大4岁,上学却跟我是一个年级。她表面看很正常,但处起事来缺心眼。俺妹妹问题更大,脑子有点迟钝,上了8年学,一直在一二年级里念书。她坐在那儿啥也不说,啥也不问,就是学不会。

这是俺娘心里的一个隐痛,也是她永远卸不掉的一副重担,她称俺姐和俺妹是"冤家"。她不知道这是为什么,以为是上辈子造了孽,是老天爷惩罚俺家。

我是她唯一的希望。

可是我却摧毁了她的希望。

"为啥不想上学了？"

"我看你养活俺兄妹仨老难，我想帮你减轻负担。咱们家穷成这样，交不起学费，买不起书，俺姐一到该交学费就哭着闹着找你要钱，你知道我心里是啥滋味？"

"谢谢你的好心，我用不着。"俺娘的脸上混合着悲凉和不屑。

"再上几年学我能咋着？学校里根本不咋念书你知道不？我能考上大学吗？就是上了大学也一样回来种地。县里下来那么多右派不都是读书人吗？我多念几年书就多挨几年饿，你啥也落不着。"

"我啥也不想落，就想让你比你爹多有出息。"

我知道俺娘心里看不起俺爹，动不动就拿俺爹说事，这一回我却开始反驳她："俺爹不偷不抢，老老实实靠劳动吃饭，哪点不对了？"

"男子汉没出息，没本事就是不对，就没有人能看起他。"

那时俺爹为了挣钱，把羊赶到山里有小煤窑的地方，羊吃草，他下井背煤，一天能挣一元钱。背煤是个苦活，一筐煤七八十斤，背煤的人手脚并用，从井里爬出来，一趟下来身上的汗像水洗一样。

"俺爹毕竟40多岁了，背煤还能背几天？我放学回来不是捡柴火就是用荆条编筐，学习能好吗？"

我跪在那儿跟俺娘犟嘴。俺娘例来把我的反驳说成是犟嘴，而犟嘴是必须挨打的。

俺娘恨得牙根痒痒，小脚噔噔地走过来，把手高高地举起来，准备劈我的脸。我赶紧低头，抱脑袋，缩脖子，准备挨上重重的一击。

"啪"的一声脆响，我却没有感到疼。抬眼一看，俺娘正把巴掌往她自己面颊上扇。

一下又一下。俺娘这巴掌比扇在我脸上还疼。

我跳起来，一把攥紧俺娘的手："娘，别打了别打了，你扇我的脸吧。"

"那你念书不念？"

"不念。"

俺娘一听，使劲想挣脱她的手，再扇自己的脸。我更使劲地攥紧她，不让她动。

"你松手不松？"

"不松。"

"那你念书不念？"

"不念！就是不念！我要自己养活自己，养活咱一家。"

我的声音比她更坚决。我的手劲也比她更大。

俺娘终于知道她望子成龙的美梦就此完结。她喉咙里有一种奇怪的咕噜咕噜的声音发出来，眼前仿佛飞过一片一片的雾霾，身体像漂在水里一样摆来摆去。

猛然，她长叹一声说："随你的便吧。"

那一刻，她的身体完全失去了支撑，一个趔趄瘫倒在地上。

她在那一瞬间失去了意识，一动不动，甚至连呼吸也没有。我吓坏了，爬过去，抱起她的头大喊："娘，娘，你咋啦？"

俺娘一个愣怔，睁开了眼，猛一使劲，把我推开，然后仰面躺在地上，放声大哭。

那是一种号哭："我是哪辈子造的孽哟，碰到这么些不争气的东西。我给你跪下吧，我的爷。"

她哭得如此沉痛、如此无助、如此惊天动地，又如此余音绕梁，以至于这个场景多少年来一直在我眼前晃动。这件事，虽然是无奈之中的正确选择，可是我却因此一辈子都对不起俺娘。有时在睡梦里看到这一幕，我会猛然惊醒，心中刺痛，觉得辜负了俺娘。

我不去读书，开始学手艺。我们乡下有一句话：木匠和泥瓦匠，百家用，吃百家。他们干的活别人干不了，所以家家都得请，管吃管住，还有工钱。

我学的是木工，也兼做泥瓦匠。我拜的师父叫尚乾坤，论辈分他是

木匠十五六岁，整天推拉大锯。
师傅一不高兴，立刻挨打受气。

俺哥。尚乾坤的手艺不是老好，我们那儿的好木匠能在木头上雕花，雕福字寿字、花鸟鱼虫，最厉害的能雕二龙戏珠、龙凤呈祥，可是俺这哥都不会。

我最先跟他学的是拉大锯。

我们把一棵伐倒的大树竖起来，固定好。师父用墨线在树身上绷出一道道的直线，我们徒弟一个站在高处，一个坐在低处，刺啦刺啦地拉大锯。那大锯有五尺多长、半尺多宽，没把子力气根本拉不动。锯一阵子，就把几个木楔子打进锯开的地方，这样锯齿就不会被夹住。我们把圆圆的树锯成一块块长方形的木板，等板子晾干后，就可以打（做）家具了。

我天生适合当手艺人。我学手艺比的徒弟快，不到一个月，我已经能打简单的家具了，桌椅板凳都能做；盖房时我除了做大梁、打榫头和卯眼，还能砌砖垒墙。人常说，一招鲜，吃遍天，我很快就发现，我凭这点手艺可以吃饱饭了。我这个人是大肚汉，吃得比别人多，所以我在马庄干活是不要工钱的，只要管饭就行。那阵子，从村东头到村西头，马庄哪家的饭我都吃过，谁家有活我都去干。不要钱，又舍得卖力，村里人都很喜欢我。

干着干着，我的心就野了，想到外地去闯。因为自家村子都是亲戚朋友，熟人熟脸，面子抹不开，想要钱也张不开嘴。我就鼓动师父带我出去闯荡。

不知道为什么，我们这儿的人出去闯大多是朝西走。这一次，我们也是"走西口"，去陕西。

那是1964年夏天。因为登封没有铁路，我和尚乾坤步行到偃师去坐火车（扒不用买票的货车）。到了咸阳后，我们碰到一个登封老乡，他是20多年前逃荒过来的。他告诉我们，再往西北走二三百里，有个彬县，那里的活比较好找。

我俩边走边问路，饿了就进村庄讨饭吃，晚上睡在生产队的牲口院里。我记得很清楚，因为离家时天气热，我上身光着脊梁，下身只有一条大裤衩。到了西北，夜里就凉了，半夜会冻得打起哆嗦来，只好进村去讨衣服穿。我讨到了一件很大的夹袄，穿在身上能盖住不老盖，类似于现在的风衣，御寒效果很好。

走了一个多星期，走到了陕甘两省交界的彬县，这里离西安大概两三百里，离家将近一千里。我既有莫名的兴奋，也有深深的恐惧，不知道等待我们的是什么命运。

这里是黄土高原，山大沟多塬长，木匠少，容易找到活干。

有个生产队正好在伐大柳树，我们过去揽活。尚乾坤给生产队的令狐队长上了一支纸烟，队长很高兴，放在大鼻头下闻了闻，嗯，好烟。他把纸烟放在耳朵上夹着，依旧把他的铜嘴烟袋锅叼在嘴上，冲我和尚乾坤一扬下巴颏："远乡来的客，讨生活嘛不容易，你们留哈，把俄这些个树锯成板子，一天给你们一人一元钱，吃饭管饱，你看得成？"

"成成。"尚乾坤和我都跟着他的话点头。

我们技术不精，只能当苦力。

那些刚伐倒不久的大柳树，没有晾干，拉大锯很费劲。我年纪小，力气还不够大，有时胳膊一酸，一口气运不上来，锯条就被夹住了。尚乾坤不能体谅，把眼一瞪："咋着，找打呀！"我不敢看他，赶紧使劲拉锯，可是，不一会儿，不知我哪儿做得不对，锯条又被夹住了。

尚乾坤生气了，他在对面把大锯猛劲往我这头一推，我冷不防，大锯直撞我的心口嘴，当时就往外冒血。我没敢擦血，只顾咬着牙运气使劲，让大锯再次剌啦剌啦地动起来。

令狐队长祖上有人在朝廷做过官，有正义感，爱打抱不平。吃饭的时候，他把尚乾坤叫过来，粗喉咙大嗓子地吼道："你这人咋是个二杆子货呢。这碎娃身子骨还嫩着咧，你用大锯戳他的心口，出了人命你担待得起？我再看见你打他，活就不给你干咧。"

尚乾坤被令狐队长当着众人的面训了一顿，脸红脖子粗地走到一边啃窝头去了。

令狐队长还不依不饶，对我说："娃，你多吃上些，好长力气，长了力气他就不敢惹你咧。他再敢打你你跟俄说，俄收拾他。"

生产队给我们吃的是玉米面窝头，还让我们放开肚子吃。这里地广人稀，粮食反而比河南充裕。听队长说，他们这里"大跃进"的时候，没有办食堂，饥荒也没有我们那边严重。

我能吃，每顿饭三两一个的窝头我最少吃六个。一个月下来，我的胳膊粗了一圈，小腹上方方正正的八块肌肉很健美，手艺也长进了，尚乾坤对我客气多了。

活干完了，我们告别了侠义的令狐队长，又去别的生产队干活。有时没有木匠活，我们就帮农户家里挖窑，挖一孔窑十元钱，也管饭。

入冬了，这里比老家冷得多，山野里的雪落下来，一冬天不化。天冷肉皮就脆，稍微一碰就是一个口子。那大锯的锯齿就像血盆大口里的一排尖牙，咬得我手上都是伤，十个指甲盖碰掉了三个。我没有药水也没有包扎的布，口子小了，用嘴把血一舔，过一会儿血就止了。口子大了，抓把土按上，不流血了，就算好了。那时也不知道这样做容易得破伤风，会送命。

虽然伤痕累累，但是我在彬县的三个多月里，心情还是不错的，一是能吃饱饭，二是能挣到钱。虽然有时受尚乾坤欺负，但一想到我能回家亲手把钱交给爹娘，心里头就妥帖舒坦。

有活干的日子，就如同春暖花开，因为我们一天能挣两元钱。这些被无数只手摩挲、点验并经常被塞到鞋壳篓里、裤裆里的钱，散发着令人感到亲切的浊臭和汗腥，让人闻到就有一种踏实感。到腊月里，我们挣到了八十来元钱。

常言道，生意好做，伙计难搁。有了钱，就有了私心。尚乾坤开始嫌弃我，觉得我是累赘，分他的钱了。后来他找了一个给人家做柜子的活，觉得用不上我，就给我打发走了。尚乾坤拿出来四十五元钱说："钱带在身上容易丢，钱丢了，咱这几个月算白干了。这钱你先捎回家，你放俺家二十五元，给你二十元。你到了家再拐回来，我在这儿等你。"

我年纪小，不知道他是想自己接活干，也不懂钱可以通过邮局寄回家，只能按他的要求，收拾东西，准备往家走。

虽然尚乾坤拿走了一多半的钱，但我觉得还算公平，他年纪大，是师父，理应多挣一点。

我把这些钱卷成一个卷，装在袄兜里，用个别针别住，然后用手捂着。尚乾坤看了直笑："小偷一看你这样就知道你兜里有钱，专门偷你。"

"那咋办？"

"在袄里子上缝块布，把钱缝到里头，神仙也看不见。"

我按他的话，把钱缝在身上出发了。

我们干活的那家人心好，给了我三个煮熟的洋芋，很大个儿，我就揣着洋芋上路了。

先走到县城。

我穿一双前面露着脚指头的单鞋，脚冻得乌紫，按陕西话说，就是冻日塌了。等到了县城，我两个大脚趾的指甲盖全被碰掉了，污血把鞋帮子都染红了。

就这样我还不舍得坐汽车，硬是一步一步走到了咸阳。

咸阳就有火车了。我当然不会花钱买票，照老样子，扒车回家。

一列拉煤的火车咣当咣当慢慢地开过来，我原本以为它会停下来，但是它没有停，好像还加速了。我一急，紧跑两步，一把抓住了车厢上焊的铁梯子，身子在空中荡了一下，险些掉下去。好在那时我精瘦如猴，手劲很大，人一收腹，脚就踩到了梯子。

一个铁路工人怒气冲冲地朝我跑过来："碎娃，你找死呢！"

他想把我拽下去。

我手脚并用，蹿到车厢顶上，然后回过头冲他一笑。

火车加足马力开了起来，越来越快。我马上就待不住了，因为敞着篷的车顶上太冷，风刮得睁不开眼，煤灰一阵阵打着旋乱飞，把我身上

偷扒货车回家，好像赚了笔钱，
谁知乐极生悲，干粮掉到车下。

涂得像个黑老鸹。我没有镜子，看不见自己是个啥样，但我知道我的样子比要饭时还惨。最后冻得确实吃不住，就爬下去，坐在连接两节车厢的那个大铁钩子上，那儿比较背风，蜷缩在那里，觉得暖和多了。

卑微有卑微的幸福和满足。

我坐在大铁钩上，看着各种景物飞快地往后移，想到能不花钱坐火车回家，心里很得劲，好像又赚了一笔钱。谁知乐极生悲，我掏出最后一个洋芋，准备吃我的晌午饭，不料因为手完全冻僵了，洋芋在我手上一滑，掉了。

我眼巴巴地看着冻硬的洋芋像个皮球一样蹦了几蹦，顺着路基骨碌下去。一个小男孩飞快地跑过来，把洋芋拾起来，放到嘴里啃。我干瞪眼，没招。

这事提醒了我，坐在两节车厢中间非常危险，火车起动和刹车时，这个地方震动特别大，如果掉下去，我可能摔得比洋芋还惨。所以快停车的时候或者瞌睡了，我都爬到车厢上边躺在煤上，等车开了，我再下来。

车到洛阳，我从火车上下来，找了个开拖拉机的师傅，两毛五分钱买了一包黄金叶给他，他顺道把我拉到了登封。

俺娘正在家里刷锅，听到门响，抬起头瞅了一眼问："你找谁？"

"娘，我是连福。"

"啊！"俺娘定定地看着我，"孩儿你咋瘦成这样了，你是从陕西回来的，还是从煤窑里拱出来的？我都认不出来了。"

"我从陕西扒煤车回来的。"

"哎哟哟，看把俺孩儿苦成啥样啦。这活不能干。"

俺娘念叨着转身给我烧水，让我洗。

"别急，娘，我让你看看给你带的啥东西。"

"你这两手空空，能带啥东西。"

我把棉袄里缝的布撕开，露出了里面那卷钱。有十元的，有五元的。

俺娘说："哎哟，这么多钱，你把娘的眼都照花了。你挣的？"

"我跟师父俺俩挣的。这里面有我二十元，有尚乾坤二十五元。"

那时候，我们队上十个工分只值两毛钱。我这二十元钱，一个棒劳力干100天才能挣到。

"娘，你高兴不？"

"连福，你能平安回来比啥都强。你不在家，娘做了好几回噩梦，一会儿梦见你叫人家打了，一会儿梦见你从房上掉下来了。一惊醒，一身冷汗，半宿睡不着。你这钱，娘给你存着，将来娶囚子用。"

俺娘把钱锁到了她娘家陪送的雕花木箱里，然后赶忙热了一锅水，给我冲头上、脸上的黑煤，连着冲了三盆，水还是黑漆麻乎的。

"你咋自己回来了，尚乾坤呢？"

"他还有活，让我送罢钱再回去。"

"不回去不中啊？"

"不中。我答应他了，我要不回去，他可能以为我出事了呢。"

"也是，做人得实诚。那你住几天再走不中啊？"

"那不好。"

俺娘叹着气不吭声了。我从她眼神里看出来，她不想让我走。

儿子高飞远走的时候，当娘的在理智和感情上就会出现分歧。理智告诉她，儿子飞得越高越远，娘的脸面越光彩，越有成就感；但感情上却无法接受，儿子一走，立刻失落得稀里哗啦，成了无枝可依的倦鸟。

我后来才知道，被收割之后的旷野，是最荒凉孤寂的旷野。无论你这个当儿子的挣多少钱，当多大的官，都无法填补你走后给娘心里留下的空旷和忧伤。

娘给我蒸了十几个玉米面饼子，送我上路。她说："一趟一趟出远门，叫娘操心死了。"

我心想，我扒火车坐在大铁钩子上回来的事你还不知道呢，知道了你就更不会叫我走了。

哪知道，我前脚刚走两天，尚乾坤就到家了。

原来，他是看快过年了，活也不多，就把我支走，自己多挣了几十元钱。他盘算着，天这么冷，连福一到家肯定不会再出来了。

俺娘一看见他，真急眼了。

"你这人说话咋不算话咧？把俺孩儿哄走了，你倒好，自己回来啦。"

尚乾坤理亏，只好说："婶子，谁知道连福这孩儿这么仁义呀。我想着一说让他回家，他就明白了，不会再来了。"

俺娘说："这不中，你得赶紧回去找俺儿去，他还是个小孩咧，有个三长两短，我找你算账。"

尚乾坤本不想再走，但俺娘这一顿骂，逼着他天没明就拐回去了，返回彬县找我。

师父想多挣点钱天经地义，可是为这么点私心撒谎，弄得我们俩都难受。

他的自私害了我，我的实诚害了他。

我回到彬县，找不到尚乾坤，只好去找令狐队长。令狐队长看见我，好像吃了一惊似的揉揉眼："俄的个小爷哎，眼瞅着要过年咧，下苦的人都往家里赶，你这愣娃又回来干啥哩？"

"俺师父说叫我回来。"

"你这娃太实诚咧，他叫你走是他想自个儿多挣点钱。你傻不啦叽还真回来呢。你走了有五六天他就走了。"

"那咋办呀？"我傻了。

令狐队长叹口气："都说老实人不吃亏，俄看实诚也能坑死人哪。你这娃够可怜的，给你找挖窑的活你先干着，有口饭吃再说。"

我对他千恩万谢，拿着沉重的大镢头挖窑去了。

几天后，尚乾坤回来了，对我又是一通埋怨。我只能违心认错，说我误解了师父。

我们是在生产队的牲口圈里过的春节。天寒地冻，没有亲人和朋友，只好裹紧了烂被窝蒙头大睡。好在令狐队长给我们送了不少窝窝头，饿不着。

    过完年，我俩回到马庄，尚乾坤说，出门干活太苦，以后再也不去了。我也没打算再和他一块儿出去。

    令狐队长很喜欢我，我想自己带人去陕西闯闯。

    马庄有一个叫尚丙申的木匠，他在木头上雕花的技术非常好，却没有好徒弟。他看我有些灵气，捎话就让我过去看他干活。

    我那时已经懂得拜见师父不能空着手，就打了五毛钱一斤的红薯干酿的白干酒，装在瓶子里，又花一毛钱买一两油炸花生仁，用纸包了，送给尚丙申。

    尚丙申心宽体胖，不像尚乾坤尖嘴尖脸的一看就小气。他把花生仁一个个抛起来，又不停地扬起下巴颏用嘴接住，嘎嘣嘎嘣地嚼，动静很大。看他这么吃花生，也算一种享受。他喝酒是嘴对着瓶，咕嘟咕嘟地往肚里灌，然后一抹嘴："懂不懂，这叫吹喇叭。这么喝酒最得劲。困难时候我酒瘾上来，没有菜，就把铁钉衔到嘴里当菜，酒下肚时还真有点咸味。"

    小酒一抿，师徒可亲。

    尚丙申大手往我肩膀上一拍："小子，我干你看，看看咱俩有缘没有。"

    据说，张大千学书法时，拜的老师是曾农髯和李瑞清两个晚清大书法家。老师待他虽然客气，但写字时却不让他亲眼看见，甚至有时去看老师，连门都进不去。后来，张大千得高人指点，给李瑞清家的门房送了四百块银元的"门敬"，靠着门房的关照，他才能在老师写字时观摩见识，使功力大长。

    尚丙申让我在一边看，已经是高看我了。

    那时，雕花的工具都是师父亲自掌管，徒弟不能上手摸。

    看得几日，我也有了一些心得，但是不敢要求自己做，怕挨骂，就让心思跟着师父的思路走，看他该用什么工具了，一伸手就递过去。尚丙申一看我每次拿得都对，眨巴一下眼说："中，我看你还中。行啦，别眼巴巴地看着了，来，你试试。"

他让我雕的是一朵牡丹，我接过工具敲打了一阵，尚丙申歪着头看了看："咦，连福你这手艺还真是不赖，第一回雕花雕成这样的人我还是头一回见着。以后你就来帮我做，我把手艺传给你，你挣了钱多给我买点酒喝。"

会雕花先得会画画，要把需要雕的图案画在木头上。我都是先拿小棍在地上画，练得差不多了，在木头上一遍就能画成。我跟着尚丙申学了两个月，二龙戏珠、龙凤呈祥都会雕了。

有了手艺，野鸡也能变成凤凰。

对一个见过外面的世界的穷小子来说，挣更多的钱、过体面日子的愿望就像火山口喷出来的赤色岩浆，在身后如同一只怪兽那样穷追不舍，让你必须发疯一样奔跑。

我敢说，每一个有点血性的穷光蛋都会以贫穷为耻，因为贫穷让我们像地上无声无息的野草，即使身处闹市，人们仍然对你视若无睹。

这是一种残忍的惩罚，就像当年尚有良可以因为十元钱的一床被窝就让俺家无地自容一样。你只有挣到了钱，穿上了新衣裳，买了自行车和手表，才有可能让村里人或县城的人注意你、尊敬你、羡慕你。这就是我们那个时代生存的法则或尊严。

我在村里物色了三个人，尚树森、尚占工和尚东村。他们听说陕西那边能挣到钱，都摩拳擦掌，要跟我出去。这三个人年纪都比我大，有一个甚至大我十几岁，但因为没出过远门，不认识陕西那边的人，手艺也不精，按现在的话说就是缺乏人脉和资源，所以都拜我为师。

出发的时候，俺娘对我说："你当师父，心不能往歪里长，绝不能坑徒弟。徒弟也是人，人中有龙有凤，看走眼了，后悔都来不及。"

这是我平生第一次真正担任领导者、组织者的角色，是一次生存法则和智慧的考验。

我虽然挣了一些钱，但这些钱只够我们师徒坐火车走到陕西的渭南。从渭南开始，我们恢复了边找活边走路边讨饭的行进方式。找到活了，有吃有喝，找不到活，就挤在牲口院里度日。有一次，实在找不到活，我找到一个小饭馆，硬着头皮对掌柜的说："你这桌子椅子腿都折了，要不要修一下？"掌柜的说："不修不修，小本生意，没有钱。"

"不要钱。白修。"

掌柜的听说不要钱，就让我修。干了两个多钟头，把他的桌椅板凳整修一新。掌柜的过意不去，请我们四个每人喝了一大碗羊肉汤，还专门多舀了一勺羊油。

热气腾腾的羊肉汤端上来，乳白色的汤汁上面漂浮着星星点点的油花，几片香菜翠绿欲滴，一股又膻又腥的香气让我们印象深刻。

我们老家养羊是为了积肥，很少吃羊肉，更不要说喝羊肉汤了。所以我不知道羊肉汤这么好喝。

因为实在太饿，我喝汤时烫得嘴里掉了一层皮，头上渗出了一层密密麻麻的汗珠，脸上也有了一点血色。

掌柜的大方地说，喝完了可以添汤。我们很感激地望着掌柜的，好像望见了黑夜里的北斗星、雪天里的太阳。我们每个人都忙不迭地又添了一碗汤，虽然还想喝，但怕人家笑话，赶紧起身告辞，省得肚子里的馋虫继续折磨我们。

这次喝羊肉汤的经历让我发现了一个窍门：顾客买一碗羊肉汤后，再去添汤是不要钱的，想喝几碗都随便。我认定这是一个获得能量的好机会。以后我们四个人经常利用这一规则，带几个干馍，只买一碗羊肉汤，然后轮流过去一碗一碗地添汤，一碗汤的钱能把四个人的肚子都撑得溜圆。

就这样，我们这群流浪匠人在甘肃、陕西、河南的乡下四处寻找挣钱的机会，凭手艺吃饭。很快，我们挣到了一些钱，这让我的自信心爆棚。为了让自己更像个体面的男子汉，我开始尝试喝酒、吸烟、下馆子，把这三种事当作我的成人礼，认为只有这样，人们才会认可我们。

首先是学抽烟。那时乡下人一般是用烟袋锅吸旱烟，如果能吸纸烟，就说明有钱有身份。城里有卖散纸烟的，他们支一个木架子，上面摆一个长方形带格子的扁木箱，里面摆上七八种牌子的香烟。香烟盒花花绿绿，都长得很尊贵。新郑的剑鱼牌香烟最便宜，五分钱一盒；宝鸡的羊群牌香烟也不贵，九分钱一盒；陕西的大雁塔烟两毛五一盒；如果是郑州出的锡纸包的彩蝶烟，至少要五毛钱。这种烟只有干部才抽得起。

那时的人们缺钱，买香烟很少会成盒买，一般都是花几分钱买几支烟抽，能解馋就行。卖烟的也乐得拆包卖，一包能多赚几分钱。剑鱼烟是三分钱四根，羊群烟是一分钱一根。为了表示我的慷慨大方，我没有买最便宜的，而是掏出四分钱买了四根羊群烟，每人一支，学着大人的样子把烟斜叼在嘴角，再用两分钱买一盒洋火，刺啦一声划着，双手拢着，一根洋火点着了四根烟。

我们这么做的时候，没有忘记左顾右盼，感觉自己很有派头，很有身份。

但是并没有人注意我们。

一个要饭的老头骂道："小鳖孙儿，才吃饱没两天，就不知道天高地厚，烧包开了。"

我听人说过，吸烟时不能让宝贵的烟浪费掉，因此吸到肚子里的烟不能轻易吐出来，要憋一会儿，等肚子吸收了再往外吐，于是我们使劲往肚子里吸了一口，都憋住气不呼吸，直憋得大眼瞪小眼，小眼干瞪眼，才让烟从嘴里冒出来。那些吐出来的烟由蓝色变成了白色，大家都说果然没有浪费。然后，我们忍不住大声咳嗽起来，感觉头晕晕的。后来才知道，尼古丁是有一些麻醉效果的。

我们喝酒也是买几毛钱一斤的散装白干酒，那酒盛在小口的坛子里，上面用塞了棉花的红布垫子捂住，再压一块青石。买酒时，掌柜的用大小不同的酒铫子给你打出来，倒在瓶子里。

这种冰凉透明的液体看上去与水并无不同，但一灌到肚子里，立刻有一股火苗样的东西从喉咙里燃烧着向下流动，然后热辣辣地漫延到全身。随着热量的增加，身体开始轻飘飘地飞到半空，汗水也横七竖八地流淌。这时，一种愉快和豪迈就来到腾云驾雾般的脑袋里，话也没边没沿了。

尚树森和尚占工都到了娶媳妇的年纪，可是两人爹娘死得早，家里穷得叮当响，人家一听他们的家境就摇头，一直没找到对象。现在三两黄汤一灌，两人红头涨脸、泪眼婆娑地说起讨老婆的事，还一个劲地议论谁的闺女长得好，谁家的彩礼收得多。

我喝多了酒总是会莫名其妙地笑起来，一直在笑他们没有出息。

"你有种你别娶囡子。"他们跟我抬杠。

"我娶三个。我8岁时俺大哥给俺算了，我要娶三个囡子。"

喝多了，看着天上的星星，想着还不知住在哪个旮旯里的媳妇，我们横陈在牲口院里睡着了。早晨一醒，还没把眼上的眵麻糊（眼屎）抹掉，就闻到一阵臊臭。原来，放羊的过来赶羊时我们都没有醒，羊屎蛋拉了我们一身。

两个多月后，我们挣到了一百八十多元钱。我把这钱平分给大家，得胜回家。

我带人干活能挣钱，这个消息像人民币一样吸引人的注意力。周围村庄有点手艺的人都跑来问我能不能带上他。于是我有了一个松散的团体，我成了"包工头"。

我这人好朋友，师父徒弟一块儿揽活，挣来了钱就买烟买酒，一块儿下馆子，喝酒喷空儿，云里雾里，飘飘乎乎。大家都说愿意跟着我干，让我隐隐约约有了绿林豪侠一呼百应的感觉。

没有想到，我得之于义失之于义，爱打抱不平和管闲事，连着栽了两个跟头。

俺村有个媳妇离婚后嫁到了张庄，可能是前夫家的东西没有退干净，再婚时迎亲的队伍路过马庄时被前夫家截住了，说："你东西没退完呢，又结婚啦？"没想到张庄那头的人也老恶，一听说本村媳妇叫马庄截住了，带着好些人跑来，都拿着铁锹棍棒，要打架。正好我路过看见了，就管开闲事了。我叫了二三十个人，掂了一支抓钩，冲了过去。抓钩是河南的一种农具，与猪八戒的兵器钉耙相似，但只有三个齿，又粗又长，打架时有很强的威慑力。我高举抓钩大喝一声，谁敢动。打架的人们一看我这么凶，手一缩，都把家伙放下了。我说："有理说理，谁也不能打人。"

就静了那么一小会儿，人们又吵开了，互相推搡起来。打架的地方正在盖房，有个石灰坑，推搡之间，新媳妇的老公公扑通一声被撞到石灰坑里了。石灰是碱性氧化物，遇水会产生高热，腐蚀性很强。老公公背朝后倒下去，整个人被石灰水淹没了，等到被人拉出来，他捂着眼满地打滚，说烧得慌。

我一看要出人命，赶紧叫人找水给他冲。突然，我同学捅了我一下："连福，恁娘来啦。"我一听，头都没敢回，钻出人群逃跑了。我后来才知道，我打的是俺四姨家的亲戚。张庄有人认识我，跑到家告诉了俺娘。俺娘把我吓窜了，却在俺四姨面前着了慌，因为俺四姨的闺女莲叶气得发了羊角风，新媳妇的老公公烧瞎了一只眼。公安局的人来评理，马庄参加打架的人都得给人家赔钱，俺娘赔得最多，二十元钱。

这时候，俺娘已经打不动我了，她气得呼哧呼哧地喘着粗气，用手指头点着我的脑门说："连福，你是属驴的吧，牵着不走，打着倒退，瞅瞅你办的都是点啥事！娘辛苦一年挣的钱，让你一架打没了。"

但是满脑子哥们儿义气的我，自有一套与娘不一样的是非标准。

我后来收的两个徒弟，一个叫立仁，一个叫有义，两人都是爹娘死得早，家里没人张罗事，娶媳妇有难处，求我帮忙。他俩跟我跟得紧，干活卖力，特别是有义，会说好听话，经常吹得我不知东南西北，所以我一拍肋巴扇儿："放心，你们的事我得管。"

那时候介绍对象不兴送彩礼，也不要现金，因为你想要别人也没有，只能要粮食，要棉花，这也算变相的彩礼吧。男方和对象见了面，如果双方还算满意，相处一段后，老丈人就会捎话过来，要想喝喜酒，得凑够100斤麦子、100斤棉花送过去。

我们三个上哪儿去弄100斤麦子、100斤棉花？只能去偷。俺庄有句不知谁发明的名言：生产队养了一窝贼，谁不去偷饿死谁。

那时因为分的粮食不够吃，一到麦收或秋收，村里人下地都往家偷粮食，把几穗麦子、几个玉米棒子塞到裤腰里、袖筒里。有的妇女为了保险，还会塞到胸脯下边、裤裆里。反正是八仙过海，各显其能。

生产队当然知道这情况，隔上一两天就会来一次搜身。在下工的路口，摆上一个大木盆，生产队长和妇女队长一人一边，把收工的人拦下，排着队，男的一队，女的一队，生产队长搜男人，妇女队长搜女人，张开两手，浑身上下一通乱摸，摸到粮食，一声不吭，往盆里一扔，你就走人。大家伙心照不宣，村干部心知肚明，啥话不说，防贼的和当贼的高度默契。但是，也不能每天都搜，每天都搜，大家都会挨饿，就要骂娘。

需要被搜身的人里只有一个例外，就是俺娘。没人会搜俺娘，她的信条是"饿死不偷，穷死不偷"，这一点全村人都知道，所以俺家总是比别人家穷。搜身的妇女队长看见俺娘，手一摆："婶儿，你走。"俺娘就昂着头回家了。

因为俺娘痛恨偷东西的人，所以我这种助人为乐的偷窃行为必须背着她。一到赖天，阴雨或刮风，我们就出动了。拿个口袋，到生产队的麦子地或棉花地里，偷偷装半袋子就跑。更多的时候，我帮他们望风，他们弄到手的东西，我很仗义地分文不取。头一年我帮立仁成功地娶了媳妇，第二年照此办理，又帮有义弄彩礼。100斤麦子和100斤棉花不是小数目，得好些天夜里不能睡觉，累得我眼圈都黑了。

我解释这种行为是"义盗"，没有这点东西咱办不成事，一旦办了事，

饿死穷死不偷，这是俺娘信条。
队里放工搜身，唯独俺娘放行。

就洗手不干了。

　　反正那时是大家都偷，也没啥丢人的。错误的性质是一样的，不过是数目多少的区别。

　　没想到，徒弟有义偷滑了手，成了毛病。他结婚之后，去偃师干木匠活时，看见人家场上晒的麦子装到了帆布口袋里，心痒痒了，夜里趁看场的人打瞌睡，拉着架子车偷了人家一口袋麦子。他跑到没人的地方，挖个坑把麦子埋起来，然后拉着车又去偷了一袋。他自以为神不知鬼不觉，其实人家已经发现少了麦子，派民兵埋伏起来等着抓贼。他一出现，立刻被拿下，抓了个现行。偃师人把有义这个外乡人暴打了一顿，然后扭送公安机关。有义进了公安局，吓成了稀屎皮，小腿肚转筋，手指头哆嗦，立刻从实招供。

　　"公、公、公安同志，我、我、我是个老实人，出身贫农，根根红苗正思想好，以前从来不偷偷东西。后来我娶囚子，老丈人要粮食，我我没有，我囚子就不结婚。俺师父一看没法儿了，就带上我去生产队偷粮食，结果我染上了坏习气，犯了错误。不过，这一次我的罪行没有得逞，没有给公家造成啥损失，希望公安同志宽大处理。"

　　"这么说，你偷东西是跟你师父学的？"

　　"是。"

　　"你师父叫啥？"

　　"尚、尚连福。"

　　"他的名是四个字还是三个字？"

　　"三、三、三个字。"

　　"好家伙，原来你们是一个盗窃团伙。"

　　偃师公安把有义押到了登封，把我是教唆犯的消息传给了登封公安，登封公安连夜派人把我带到了派出所。

　　我进了看守所，只见有义脸上被打得青一块紫一块，鼻孔底下还有一道结痂的血迹，像一只被摔坏了的紫茄子。他看了看我，便把目光从我脸上挪开，望着别处，我就知道是他把我供出来了。

看来"立功赎罪"这个政策的威力的确强大，有义本能地认为咬出了我，他的罪就能轻一等。

好在那个登封公安跟我有一面之交，而且很快就弄清我并不是有义这次偷盗行为的主谋或同伙，何况那时候偷生产队里点粮食真不是啥大事，一般是民不告官不究。有义虽然当了被告，但一粒粮食没到手，属于盗窃未遂，结果把我俩关了一晚上就教育释放了。

回家的路上，有义连声给我赔不是："师父，我被他们吓蒙了，也不知道都说了啥。"

我懒得搭理他，心想，过去立仁去外面生产队偷粮食，被抓住后打得都快断气了，啥都没说，你这可好，三拳两脚就尿了，还把我咬出来。我快走几步把他撇在身后："有义，你煞戏（完结）吧。咱们师徒一场，我没有对不起你，你也没有对不起我，以后咱井水不犯河水，各走各的路。"

偷粮食的这些事是瞒着俺娘干的，有义一出事，我的行径彻底暴露，还叫公安局抓走关了一晚上。村里老的少的都知道了，丢大人了，不知道俺娘咋收拾我呢。

我心怀忐忑地回到家，以为少不了又是一顿日撅（骂、批评）。可是，屋里却没有声音。我走进去，看见俺娘正坐在炕上纳鞋底，并不抬头看我。麻线穿过鞋底子的声音比往常大了许多，刺啦刺啦一下比一下更加火辣灼热，好像一窝惊慌失措的马蜂汇拢到我的耳边，冲撞着我的耳膜。

"娘，公安局说我没事。"

她不搭理我。

我又没话找话地说了一句："这有义是个稀屎皮，没出息的货。"

俺娘猛地抬起头，一字一顿地说："你可真有出息呀，净跟这些猴儿尿货（能办事但不忠厚的人）来往。你多一辈子做好事，拾金不昧，我给你说了多少次，你咋就不学着点？你为啥就不能活得亮亮堂堂的，正大光明的？"

我一声气也不敢吭，缩着脖子听骂。

俺娘再不理我，她径直走到堂屋，往祖宗的牌位前一跪，双手合十，闭目不言。

过去我犯了错，都是俺娘叫我罚跪，这一次，轮到她惩罚自己。

我手足无措地站在她身后。

屋里很静，燃烧的黄香味道古怪，刺激着我的鼻孔，一截截的香灰掉下来，簌簌有声。我的呼吸声和心跳声变得越来越大，灵魂与肉体在互相撕扯，灵魂想拔脚逃跑，但肉体却动弹不得。

大约有一炷香的工夫，堂屋里有了另一种细微却震撼的声音。我循声望去，只见大颗大颗的泪从俺娘的面颊上滚落下来，像清早草棵子里的露水一样，很快打湿了她的蓝布斜襟褂子。

"娘，娘，你快甭哭了，我错了。"

俺娘睁开眼睛，她的目光在眼泪的浸泡中炯炯闪亮："你错了吗？"

"错了。"

"哪儿错了？"

"瞒着娘干了不该干的事。"

"改不改？"

"改。"

"改不了咋办？"

"剁手。"

"中。那你跪这儿。"

我挨着俺娘，跪在祖宗的牌位前。其实，俺家的祖先牌位在"大跃进"的时候就烧掉了，现在的牌位是俺娘找人在木片上重写的，连漆都没有涂，是白茬。但我在跪下的那一刻，分明还是看见了我爷爷的爷爷、奶奶的奶奶，还有姥爷和姥娘。他们的面容模糊不清，眼神却像一盏盏油灯的火苗，飘忽而温暖。我心头一热，鼻尖一酸，哭了。

俺娘的声音在我耳边响起："爷爷、奶奶、姥爷、姥娘，列祖列宗在上，不肖子孙尚连福给你们赔不是来了。"

俺娘五体投地，把头磕得咚咚响，然后挺直身子，昂起头，翘起下巴，好像在面向苍天祷告：

人做好事不要表，善恶到头总要报。
你若犯下亏心事，老天不把你轻饶。
俺娘逼我发毒誓，再做坏事遭恶报。

人做好事不要表，善恶到头总要报。

人不知道神知道，四朵莲花水上漂。

你若犯下亏心事，老天不把你轻饶。

祖先神灵察善恶，察住恶人下油锅。

天地不容败家子，莫贪红尘不好活。

舍衣舍茶做善事，祖先天上笑呵呵。

俺娘的语调低沉，伤感，决绝："人在做天在看，晚辈侯荣花教子无方，愧对先人，俺的儿子再不学好，叫我天打雷劈。"

俺娘让祖先的神灵告诉我，没有敬畏之心，早晚要受报应。

俺娘跪在那儿教育我："啥叫'明理'，你懂吗？"

"不咋懂。"

"就是要明白是非、通晓道理。你姥爷当年给我讲过齐国宰相田稷子的故事。田稷子送黄金孝敬母亲，母亲问他哪来的，田稷子说是收人家的礼。他母亲很生气，说是收不义之财的人就是不孝之子，这样的儿子我宁可不要，逼着田稷子把金子送了回去。这世界上的人都想求富贵，可是你靠偷、靠抢去求，跟地痞流氓有啥二样？不义之财是杀身之祸，偷来的东西再好吃也是毒药，慢慢就把你毒死了。"

释迦牟尼说"友有四品"：有友如花、有友如秤、有友如山、有友如地。如花的朋友，在你荣华富贵时笑成一朵花；等到你受难的时候，他这朵花就先败了。像秤的朋友，在你有权有势之时，他低头奉承；你失势了，他就摆出一副傲慢的样子。如山的朋友，心中有很多内在宝藏可以挖掘。如地的朋友，任你走遍天下，不起分别、厌恶之心。

俺娘最后总结说："你交那些朋友，让我跟着丢人害臊。"

自此以后，我再也不跟那些手脚不干净的二半调子人来往，改掉了不论是非、"义气"当先的毛病。

幸亏俺娘的笤帚疙瘩经常在我脑后挥舞，让我把人性中那些杂质一点一点清除干净。

第十章

宽恕是一条河

1965 年的登封，虽然紧俏物资依旧凭票供应，买块豆腐都得起大早去排队，但粮食基本上够吃了。那一年的 10 月，中央下发了一个文件，承诺对农村社队的粮食征购任务一定三年不变。

　　所谓"一定"，就是定下粮食征购的基数，1965~1967 年三年内不再增加，如果遇到大灾，还可以适当调减当年的任务。对于扣除种子、饲料后口粮达不到 300 斤的生产队，坚决不征购；遇到丰收年，如果有人愿意超额交粮，对超额部分国家加价 30%。

　　这个政策很实惠，老百姓有了休养生息的机会，俺家的日子也好过了不少。那一年，俺爹放的羊也与以往不一样了。县里从新疆伊犁、塔城等地引进了几千只新疆细毛羊，让这种羊与本地的土羊杂交。县里引进的这些优良品种就在马庄附近的山上放养，并鼓励当地农民改良品种。乡下人不懂其中的玄妙，看到杂交产下的羊羔与原先不一样，以为是"怪胎"，没人敢要，也没人愿养。俺爹老实，人家让他养这种羊，他不会说个"不"字，所以他还成了"敢吃螃蟹的人"。他的羊杂交三代以后，变成了纯种的细毛羊，个儿大，产毛多，给生产队增加了收入。

　　让家境大为改善的是我做木匠活的收入。俺娘多年因饥饿落下的浮肿病好了，她的皮肤本来就白，因为吃了几顿饱饭，脸上竟然也有了一点红润。我说："娘，你长得真好看。以后我要找媳妇，就找个你这样的。"俺娘一听，竟头一回当着我的面羞红了脸："你这熊孩子，净会胡说八道。"

因为我的人缘不错，甚至有人提议让我当生产队长。

这让我很得意，我认为这是对我人品和能力的一种肯定。我喜滋滋地回家给俺娘说了，俺娘却不以为然。她说："千万别当干部，你舅旧社会不听我的话，当了保长，解放后没少挨斗，天天提心吊胆的，所以咱不能沾政界的边。"

于是，我想当生产队长这事就黄了。

日子安稳了没几天。

1966年一开年，就有些异相。登封城里流行白喉、麻疹和流行性脑膜炎，这几种病都是死亡率很高的急性传染病，弄得人心里凄惶得很。流行病还没过去，又地震了。3月8日早上5点多，突然天降大雪。天地皆白之时，可怕的情景出现了。房屋开始摇晃，先竖着跳了两下，又横着晃了几晃，躺在炕上的人被来回颠了好几下。好多人来不及穿衣裳，披个被子就朝外跑，站在雪地里，一脸惊慌。

原来，河北邢台大地震直接波及登封。

22日傍晚，太阳刚刚落山，邢台又发生了一次更大的地震，登封的地震至少是5级，土坯房和窑洞都震裂缝了。人们又一次从家里逃出来。俺家的人也都吓得够呛，在屋外站到半夜，后来实在太冷，还是回了屋。

伴随地震而来的是人为的地震。那年5月，"文革"开始了。

"文革"最初与农民没啥关系，我认为破"四旧"是城里人和学生的事。学生们想当然地把各种文物古迹、老字号、老牌坊、老建筑都当"四旧"来破。他们成立了红卫兵组织，到处去砸他们认为是"四旧"的东西。有些人冲进了有2000多年历史的登封中岳庙，把泥塑的各路神仙打碎在地，然后用一根大绳，拉倒了"岳立天中"石碑。另一些人冲进了有1000多年历史的少林寺，同样把泥塑的佛像打个粉碎，一些法器和匾额被打烂。洛阳那边闹得更厉害，学生们用教练手榴弹砸龙门石窟里的佛头，那些千年以来被人膜拜的石佛，都被"砍头"了。

更要命的是，红卫兵小将破"四旧"破到了马庄。马庄庙院里的神仙和牌位早几年已经砸过了，他们找不到可砸的东西，就拿着锤子和教练手榴弹要砸屋脊上有龙吻的房子。瓦檐有福寿图案的，他们也要砸。俺家堂屋的屋顶有这些东西，他们搬来梯子就要上房。俺娘拦住他们说："孩儿呀，这东西不能砸，一砸房就漏雨啦。"

一个红卫兵小将说，宁愿我们住漏雨的房，也不能让"四旧"来猖狂；宁愿我们受漏雨的苦，也不能让"四旧"再放毒。

然后就往房上爬。我一看不好，拎了个大抓钩冲出来，指着他们的头头说："你信不信，我一抓钩把你劈死在这儿！叫你的人下来。"

俗话说，愣的怕横的，横的怕不要命的。

红卫兵小将一看我比他们高比他们壮，手里的武器也比他们的更有威力，胆怯了，留下一句"你等着"，撤了。

但是，最终俺家房上的龙吻还是被砸了。看到全国各地把文物都砸了，我也迷糊了，不知道什么是对什么是错。

破"四旧"的象征意义在于，长河落日般的中国传统文化丧失了最后一丝尊严。那时候不懂得历史文物是一个民族最值得珍视的东西，只是觉得好好的东西，砸了可惜。

闹红卫兵的时候，尚有良一开始也参加了，还带着人到处破"四旧"，可是没几天他就成了"走资本主义道路当权派"，被打倒了。

尚有良在村里处事不公，横行乡里，跟他结怨的人很多，所以革命的矛头一下子就对准了他。虽然他不过是个小小的村长，但痛恨权力的农民才不管这些呢，他们手里的"帽子"都是现成的，对不喜欢的官就赠送一个"走资派"的名分，拉出去斗半天。

尚有良和地富反坏右一起挨斗的场面很经典，这个经常斗别人的人在自己挨斗时还要站在中间，似乎在表示他的职务最高。过了几天，他抗议说，我不跟这些地富反坏右站成一排，我就算犯了点错误，那也是人民内部矛盾，可以批评教育，而这些阶级敌人是无产阶级专政的对象，与我们共产党员不共戴天。他刻意与五类分子保持距离，挨斗的时候总是往前面跨出一步，表示自己与其他人不同。

群众一眼就看穿了他的心思，马上把他拉回去，他再跨出来，又再被拉回去。

群众说，你是死不悔改的走资派。啥叫死不悔改，就是狗改不了吃屎。你能叫狗不吃屎你就可以不跟地富反坏右站成一排。

这样的道理，把尚有良气得脸色发绿，他眼里喷射出来的怒火，仍然能让人感到一种昔日的威风。这更激怒了革命群众。他们给尚有良戴上纸糊的高帽，逼着他喊自己打倒自己的口号："尚有良罪该万死！死了喂狗！狗都不吃！"

如果他不喊，就有人过去按他的头。他脖子上挂着一个用细铁丝拴着的木牌子，一按他的头，细铁丝就会滑到他脖子中间，勒得他龇牙咧嘴。

尚有良从解放后一直在村里当官当权，吆五喝六，无人敢惹，政治运动让村民们找到了一种复仇的方式，他们心中的野性和兽性开始膨胀、发酵，像潘多拉魔瓶里的魔鬼被放出来一样，变成了一种正义掩盖下的邪恶。他们以更加暴力的手段和方法去报复那些曾经欺侮过他们的人，而这种暴力在一瞬间便让所有的正义和真理荡然无存。

我因为恨尚有良为了巴结贫农代表而不卖给我们家被子，在村里斗他的时候，组织了几个人到公社革委会告他贪污腐败，还把他的丑事写成大字报和大标语，贴到村寨的门上。尚有良听说这事后说："连福这一招最狠，他是个木匠，知道往哪儿下凿子。要早知道连福有这能耐，当年他要三床被子我也给他。"

我心里说："哼，现在你给我十床被子也回不到从前了，你活该。"

我们的祖先如果知道他们的后代宗亲在一个村子里这么闹腾，并在他们用血汗铸成的寨墙上贴那些让人性斯文扫地的大字报和标语，说不定会从坟墓里跳出来，骂一声不肖子孙，给每个后代一个大耳刮子。

尚有良被罢了官，开除了党籍，而且在"文革"结束之后也没有恢复党籍，足以证明他的确犯有严重错误。

在尚有良失去了往日的体面时，我心里似乎得到了某种补偿。

古往今来，人的身份地位并不会像石头一样一成不变，处在下层的人们从来不会放弃改变他们社会地位的努力，他们会寻找机会摆脱既得利益者的统治，努力重新确立社会标准，想让自己拥有上层的身份。

不过俺娘对我的做法不以为然，不叫我参与这些事。俺娘说："尚有良那是恁叔哩，你骂人家等于骂祖先，你打人家等于打长辈。咱家成分高，不是'红五类'①，你跳太高了，说不定也得挨整。"

尚有良当官的时候，不理俺娘，俺娘也不会去自找没趣。可是尚有良落了难，成了可怜人，俺娘反倒跟他搭话了。

俺娘对尚有良说："他叔，连福还是小孩哩，你别跟他一般见识，他说啥，你别往心里去。咱两家打断骨头还连着筋呢。"

尚有良那会儿成了没人理的人，见俺娘主动跟他说话，感动得跟啥似的，说："嫂子，我过去确实有对不起恁家的地方，现在后悔也晚了，有情后补吧。"

我对俺娘说："娘，你忘记他欺负咱家的时候的霸道啦？搭理他干啥？"

俺娘说："你没有听过经文里的唱词啊，战胜增怨敌，败苦卧不安。过去他欺负你，现在你报复他，昨天他胜了，今天他败了，冤冤相报，何时是头？仇怨宜解不宜结，消除斗争心，彼此得安生。"

"娘，你说的这都是老皇历老古董了，现在谁讲这呀？与人斗，其乐无穷。"

"吃亏也是一乐。老实人长在，欺负人死得快。古时候有个小孩叫子骞，他爹给他娶了个后妈，后妈只对自己亲生的儿子好，对子骞可孬。冬天做棉袄，后妈给自己两个亲生儿子的棉袄里放的是棉花，给子骞的棉袄里放的是芦花。他爹带三个儿子出去，看见子骞冻得直打哆嗦，他两个弟

---

① 指履历表上出身填写为工人、贫下中农、革命军人、革命干部、革命烈士的五类人，也泛指他们的子女。这种称呼在"文革"时普遍使用。

子骞有个后妈，棉袄却装芦花。
严冬冻坏孩子，却求爹爹饶妈。
宽恕第一美德，柔弱即是强大。

弟却面不改色。他爹老生气，说他穿得比弟弟厚却是这副熊样，就用马鞭抽了他一鞭。这一鞭，把子骞的棉袄打烂了，顿时，芦花漫天飞舞。他爹这才知道子骞被他后妈欺负了，回家要休了这个后妈。没想到子骞跪地求情说：'母在一人单，母去三人寒。'意思是说，后妈在只有自己一个人受苦，如果后妈被休了，兄弟三人都要挨冻。他后妈看到子骞这么小就有这么大的肚量，就认错了，从此对子骞跟对她亲生儿子一样好。"

俺娘说："你得学学人家子骞，人家小孩才8岁就懂得忍气饶人，你呢？你多大了？"

俺娘对尚有良的态度，是中国老传统里为人处事的一种态度。我过去一直认为，世界是强者的天下，忍让是软弱可欺的代名词，是不得已时给自己找的台阶，但在俺娘这里，这个台阶不仅是留给对手的，也是留给自己的。

宽恕是一条河，逢山迂回，逢水合流。忍让之时，你已经赢了众生。

人要修炼很久才能悟出这个道理。

俺娘怀念过去那个温良宽厚的马庄。"众人往大槐树底下一坐，和和气气，亲亲热热，一人有难大家帮，多好哇，现在见天价打咧斗咧，弄得都成仇人了。"她说。

我不知道过去的那个马庄是什么样，因为在我的记忆里，"斗争"这个词代表了时髦，代表了革命，代表了进步。

也许善恶并没有界线，只看你处于什么样的环境。当这个环境认定你是一个"好人"并给你一定的权力，你心里的"恶"就会跑出来，这时候，你就不再是你自己，而是一个按照角色要求行使权力的"好人"。这样的好人越忠诚、越敬业，对社会的危害就越大。

多年之后，我才知道，无礼只会助长无礼，暴力只能滋生暴力，争来的东西并不属于你，你的命运和你的一切在冥冥之中早已注定。

对传统文化的曲解和反叛很快就带来了灾难。国家的政治、经济、文化、生活出现了前所未有的混乱。其实，中国传统文化的尊严就是中国人的尊严，它是我们的世界观、我们的思维方式、我们的语言文字、我们的生存价值所在。那些绵长的传统、文化的血脉像常春藤一样生长在我们心灵的深处。否定传统文化，只会增加我们历史的迷茫，没有了对历史文化的认同感，看不清归途，又怎能知晓来路？

"文革"使人误以为可以任性而为，可以打碎国家机器，可以剥夺他人的尊严和生命，可以破坏以往被奉为神圣的一切东西，甚至祖先的牌位也被砸个稀巴烂。但是当它把所有想破坏的东西都破坏了之后，它自己也失去了存活的根基，因此，几乎在转瞬之间，"文革"就"猝死"了。

1967年，"文革"进入第二年，武斗开始了，打人都是往死里打，越打越激烈，最后发展到拿枪拿刀互相打，登封打死了十几个人。俺娘怕了，她说："连福，你还是出去干木工吧，别在家，你在家肯定会出事。"

俺娘从来都是说一不二，有绝对权威，我的任务就是听她的话。

我带着徒弟出去挣钱了。

"文革"中的工人和农民不一样，工人不上班，搞武斗照样发工资；农民不种地，不干活就吃不上饭。

我成了"逍遥派"①，不论人们怎么打怎么闹，都与我没有关系，闷着头干活挣钱养家。我的侄子兼同窗、一块儿掂着打狗棍去要饭的尚银权当了公社的革委会副主任，几次邀请我跟他一块儿干，我都没答应，因为俺娘不让"从政"。

那时候我的工钱挣到了一天两元钱，家里生活好了起来。

俺家的房子从俺娘嫁过来时整修过一次，此后一直没修过，"文革"时又被红卫兵胡乱砸了一家伙，碰上连阴雨，好几个地方都得放个盆接水。

土地归公以后，房子成了农民唯一的财产。我挣的钱让俺家的命根子得到了滋养，七八间房子全部整修一新，房顶的新瓦在太阳底下闪闪发亮，在很远的地方都能看见。

---

① 指在"文革"期间由于主客观原因未参加或很早就退出群众组织，置身于运动之外的人。

第十一章

娶媳妇

虽然俺爹俺娘对我的未来寄予厚望，但是，我的亲戚对我的前程并不乐观。俺大爷爷的孙子、我的堂哥尚赳俭比我大20多岁，上过几年私塾，会看风水，外号叫"圣人"。我们那一带乡下，大家公认孔夫子是真正的圣人，如果有人叫你"圣人"，可能有两层意思：一是你真有些学问，识文断字，见多识广，德高望重；二是一种调侃，意思是你这人神神鬼鬼地爱显摆，天上知一半，地下全知道，孙悟空七十二变，你有七十二能。

　　俺赳俭哥这外号，可能两层意思都有。

　　我8岁那年，俺娘对尚赳俭说："他哥，都说你会看好，你给恁兄弟看看命呗。"

　　赳俭说："婶子，现在新社会不兴这个啦，要叫外人知道了，说我宣传封建迷信，要游街批斗哩！再说啦，这熟人我一般都不咋看，要是看得好还好，要是看不好，大家都不高兴。"

　　俺娘却很执着："你就权当是玩呢，给恁弟弟看看。"

　　"那你把俺弟的生辰八字说说。"

　　俺娘把我的出生时辰、属相一说，俺赳俭哥就掐着指头算开了，嘴里嘟囔了半天说："俺这个弟弟将来是个出家命。"

　　俺娘问："还有啥？"

　　"先有三次婚姻，然后再出家。"

俺娘说："你咋给俺算个这卦哩，我就这一个儿子，我会舍得让他出家？"

这时候，我正好端着半碗蜀黍糁从屋里出来，听见这话，眼睛一瞪说："哥，你说的这是啥话，我能结三次婚？现在庙院都扒了，我上哪儿当和尚呀？"

俺尅俭哥一看俺娘和我不高兴，赶紧找个台阶下："我好些年都不给人看好啦，算错啦算错啦。"

我不知道冥冥之中操纵命运的那只手是否真的存在，只知道多年之后，俺尅俭哥的预言居然一一应验。

我21岁那年，俺娘张罗着给我说了一个媳妇。

她是我们附近张庄的人，有一个好听的名字叫玉环。

玉环长得秀气，聪明，知道心疼人，对我也不错。但她在家里是老小，有点娇气，很拗，特别是在登封这种宗教气氛浓厚的环境里长大，越是神神道道的事，她越相信。

玉环他哥是生产队的保管，大小也算个官，他认识我，一听说妹妹处的对象是我，一拍大腿说："这人是个好木匠，可能挣钱了，咱们登封东北边方圆十几里都请他干活。妹妹你跟他结婚有福享。"

玉环他哥是全家的主心骨，他说行，玉环就愿意了。

很快我们选了个好日子就结婚了。

说实话，那时我根本不懂什么叫爱情，结婚似乎就是为了完成一个人人都必须完成的任务，传宗接代，让爹娘安心。我是家中唯一的儿子，据俺爹说，俺这一门从我爷爷的爷爷开始一直人丁稀少，几次都是从亲戚那边过继儿子延续血脉，所以爹娘巴不得我立刻有自己的后代。而我呢，除了青春期的生理萌动，并不知道爱是什么。那时的学校和家长对这个问题避而不谈，好像世上没有这档子事一样。我们不懂异性的生理，更不懂异性的心理，只是从古老的戏文中听说过一些"郎才女貌""一见钟情"的故事，以为那就叫爱情。

　　乡下的苦孩子，从来没有问过自己内心的需求，更不可能想到要给灵魂一个交代。

　　自从玉环这个与俺家毫无血缘关系的女性进门，家里立刻发生了化学反应，空气中有了一种燃烧的味道。俺娘嫁过来，头顶上没有婆婆，这个家一直由她做主，强势惯了。而玉环也是从小娇着宠着长大的，她作为这个家未来的女主人，不会服软。两个女人都想独占我的爱，她们对于要分享我的感情这件事充满了委屈、焦虑和烦躁，因此铁勺碰锅沿之类的事情是经常发生的。

　　过去俺娘在姥爷家，媳妇和女儿吃饭不能上桌，一家之主不坐定，谁也不能先动筷子。说话先叫称呼，不称呼就说话，一定挨骂。而玉环长在新社会，不懂也看不上这一套老规矩，说话没礼节，不叫爹也不叫娘，饭做好盛到碗里就吃，不等也不让。俺娘一看她这样就来气，慢慢地对我也有意见。过去我饿了，娘立刻为我弄吃的，现在她说："叫玉环做。你囝子的手那么金贵呀，饭都不会弄，当个女人不会做饭可不中。"

　　我的衣裳破了，俺娘不仅不给我缝，还指点着破烂的地方数落："玉环的眼神那么好，你裤腿上这么大的窟窿她看不见？"

　　事实上，玉环做饭和缝纫的手艺确实不咋的，还经常使小性。俺娘教她手艺，她不仅不感恩，还经常似笑非笑、不酸不凉地回答："娘，我记着了。"

　　玉环的脸上经常有一种嘲讽似的微笑，她叫娘的声音是从嗓子眼里憋出来的，一听就知道是不得已而为之。她莫名其妙的笑容和不够真诚的声音，让俺娘有一种说不出来的不舒服。

　　如果有邻居来串门，玉环就把门一关，低声跟人家翻针线筐儿（妇女之间说别人的闲话）。俺娘心里就犯嘀咕，怕她说自己的不是，怕她翻嘴调舌，弄得邻里不和。

　　对我来说，两个女人都得安抚，都得调和，稍不小心，就会引发一场级别不小的地震，我这才知道当儿子的不易。

无论如何，大家还没有撕破脸皮，所有的不满都在心里掖着藏着，表面看还是和和顺顺的一家人。

我俩是头年腊月二十结的婚，到第二年三月，日子凑合能过，但那个春风沉醉的夜晚却成了我和玉环的噩梦。那天夜里，我干了一天活，正睡得迷迷糊糊，玉环在一边摇晃我，把我弄醒了。

"啥事？"

"大事。"

"……"

"我今天算卦了，人家说我命里有两次婚姻，说咱俩得离婚。"

"为啥？"

"说你克妻，如果不离婚，你会给我克死。"

"你信呀？"

"那万一是真的咋办？我找的这个算卦先生算得特别准。"

我睡意全消，在黑暗中睁开眼睛，想看清玉环的脸，可是完全看不清。

我至今都不明白，玉环是压根不想在这个家里过日子了，还是编了故事来检测俺家对她的看法？她是真想离婚还是想分家另过？有些女人嘴上说的和她心里想的正好相反，这种做法导致的误解又是她们最不想看到的。

见我半天不吭气，玉环又催："你说咋办呀？"

我那时太年轻了，本来打个岔就能过去的事，却当成正事去办，更何况依赖娘依赖惯了，想去讨个主意，就说："那我问问咱娘吧。"

俺娘和俺爹住在上房屋里，我披衣起身去敲他们的门。

俺娘问："啥事呀，黑更半夜的？"

"有点事。"

俺爹过来把门开开，我坐在炕边。

娘问："咋了？"

我把玉环说的算命的事重复了一遍，问："恁说这咋弄？"

麻烦就麻烦在俺娘也是个特别信神信命的人，她沉吟了一会儿说："要真是这样，咱得放人一条活命，不能让人家死。结婚就是为了好好过日子，不是为了找灾找难。你还年轻，她也年轻，要是你克妻，以后有了孩子，更麻烦了。她要想离婚就离吧。"

我说："那我再想想。"

娘说："中，那你先回去睡，明儿再跟玉环商量商量。"

我往外走的时候，咣地与一个人撞了个满怀。原来玉环正在门外偷听。我进上房的时候，玉环不敢一个人在黑屋里睡，也跟着过来了，躲在门边把俺娘的话听得一清二楚。

俺娘听见了玉环的声音，知道她啥都听见了，就说："你把煤油灯点上，叫玉环一块儿过来说说吧。"

油灯点亮，玉环进来了。她穿得单薄，缩着身子，垂着头，有点楚楚可怜，但是脸上的表情还是很倔强。

俺娘说："玉环，我刚才说的话你都听见了？"

"听见了。"

"我问你，你说这个算卦的真是说连福犯离婚，克妻？"

玉环又把算卦的事重复了一遍。

"要真的是这样说的，我看你明天先回张庄，跟爹娘商量商量，看看咋办。俺家不能耽误你的事，更不能给你添灾添难。要不中了，你们就离婚，趁你们现在还没添小孩，你再找也好找，你寻你的，俺找俺的。"

"中。"玉环说。

"退一万步说，就算你们离婚了，我还把你当亲闺女看，咱们还是亲戚。你该来来，该走走，这儿还是你的家。"

"中。"玉环又说。

一般的女性说到离婚，都会洒下眼泪，但是玉环说这个"中"字的时候，没有任何忧伤。

俺娘说："那你们回去睡吧。"

第二天清早，玉环起来把几件衣裳包成个小包袱，往张庄而去。临走时俺娘说："环，恁家商量罢了，给我个信。"

玉环这一走，半个多月没回来。她娘家人在外面散布说，是俺娘逼着孩子叫离婚。

俺娘对我说："我这不清不白落了个罪名，你男子汉服个软，赶紧去把玉环接回来吧。"

我借辆自行车骑上，跑到玉环家赔了一圈不是，总算把她带回来了。可是从此以后，她与俺娘算是结了怨，关系不甜不酸、不热不冷，生分得很。

隔年，我们有了一个女儿，这本是个喜事，可是又成了矛盾的导火索。玉环不让俺娘抱这个孩子，孩子的事也不叫奶奶沾边。

这真是一种锥心的"惩罚"，俺娘哪能受得了这个？可是她还是忍了，天天给婴儿洗屎布洗尿片，给儿媳烧水做饭。

实在想不通的时候，俺娘就来给我说："连福，你媳妇现在把我恨死了。算卦先生让你们离婚，你来问我，让我咋说？你们说不离婚就要死人，我说叫玉环回家商量，我那话错了吗？"

我没办法，去劝玉环："你跟老人说两句好话中不中？离婚这个卦是你算的、你说出来的，你怨谁啊？你多叫几声娘，啥事都没有啦。"

玉环也真有个性，一扭身给我个脊梁，就是不听。

家里成天生气，气氛压抑，日子很难过。

孩子过百天的时候，玉环抱着孩子回了娘家，一直没有回来。

6月的时候，下了一场大雨，离马庄不远的五里堡水库满得往外溢，水面宽出一大片。人们远远地看到，水中央浮起一具年轻女子的尸首，她脸朝下漂在那儿，一时认不出是谁。我有个远房堂姐住在水库边上，她知道俺家婆媳之间经常生闷气，越看越觉得像玉环，就失急慌忙地报丧来了："不好了不好了，俺弟妹跳水寻无常（自杀）去了！"

俺娘一听这话，腿软得成了面团，扑通一声跌坐在炕沿上动弹不得。她面无血色，冷汗如豆，手指痉挛："老天爷呀，你瞎眼了吗，你为啥把这种事往我头上摊呀？"

俺娘是马庄的大善人，现在竟成了逼死儿媳妇的恶婆子，这可如何是好？她对我堂姐说："妮呀，我是一步也动不了了。你上后山去喊恁叔，他在那儿放羊咧，你叫他赶紧去问问玉环，她是咋着想不开了，为啥跳河，俺那孙女咋着啦。"

俺堂姐答应一声就往山上跑，找到俺爹，两人奔五里堡水库而去，马庄有好些人也跑去看热闹。

俺娘在家里越想越怕，她觉得按玉环的偏脾气，真可能做出这种绝命事。要是玉环真死了，她娘家绝不会善罢甘休，马庄邻里的唾沫星子也能把自己淹死。俺娘挣扎着来到奶奶庙前，往那儿一跪："观音奶奶呀，我一辈子积德行善，咋就落个这下场哩。我的命咋这么惨呀？奶奶你是真心不想叫我活了呀？"

磕完了头，俺娘回到家，找了一根绳子，四下里张望，看这绳子往哪儿挂合适。

这时候，俺村的妇女大队长李改芳听到消息跑来了。进屋一看，俺娘站在凳子上，手里攥着绳子，正往梁上扔呢。

她一把夺下俺娘手里的绳子："连福他娘，你可别吓我。"

俺娘鼻涕一把泪一把地哭起来："你瞅瞅，这玉环弄的是啥事？她家的人要是来砸俺家，你说咋办？我丢不起这个人呀。"

李改芳说："连福他娘，你还真不能死，你要是上吊了，死无对证，你就真成了逼死媳妇的婆婆。咱这庄里人都知道，你也没吵她，也没骂她，她要跳河只能怨她自己，到时候我给你做证。再说了，跳河的人是不是玉环呀，报信的人看清没有呀？"

"她说脸朝下，没看见脸。"

"那咱去看看。"

"我不敢去。"

"我陪着你，看谁敢咋着你。"

李改芳搀扶着俺娘往水库那边去。刚出村不远，俺爹跑着回来了，大喘着气，冲她们摆着手说："不是不是。"

李改芳说："你慢慢说。"

俺爹说："那个淹死的女人已经被打捞上来了，脸朝下趴在岸边，整个人被水泡得像个发面馍，皮肤白里泛青，头发披散着。我一看那身架比玉环大一圈，不像。有人说，翻过来看看，是不是泡发了？我们又把人翻过来，这回看真切了，真不是玉环。"

后来我听说，那跳河的女子姓石，是登封西关的，头天晚上与丈夫生气，一时想不开，就在大雨之中跳了水库。

传说玉环跳河这事沸沸扬扬，十里八村没人不知道。可是她家好像啥事也没有发生一样，没有一点动静，玉环不仅没有回来安慰一下吓得半死的婆婆，甚至连个口信也没捎来。

7月里，天干气燥，玉环仍然没有回来。那天，我正收拾东西准备去城里做活，俺娘在堂屋里说："连福，今天你先别走，我有个事要跟你说。"

我抬眼一看，只见俺娘端端正正坐在祖宗牌位的旁边，头发拢得一丝不乱，在脑后盘成一个髻，一支银簪子横在中间，银光闪闪。土布做的毛蓝色斜襟大褂子和裤子都用浆水浆过，干净挺括。大襟的右边，胳老肢儿底下了一块白手绢。小脚上是白袜子和千层底的黑布鞋，裤腿用黑色的绑腿带紧紧扎牢，穿得比过年还正式。

我笑笑说："娘，你这是要干啥去？"

娘说:"过一会儿你就知道了。"

不一会儿,尚家的老辈、俺大舅二舅,还有街坊邻居都过来了。

俺娘叫众人一一坐下,清了清嗓子,开口道:"今天请族里的老辈、俺哥、俺弟弟和街坊邻居过来,就一件事,大伙做个证,给我立个字据,从今天开始,我跟连福分家单过。"

我急眼了:"娘,这么大的事你咋不给我商量?"

俺娘把手伸出来往下一按,止住我的话。

"连福,我生你了,也养你了,你长大了,能挣钱了,结婚成家了,我不图你报答尽孝,就想图个安生日子,你的囡子不喊我娘,你的孩儿不叫我抱,出来进去让我看脸色,我不想这样过。今天分家,老辈一共传下来的7间半房子,我多给你点,你拿走4间半,我留3间,从此各过各的。我没有你这个儿子,你也没有我这个娘,你有啥事别找我,我有事也不会求到你们上,你是我亲生的儿我也不指望你,活着你不用管,死了你不用葬,将来我找亲戚过继一个儿,给我养老送终……"

俺娘说着说着,语调哽咽,说不下去了。她慌乱地把大褂右边挂的白手绢摘下来,拿在手上,然后深吸了一口气,伴着一声长叹,把眼眶里打着转的泪水硬压了回去。

我又惊又气,可怜巴巴地望着众人,希望他们劝解俺娘,制止她的做法。可是,众人的脸上好像都结了一层霜,冷冰冰的,一声不吭,一看就知道都不向着我。

我知道,俺娘实在受不了才出此下策,玉环把她的心伤透了。而我作为亲生儿子,管不了玉环,不能让她孝顺俺娘,在娘眼里那是更大的罪过、更大的不孝。

俺二舅拿出了毛笔和纸,要写字据。

二舅能写一手好字,经常被人请去写碑文写对联啥的,我万万想不到他的这手好字竟然要写俺娘把我赶出家门的字据。

我很生气,俺娘一声不吭就要把我扫地出门,我不能答应。

我的眼泪像决堤的洪水一样汹涌澎湃。

我对俺娘说："娘，你先别让俺舅写字据，恁这事没给我说，我啥也不知道。不知者不为过，你给我三个月，三个月后，这事我处理不好，再立字据不迟。"

我抹了一把泪，提高嗓门说："我带着十几个兄弟干木匠、干泥瓦匠，不是为了这几间房，是为了孝顺爹娘。娘你今天说这么绝情的话，让我无地自容。今天长辈都在这儿，晚辈我也撂句话，就算退一万步，真到了分家的份上，我一间房也不要，房子都归俺娘，我扫地出门。"

二舅这才说话："中，连福既然把话说到了这份上，姐你就宽限他三个月，三个月之后，晚辈知错不改，再分家也不迟。"

我像只挨了打的小毛驴，灰溜溜地从家里逃了出来。我的脚步拍打着地面，在久旱无雨的土路上扬起阵阵尘土，我的心情也像脚下的黄土一样，碎成了粉末。

俺娘的态度表明了事态的严重程度。

我跑到张庄玉环她家，把俺娘要分家这事给他们一说，玉环她哥一拍大腿说："嘿，这算啥事，你不用要房子，搬过来哥给你盖新房。"他的声音里满是兴奋，好像捡到了大把的人民币。

这不是我的本意。一般的人家都是劝和不劝散，我想如果玉环家里人顾及我和玉环的这段婚姻，劝玉环几句，叫她别拿大堂（摆架子），叫她懂得两边都是自己的家，夫家在某种程度上比娘家还重要，回家去说几句好听话，俺娘撒气了，事情就解决了。

可是，她家的人不这么想，他们非要争出个你高我低不可。

我对玉环她哥说："哥呀，家里的事有啥大是大非呢，咱们晚辈低个头身上能少点啥？你得劝和呀，不能等老的把咱撵出门才后悔呀。"

她哥说："俺没有错低啥头？天天低头，这日子怎么过？"

玉环在一边说得更绝："家产我可以不要一点，但是这个头我不低，即使断绝关系我也不会去认错。"

我气得没法儿，但身在玉环家里，也不便发火，想让她出来单独说说，可她就是不出门。她说："我给你想个法儿，咱来个假离婚，省得恁娘把你撵出门。"

"你这不是摆治人吗？啥叫假离婚呀？你念在咱夫妻一场的份上，回家给老的赔个不是中不中？"

玉环说："你先回家吧，容我再磕磨磕磨（仔细想想）。"

三个月九十天，说话就过去了。玉环还是不回来。我没招了，只好对俺娘说，已经跟玉环离婚了。

第二年，各庄都招工人去修焦枝铁路①。听说玉环去了，后来又听说她与一个修铁路的工人好上了，俺俩约定的假离婚变成了真分离，劳燕纷飞了。

得之我幸，失之我命。也许这就是我的命。

俺娘不知道我假离婚的事，张罗着给我介绍对象。我一个都不去见，这让她很失望，说我是故意气她。后来，我听说玉环新处了男朋友，心里凉了半截，就不再跟娘打别（较劲），答应以后有人介绍对象就去见。

想来又是命运作祟，那几天，还真有个高颧骨媒婆上门说媒。高颧骨媒婆不仅颧骨高，脸上还有两团红晕，看样子不像擦的胭脂，倒是像得过肺痨病。高颧骨媒婆说，登封城南庄有一个女子，姓赵名慧芳："咱明人不说暗话，这赵慧芳人是不赖，就是离过婚。"

俺娘一愣，咋回事？

她原来处的那个对象是个当兵的，结婚以后她去部队上，周围的人都说她相貌不好，也可能是那个男的提干了，反正非闹着离婚。赵慧芳

---

① 自河南省焦作，经济源、洛阳、南阳、襄阳，到湖北省枝城的铁路线。1969年11月动工兴建，1970年7月建成通车。

没法儿，只好离了，好在她没添小孩。

谁都知道，媒婆的嘴天下闻名，黑的能说白，胖的能说瘦，丑的能说美，穷的能说富，你给她一摊牛粪，她能说看见了一盆花。

高颧骨媒婆属于媒婆中的佼佼者，说话时唾沫星子能喷八丈远，我很担心她把肺痨病传染给俺娘，可是俺娘全不在意，听得很认真。媒婆说："其实赵慧芳长得挺喜庆的，个子大，身体好，两只大眼忽闪忽闪的，可精明，见人不笑不说话，可有礼仪了。而且人家过日子、干农活都是一把好手，家里地里的活样样拿得起放得下。对啦，人家还是城南庄的妇女队长咧，大小也是个干部，经常给全队的社员讲话，道理说得一套一套的。你说，她要是品质不好，村里能选她当妇女队长？"

媒婆一席话，打动了俺娘的心："那就叫俺连福去看看，要是中喽，我再见见。"

媒婆转头问我："你啥意见，连福兄弟？"

"随恁的意吧，俺娘叫见就见。"

在高颧骨媒婆的精心安排下，我在几天后见到了赵慧芳。赵慧芳个子高挑，肤色黧黑，人长得很瓷实，粗手大脚的，一看就很能干。她虽然人不出众，貌不惊人，但也不丑气，眉目中有些清秀，腰板也直捯。她开朗随意，说说笑笑的，不认生，礼数也算周全。不过，我也懂一点相术，觉得这个女子虽然有说有笑，可一旦安静下来，就变成了哭丧脸，不像媒婆说的那么喜庆。另一个短板是她从小没有读过书，基本不认字。

说了一阵话，我啥也没应承，就告辞了。

没想到，过了几天，大大方方的赵慧芳到俺家来了。她先到我屋里，很坦然地问起我对她印象如何，我有点不好意思，吞吞吐吐地说还行。她说："我对你也没意见。"我说："那你去跟俺娘见见面吧，看看能不能对上缘，她说中，我没有意见。"

赵慧芳就喜滋滋地见俺娘去了。

结果她一进俺娘的屋里就如鱼得水般地不再露面，她爽朗的谈笑声从俺娘的屋里飞出来，像小鸟一样落在俺家的院子里。

高颧骨媒婆冲我得意地一笑："人家巴不得跟你结婚咧，咱的条件比她的条件好。"

大约过了一个钟头，俺娘屋里的门吱扭一响，推开了一道缝隙，从这个缝隙里传出的笑声变成了两个人的，俺娘笑着，迈着小脚出来送客。

赵慧芳说："娘，娘，你留步，别累坏了恁的身子骨。恁这堂屋里的香味真好闻，吸一口气就知道恁是个积德行善之人。"

俺娘眉开眼笑："不中不中，哪儿有你说的那么好。"

我是很少看见俺娘笑的，对我来说，她就是威严、严肃的化身。今儿她笑得如此发自内心，我是第一次看见。

送走赵慧芳，我问俺娘："你看这个女的咋个样？"

"我看中，人家进屋一个钟头叫的娘比那个玉环一年叫的都多。"

"娘，你说中就中。"我这两年被那种天敌般的婆媳关系弄得头大眼晕，彻底没了脾气，如今见俺娘相中赵慧芳，我也不能有啥意见了。

我跟赵慧芳结婚的时候已经不时兴骑马坐轿了，最时髦的就是互相赠送个粪筐、箩头啥的，象征夫妻二人热爱劳动，不图彩礼。其实私下里你如果不送彩礼，女方根本不会登你的门。我跟赵慧芳去扯了个结婚证，然后胸前挂着一朵皱纹纸扎的红花，骑着自行车去了城南庄，把胸前同样挂着花的她接到了马庄。

那时候，我们全村只有两辆自行车，全县也不过千余辆。那时的自行车比现在的小轿车还金贵，国产的有三个牌子最好，上海的永久、凤凰和天津的飞鸽。我买的是一辆飞鸽加重车，很扎庄（结实），带上200斤粮食照样嗖嗖地跑。

我还给赵慧芳买了上海牌的手表、飞人牌的缝纫机和红灯牌的收音机，俗称"三转一响"。这是那个年代人民所能拥有的最高财富，也是大部分女性择偶的重要标准之一。要知道，那一年，登封全县销售的手表只有 125 块。

赵慧芳能说会道，与俺娘关系处得好，一会儿喊娘，两会儿喊娘的，哄得俺娘很开心。但她与我相处时就爱闹别扭，有一回半夜 12 点，我俩说话别劲了，她一扭脸就出门走了。我觉得她太过分，理都没理就睡觉了。到天明我要上登封，上俺娘屋里把这事一说，俺娘吓了一跳，赶紧出去找。后来我才知道，赵慧芳半夜走到寨门口，害怕了，走吧，回娘家路太远，不走吧，回家去没法儿下台。刚好碰到村里一个正在找猪的妇女，她跟人家说，家里来客人了没法儿住，找猪的妇女让她借宿了一宿。

再见面，我也不问，她也不提，这事就算过了。

一年下来，俺俩的关系就在这种磕磕绊绊、不热不凉的状态里维持着，我没多少热情，她对我也不咋好，凑合着过。我想，俺娘开心就算好吧。

隔年，我的大女儿松霞出生了。

生松霞的时候，还是按农村的老规矩，请接生婆，在家里生：炕上铺了散发着阳光味道的秆草，屋里点着明明暗暗的炭火，一大锅热水等在那里，万事俱备，只等生孩儿了。

孩子往外生的时候还算顺利，一个时辰娃就落地了。

接生婆说："妮啊，你这个娃就巴掌那么大，能放到男人穿的鞋里去，可能都养不活。"

正说着，意外发生了。接生婆没听见我媳妇接话，低头一看，赵慧芳冷汗如雨，脸色惨白，已经晕死过去。

接生婆急了："连福连福，你快来！"

我进屋一看不好，拉上架子车，带着俩徒弟一阵疾跑，把赵慧芳送到了县医院。

县医院的大夫说是产后大出血，直接给她上了抢救，又是输血又是吸氧，忙活了半宿，人才醒过来。

大出血止住了，但是赵慧芳高烧不退。三天之后，只见她烧得嘴唇上冒出一层水疱，身上隆起一片一片的红疹子，脸色青黄，气若游丝，看上去仿佛大限已到。

她的主治大夫是个 40 多岁的瘦小男人，一副玻璃片很厚的近视镜让他的眼球看上去黑少白多，他的话也因此增强了恐怖效果。大夫说，根据化验的情况判断，赵慧芳是生育时条件简陋导致感染，产后大出血又使身体的免疫力下降，最终得了败血症。这种病死亡率很高，旧社会叫"死症"，治疗起来很麻烦，需要做细菌培养、输血、使用抗菌素，要花不少钱。

言下之意，治不治，你们自己定。

那时的老人普遍心疼钱，把钱看得比命还贵，特别是在生死一线之间的时候，他们往往会选择放弃。不论是对自己还是对别人，他们的选择是一样的。

俺娘和赵慧芳的爹听了大夫的诊断，在医院里嘀嘀咕咕商量了半天，最后给我说："连福，咱给慧芳穿上衣裳把她拉回去吧。"

我说："不中，不管好赖，人得有良心，拉回家不是等死吗？俺妞妞一口奶没吃就当孤儿啦？"

"要是花多少钱最后还是个死，那可是人财两空啊。"

"真是这个病吗？我不信。她身体好着咧，咋会得这种病呀？"

近视眼大夫一下把他的眼瞪得好大，好像很气恼的样子。他说："你要真不放心就拉到郑州看看。"

这时候，赵慧芳强烈的求生欲望坚定了我的决心。她说："连福，我不想死，只有你能救我了。"

我用两床被窝把赵慧芳裹住，放到架子车上，拉着她上省城郑州看病。

赵慧芳个子大被子短，她的脚露出一截，裹不严实，我找根绳子，把被窝像只口袋似的扎紧，让她免受风寒。走的时候，俺爹帮我拉着车送出了七八里路。

我说："爹，你回吧，年纪大了，你多保重。"

俺爹站下："到那儿看看啥情况，赶紧给家里捎个信，叫我和恁娘放心。"

俺爹似乎也觉得是凶多吉少，一个人孤零零地站在路边，掉下了眼泪。

我头也不敢回，拉起架子车一阵猛走。

登封到郑州约一百五十里，我拉着赵慧芳走了一天一夜，把她送到了人民医院。那时人年轻，能走，不过脚上还是磨出了五六个大血泡。

郑州看病就更贵了，虽然那时医院收费不像现在这样漫天要价，但对我们这种没有什么家底，也没有公费医疗的农民来说，每一笔治疗费听起来都像天文数字。我们生活中挣钱花钱都是个位数，这里花钱变成了十位数，有时甚至是百位数。除了治病的花销，未满月的女儿也需要钱。她一口奶没吃过，哭声像小猫哼唧。俺娘买不到奶粉，只能高价买点炼乳，然后熬点小米粥，拌在一起喂孩子。

我用三年时间积攒下的一千多元钱像水一样流走了，到最后，连"三转一响"也都卖掉，换成了药钱和饭钱。

在郑州，我晚上经常睡在医院里的门诊大厅或挂号处。一个负责打扫卫生的人很凶，他一进门，就横眉立目地把睡在地上的人赶来赶去。大家敢怒不敢言，只敢暗地里骂娘。我买了几根烟敬给他："哥呀，都是吃苦受累的穷人，你就行行好，让我们住这儿吧。"

那个扫地的脸上的棱角立刻就抹平了。他叼着烟凑过来点上火，舒舒服服地吐了个烟圈。

"你给谁看病？"

"俺媳妇。"

"啥病？"

"败血症。"

"哎哟，那可是大病。花销不低吧？"

"不瞒你说，山穷水尽，屌蛋精光了。有一点办法，也不会睡到这儿。

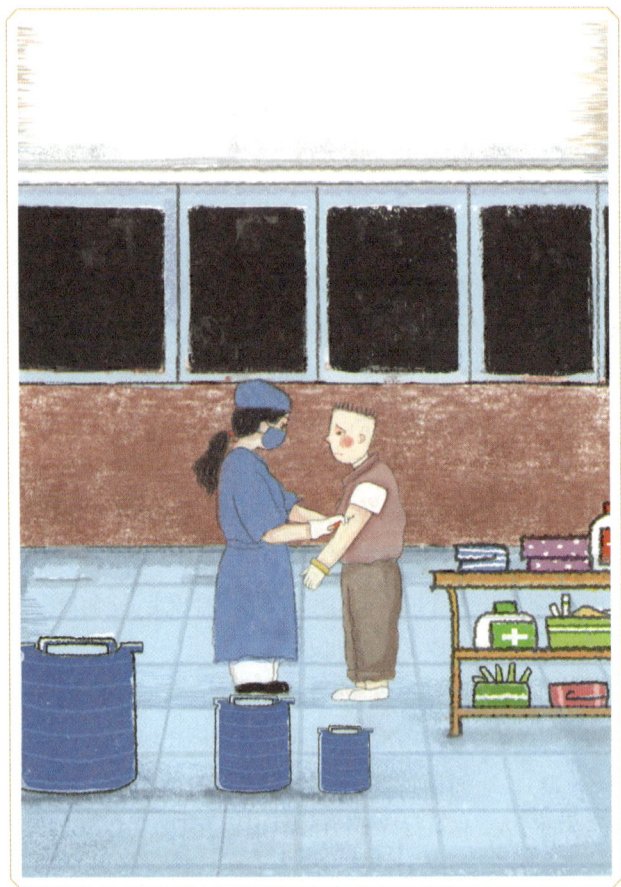

为救媳妇一命，拉车飞奔省城。
挤进血站献血，只为孩子有娘。

要不你给我找点活干干？"

"干活？一天一两元钱，啥时候能填上你这大窟窿啊？"

"那咋办？"

扫地的人趴到我耳朵边上悄悄说："我给你说个法儿，别给外人说，卖两回血就有钱了。"

他好像刚吃过大葱，一股恶浊的臭气熏得我闭了半天气。可是他传递的信息很诱惑，我得赶紧问明白，于是更近地凑上前去问："啥叫卖血？"

扫地的人看我的知识如此贫乏，似乎生气了："连这都不懂！卖血，就是去血站让人家用针管扎你胳膊，往外抽血。一次抽400毫升，给六十元钱。"

"400毫升是多少呀？"

"就咱平时喝酒打酱油那瓶子，大半瓶。"

"抽那么多血会中？那人不会死呀？"

"死不了。卖血的人多着呢，明儿我带你去血站看看你就明白了。你要卖了血，你得给我两元钱。"

"中。"

第二天，那人领我去了血站，果然看见不少人在那儿排队，多数是男的，最大的看上去40多岁，年轻的有十八九的。血站的墙上贴着标语：志愿献血，实行革命的人道主义。

血站里出来一个和蔼的女护士，她听说我要卖血，笑了笑说："卖血是老百姓的说法，实际上这是志愿献血，然后国家给予一定的营养补助。"

于是，我也站在那儿排队。

第一次献血，心里发毛，没着没落的。古人说，身体发肤，受之父母，不敢毁伤，孝之始也。这一献血，"孝之始"极有可能还没有开始就结束了。

我学着其他献血的人找了个大碗去喝水，据说水进到身体里，血见了水就变稀了，血里的水多了，抽血的时候身上的血可以多保留一些。

血站有个开水桶，水很烫，我接了一碗端着，吸溜吸溜就是喝不到嘴里。眼看快轮到我填表验血了，一着急，把热水倒掉，用嘴对着凉水管，像饮驴一样咕咚咕咚往肚里灌水，一直灌到水从嘴巴里往外冒才停下，然后一路打着饱嗝献血去了。

很快就抽了我400毫升血，出来的时候，有点像喝多了酒，头重脚轻，好似踩在棉花上走路。

回到医院，赵慧芳看我脸色发白，问我咋啦。

"没咋。早上没吃饭饿的。"

我不能把献血的事告诉她，也不能告诉俺娘，日子本来就够糟心的了，不想让她们心里再生出更多的愁云。

说来也怪。当我把最后的一丝力气使出来之后，赵慧芳的病见好了。

过了一星期，我又去献了一次血，办了出院手续，拉着赵慧芳回家了。

变卖了"三转一响"的家显得空空荡荡的。俺娘说，东西没有了能挣回来，人活着比啥都强。赵慧芳哭天抹泪地说："娘啊，恁一家对俺的恩情，我当牛做马也还不清呀！"

赵慧芳不愧是妇女队长，身子骨硬邦。那时生产队的年轻女孩都叫"铁姑娘"，妇女队长当然是铁姑娘中最坚硬的那块铁疙瘩。出院以后，她的身体很快就恢复了，没多久她就生下了二闺女松红，隔年又生下了老三。

老三是个儿子，小名叫宝儿。这个儿子对俺这个几辈单传的家庭来说，是大喜。俺爹笑得合不拢嘴，俺娘像个能掐会算的半仙那样大声夸口："我早就说过，一看慧芳这身架就知道能生出儿子来。"

宝儿生得漂亮，眼睛特别大也特别亮，三个月就会笑了，一笑脸上俩酒窝，煞是让人心疼。俺娘对小宝的喜欢简直无以复加，白天抱着、哄着、唱着，晚上搂着睡觉。在她的眼里，小宝没有一个地方不可爱，甚至小宝拉屎尿尿她看着都能笑出声。一天晚上，小宝光着屁股躺在炕上，俺娘拿着小包被过来，正要给孩子盖，忽然看见小宝撒尿，那股晶莹剔透的男童尿像喷泉一样飞得又高又飘，随着小宝的使劲程度的不同，童尿画出圆润且会拐弯的弧线，时断时续，不绝如缕。俺娘大声小气地咯咯笑着说："瞅瞅，俺孙子一泡尿能滋八丈高。"

小宝似乎特别懂事，从生下来就不闹人，夜里睡觉很安静，让吃就吃，让喝就喝，吃完喝完就睡。

俺娘望着我的眼睛下了个结论："俺这孙子跟你小时候不一样，从胎里带出来就懂事，将来肯定比你有出息。"

"那是那是。"我连声附和。

然而，大喜连着大悲。一岁的时候，我发现小宝不对劲，感觉他越来越没劲，跟他一般大的小孩有的都会走了，他却下不了地，站也站不稳，而且身上老是热乎乎的，好像发低烧，皮肤和眼白也在慢慢变黄。我抱他到县医院去检查，一查就让住院，说是白血病。大夫说，可能这孩子生下来就有病，我不知道这是否与他妈得过血液病有关。

我再次拖家带口地去郑州瞧病。大夫直接就下定论了，这病治不了。

我不死心，俺娘也很坚决，就是要给小宝治病。

因为三年前给赵慧芳治病时把家底花干了，给小宝治病就难了。我献了三次血，用献血的钱给小宝输了血，输血以后孩子看着好了一点，但过了几天又不行了。我回到登封去借钱，想多筹点钱给儿子治病。可是钱还没借到手，俺娘就捎话叫我过去，说是医院叫回家呢。

我去接儿子时，他闭着眼，叫也叫不应。

回到登封，我们没有回家，直接把儿子送到了县医院。

几天后，小宝在他奶奶怀里咽了气。

因为早就知道有这一天，一家人没有抱头痛哭。只是俺娘抱着她的孙子不肯松手，她关节粗大的手指在小宝的脸蛋上缓慢而又轻柔地摩挲，又把嘴唇贴在小宝已经变紫的小嘴唇上亲吻。随着俺娘的嘴唇不停地翕动，大颗的泪吧嗒吧嗒滴在小宝正在冷却的脸上。

我怕俺娘过度悲伤，用力把儿子从娘的怀里抱出来。

"我把他送到山里去。"

俺娘用个斗篷把小宝裹住："女人家不能跟着去，你自己把孩子送走吧。"

俺娘和赵慧芳把我送到医院门口，我低头说了句你们回吧，扭头朝嵩山走去。身后传来女人们嘤嘤的哭声。

我抱着儿子进山，来到一棵大松树下，捡了一堆石头，把小宝埋在树下的石堆里。

埋了孩子，我直起腰，突然感到天旋地转，浑身瘫软，一屁股跌坐在大松树下。天很蓝，风很急，大风掠过松枝，发出像海涛一样的呼啸。我冲着蓝天大声喊道："老天爷，俺尚家啥时候得罪你、难为你了？好几辈了，你都让我们没有后代，你为啥非要绝俺的后呢？"

在巨大的松涛声下，我的呼喊像海水中泛起的一串白色泡沫，眨眼之间就被冲刷得一干二净。

第十二章

恩姐

日子还得过。

人活着就是为了过日子。不管有多少变故和不幸。

虽然我没了儿子，还变成了一个穷光蛋，但我的手艺却越发好了，十里八乡的人都知道我，有了活就会说，去找马庄的连福。

县委大院做饭的大师傅张有德手艺不错，跟我在一块儿喝过酒，他说他家想打个两个柜子，让我过去看看木料。

他家住在城里临街的一条胡同里。天下着小雨，老张穿着双高靿雨靴，扑哧扑哧地踩着雨水走。我手里拎着我的布鞋，光着脚，深一脚浅一脚地踩着泥水跟着他。

这显示了我们身份的不同。

老张虽然是个做饭的，但是由于他是在县委里当差，"油水"比较大，身上不仅肉多，还有一股见过世面的傲气，与我的土气形成了明显的反差。

屋里竹帘一响，传来清脆的说话声："哟，下雨天谁来啦？稀客呀。"

话音没落，一个30多岁、丰满窈窕的妇人站到了我面前。

她个子高挑，留着剪发头，额前是整齐的刘海，一双大眼透着灵气，一看就是那种很自信的漂亮人物。让我印象深刻的是她穿了一件白色的上衣，衣服剪裁得很合体，恰到好处地包裹着她的细腰。那个年代满大街的人不论男女，一片深蓝黑灰，衣裤剪裁得非常肥大，穿在身上如同罩了一个洋面口袋，而这个年轻妇人竟然敢穿有腰身的衣裳，而且还隐隐有些透亮。

张师傅说："这是俺媳妇，我还有事，你干啥活叫她给你说。"

我转过身，叫了一声"嫂子"，等着这个漂亮妇人给我派活。

我对她的第一印象说不上好，毕竟我是从乡下出来的，没有与这种穿戴打扮的人打过交道。我本能地认为，敢这么穿衣打扮的人都是熟谙风情的人，俺娘素来要求我离这种人远一点。

"原来是个小木匠呀，多大啦？不到 20 吧？长得还怪心疼呢。"

这是个眼睛会说话的人，她目光闪闪，扎得我心里有点不自在。

"我 20 多了，早就当爹了。"我觉得让自己显得老道成熟更容易与这位嫂子打交道，就把自己已经当爹的信息透露过去。

漂亮嫂子咯咯一笑："哎呀，这么早就当爹啦？"

我红个脸对不上话，也不敢看她，头埋得很低，好像做错了啥事。

看到我的样子，她笑得更响了："哎哟哟，笑死我了。你个小木匠来干活，进屋就说你当爹了，还在我跟前充老大呀？我都快当奶奶了，叫你来就是给我闺女做嫁妆，给我儿子筹备婚礼。"

我一愣："嫂子你才多大呀？闺女都要出阁了？"

"提前预备，咱不能等大水进庙院了才抱泥菩萨的脚，对不对。我闺女虚岁都十七了，你不给她准备好能中？"

她停了一下又说："我姓恩，叫恩贤，你别叫我嫂子了，叫我姐吧。"

"中，那也中。"

"来来，进屋，擦擦脸上的水，别冻着了。"

她屋里收拾得很干净，有一种好闻的味道。

她拿了一块大毛巾，并不递给我，而是亲手放到我头上，一阵揉搓，把我的头和脸使劲擦干，然后抓过我的手翻过来看了一下："嗯，像个木匠的手，都是茧子。"

我认为她的这些动作有点过于亲昵，心里抗拒，使劲把手抽了回来。

木匠走村串巷，遇到大姐姓恩。
开始印象不好，谁知却是贵人。

"咦，还害羞哩，你不像个走南闯北当过爹的人呀。"

"姐呀，你赶紧让我干活吧。"

"中，中，老中。"恩姐还给我开玩笑，"我的木料备齐了，你给我打个大衣柜。会吧？"

"看恁说咧，我走南闯北五六年了，柜子都不会打，凭啥吃饭呀。"

恩姐又咯咯地笑："哎哟，小木匠，你还怪要强哩，都去过啥地方啊？"

"近的去过郑州、洛阳，远的走过陕西、甘肃。"

"哎哟哟，走得怪远咧。你可去过北京、上海？"

"那没有。"

"那就白吹了，恁恩姐去过的地方说出来吓你一跳。来来来，你赶紧干活，我看看你的手艺。"

我把木料打量了一下，拿出尺子和墨线盒，开始干活。妇人也转身去厨屋做饭。

比比画画大约干了两个时辰，恩姐过来叫我："小木匠，吃饭。姐给你做了好吃的。"

"啥？"

"你猜。"

"猜不着。"

"猜不着自己看。"

桌上热气腾腾地摆着两碗白面饺子。

登封这边，家里请木匠、瓦匠干活要管饭，要有馍有汤，甭管是红薯面窝窝头，还是玉米面饼子，都得管饱，为的是让人家有力气干活，别偷工减料。但是一般人家不会给你做面条或饺子，一是因为白面太稀罕，二是怕匠人们吃得太多，不合算。

妇人上来就包饺子让我吃，我有点受宠若惊。"姐，你吃，我就随便吃个玉米饼子啥的都行。"

"外气啦不是，你既然叫我姐，以后这儿就跟家一样，啊，俺吃啥，你吃啥。"恩姐笑盈盈地说。

我这时才敢正眼看着恩姐，她杏眼红唇，皮肤细白，笑容里有一种天生的和善。

"愣着干啥？吃呀。"

我赶紧低下头，一口一个地吃饺子。饺子是鸡蛋韭菜馅的，不甜不咸，还有醋和蒜瓣，真香。

这是我此生第二回吃如此美味的饺子。

最难忘的，还是我12岁生日那天俺娘给我包的那顿饺子。俺娘包的饺子跟恩姐包的不一样，恩姐的饺子是两个角，跟平常饭店里包的一样；俺娘包的饺子是四个角，上面是半圆形，底下是方形，我从没有见过有人能超过俺娘包饺子的手艺。当然了，恩姐的饺子馅好，也一样好吃。

做两个大立柜，要是一个人干，至少需要20天。不过我那时只干高级技工的活，负责家具的样式设计、雕花这一类有难度的活，剩下的活都交给徒弟干，这样，不出一星期就能完工。

头几天，我派徒弟在恩姐家做活，到柜子该组装和雕花的时候，我才又去恩姐家。

一进门，恩姐就故作惊讶地笑道："哎呀，这是谁呀？何方贵人哪？你马庄是离俺这儿远啊，还是俺家有老虎吓着你啦？几天不见你露面。"

这恩姐真是厉害，每次见面都捉弄我。我窘迫尴尬，一个字也说不出来，只能陪着傻笑。

恩姐说："你这当师父的，没个师父样，瞧你这褂子这么脏，都馊了，恁媳妇也不给你洗洗。"

说着，她把我的肩膀一扳，把我小褂上的纽扣一一解开，呼啦一下就把我扒了个光脊梁。"去干活吧，姐给你洗洗。"

说实话，俺那时候干活都是光膀子，但是叫一个陌生女人当面把小褂扒掉，确实让人很难为情。

"姐，姐，恁这是弄啥咧，我自己洗中不中？"

"干活吧干活吧。"恩姐扫了一眼我身上的腱子肉说，"年轻人的身材多板正。"说完就拿着我的小褂转身进屋洗去了。

中午，恩姐给我和三个徒弟做了一大锅汤面条。面条是白面里掺了点高粱面擀的，汤里放了番茄和小磨香油，闻着让人口水直流。徒弟悄悄对着我的耳朵说："这恩姐真大方，走这么多家，就数她家的饭好。"

我心里积攒了好多感谢的话，可是不知道为什么一想到恩姐的伶牙俐齿，就一句也说不出来了。

我捞了一大碗稠糊糊的面条正要吸溜，恩姐又开腔了："哎哎哎，小师傅，饭前要洗手，饭后要漱口，你懂不懂？"

我那时从来没有饭前洗手的习惯，为了掩饰尴尬，解嘲道："洗啥手呀，不干不净，吃了没病。"

"不中。都去洗手。"

在恩姐那儿洗手还怪讲究，她用个葫芦瓢把水舀起来，让我伸出手，接着水洗。她说如果把手放到脸盆里洗，洗下来的脏水会把手再弄脏。恩姐说："我有香胰子，你打上点。"

那时俺家洗衣裳都是下河洗，河边放块青石板，把树上摘下的皂角掰开、分段，然后与衣裳放到一起，用棒槌使劲槌打，衣裳就干净了。

皂角有一股青草的香味，但比起恩姐那个香胰子上的茉莉花味道，那是一个天上，一个地下。

我第一次用香胰子洗手，觉得我的手用这么好的东西来洗，是一种浪费。

很快，两个大立柜做好了，是最流行的那种三开门的立柜，中间那扇门是死的，开不开，上面嵌了一面亮闪闪的玻璃镜子。

恩姐围着两个立柜转了几圈，摸摸这儿看看那儿，又对着镜子把自己的模样好好打量了一番，嫣然一笑说："不赖，上漆吧。"

我说："恩姐，还没有完工呢。俺这伙人都夸你对人老好，又是叫俺吃饺子又是叫俺吃面条，还让俺用香胰子洗手，所以俺得免费给恁这大立柜上雕点花。"

恩姐说："中啊，我倒想看看你的手艺。"

在柜子上雕花，实际上是在下面用木头雕好了，然后用胶粘在柜门上的。因为"文革"闹得正欢，二龙戏珠、龙凤呈祥这些图样我都不敢雕，怕红卫兵小将给砸了，就精心雕了十朵牡丹，一个柜子上五朵，寓意花开富贵，吉祥如意。

结账的时候，恩姐塞给了我五十元钱。

我拿了三十，把剩下的塞回恩姐手里："你待我那么好，不能收你这么多钱。我把徒弟的工钱收了，我的钱就免啦。"

"那哪儿行呀，必须拿上。"

我一转身跑了。

恩姐笑着在后边喊："我追不上你，好好好，这钱我给你留着，下次过来姐还给你包饺子。"

她的笑声很好听，像小鸟扑棱着翅膀从我身边掠过。此后好些天，她的笑声还时不时在我耳边响起来。

本来没准备再跟恩姐交往了，可是秋天的时候，她托人捎话，说家里的饭桌坏了，让我第二天中午过去修修。我就带上工具去了。

一进屋就闻到饺子的香味，是那种刚从锅里捞出来的热腾腾的肉香和甜丝丝的新面的清香。

"姐，饭桌哪个地方坏了，我给你修。"

"饭桌不坏你就不来是不？说好了叫你有空过来吃饺子，你就不来。看样子，俺巴结你还巴结不上啊。"

"咦——姐呀，恁咋就这说话咧。恁是贵人哪，俺是下苦力的人，不能不识趣呀。恁说说客气话，俺还敢真来呀。"

"我这人说句话，砸地下一个坑，有名的实在人。我说叫你来了，你不来，我薅也得把你薅过来。"

吃饺子之前，又是老一套，洗手，打香胰子。

恩姐说："要养成习惯，你在外边混，什么样的人家都去，要让人家觉得你这人不光活干得好，还爱干净，有教养。"

我唯有点头称是。

吃了饺子，修了桌子，说了会儿话，我就告辞了。

恩姐说："以后过上一两个月你就来家一趟，俺家那口在食堂里干，方便，我给你的孩儿们也备点吃的。你要不来，我就给你薅过来。"

我冲恩姐作个了揖："谢谢了，姐。"

虽然打了这么些天的交道，我对恩姐的身世仍然是一无所知，也不想打听，对脾气就多聊几句，不对脾气就少说几句，这是我的处世原则。不敢与恩姐多接触的另一个原因，是怕俺娘知道了不愿意。俺娘特别相信那些算卦人的预测，那些预测如同一种行为暗示，引导着她的思路和行为。

一天，她神神秘秘地拉我到一边，没头没脑地说："咱家慧芳可不错，你得对人家好点。"

"你这是啥意思呀娘？"

"我夜里做梦老是梦见恁大哥给你算的那一卦，说你有三次婚姻。现在已经两次了，你可不能跟慧芳离婚呀。"

"别人的家咱当不了，咱自己的家还能当，我不会跟她离婚的。"

"我怕你天天这家进那家出，万一跟哪家的漂亮闺女好上了，这个家就完了。"

"放心吧娘，恁儿不是那种人。"

我拍着胸脯给俺娘打包票。

我估摸着，我上恩姐家的事，俺娘可能听到了一点风声。

那一年冬至，我正在城里干活，恩姐又找人叫我。我心想，冬至了，恩姐可能又叫我去吃饺子呢。我不能再空着两手去了，想买点啥东西掂去。

可是街上的东西都要票。买布要布票，买点心要粮票，买肉要肉票，买豆腐、
豆芽也要票。问了半天，副食店里有一种叫"江米条"的点心要粮票最少，
一斤只要三两粮票。那年头，只给城里人发粮票，不给农村人发粮票。
我没粮票，跟营业员商量了半天，多给人家一毛钱，称了一斤江米条。
营业员用当年很流行的黄色马粪纸叠成一个三角形，把点心倒进去，包住，
上边放一张四方的红纸，用纸绳四边一拴，我就像模像样提溜着点心去
了恩姐家。

过去我进恩姐家，都是还没见着人，声音就飞出来了，这次我一掀
帘子，人都进屋了，也没听见恩姐说话。再一瞅，恩姐坐在她的大立柜
边上抹泪呢。

我有点慌了："咋着了姐，谁惹你生气了？"

恩姐说："没事，俺那一口喝醉了，撒酒疯呢，把家里的钱都要走
去赌博了。"

恩姐说的是老张。老张烟酒过度，面相苍老，看上去能比恩姐大 10
岁，实际只大 3 岁。

我从小到大，没有见过也没有听说过赌博的事。

我问恩姐："老张咋赌博呀？"

"打牌，掷骰子，押单双。"

"在哪儿赌呀？"

"都是夜晚找些神鬼不知的地方。"

"能赢钱吗？"

"赢？他输得屌蛋精光，输罢五六百了，输急眼了，又把我存的
二百元钱要走了。你不给他，他张嘴就日撅我，又是日娘咧，又是日奶咧，
粗鲁得很。"

恩姐开始倒苦水："这个王八蛋，五毒俱全，除了不吸大烟，吃喝
嫖赌都干。"

我笑了："俺张哥可没有你说的那么坏，吃点喝点拿点可能有，嫖

是不可能的，新社会早就没有妓女了，他想嫖也没地方。"

"他作风不好能叫你知道？"

我这才知道，原来恩姐跟老张是二婚，恩姐的闺女是她带来的，儿子是她跟老张结婚后生的。开始他们过得还好，自打老张染上赌博的毛病，两人的关系就像紧绷的皮筋一样越拉越长，随时可能咔吧一声断掉。

我不知天高地厚，自告奋勇说："恩姐，我去找俺张哥，保证让他戒赌。"

恩姐苦笑道："你要有那本事，就不当木匠，去当县长了。"

"那你等着。"

当天晚上，我买了一瓶老白干、一包花生米，夹在胳肢窝里去找老张。老张一见酒，眉开眼笑，喉结蠕动，嘴唇不停地吧嗒，防止哈喇子流下来。我把瓶口的木塞子一拔，给他倒了一大杯，他一仰脖，咕咚一声，杯子见底。我笑他："老哥哥，都说你馋酒，没想到你真是酒鬼呀。"

老张笑道："连福呀，说话不能这么难听。我是半斤不倒，一斤不醉，有人来问，不是酒鬼。那是啥？酒仙一枚。哈哈哈。"

我又掏出带锡纸的彩蝶烟，递给他，这是我心疼了半天才买的。

老张点着烟吸了一口，眯缝着眼说："兄弟你不赖呀，能抽这烟。佩服佩服。"

我说："给你送烟，是想求你办事。"

"啥事你说。我老张交朋友讲义气，为兄弟办事两肋插刀，县革委会主任的门我都敢敲。"

"那中。你借我二百元钱。"

"啥？"老张像被烟呛了似的干咳了好几声，不接话了。

"借不借呀？"

"你年轻轻咧，生活又不困难，你借钱干啥？"

"你不是要两肋插刀吗，我给你个机会。"

"我要有钱就借给你，现在手头紧。"

"你中午才从俺姐那儿拿走二百元，现在还在兜里装着呢。"

老张下意识地摸了摸上衣兜。他穿件褪色严重的蓝斜纹布军便装，上衣兜鼓鼓囊囊，还扣着扣子。

我接着说："哥，你这钱今天晚上就要输掉了，不胜借给我。借给我我还会还你，你输光了，就连个钱毛儿也没有了。你有二百元钱买酒喝也得喝好几个月呀，非去赌钱干啥。"

老张左右看看："你小声点，叫别人听见可不得了。我得捞本呀，把输的钱赢回来。"

"自古赌钱的没有一个赢过。老一辈说过，好些大户人家最后都败在赌博上。我赖好跟俺哥学过几天看相，你这脸上写的都是霉气，逢赌必输。"

老张不吭气了，闷着头只管喝酒。

"你把钱给我，我去还给俺恩姐。"

老张把兜一捂，不给。

"你还有个最大的危险我还没说咧，你再不改，肯定得进监狱。"

"我啥罪呀我进监狱？"

"你打听打听，县委大院看门的、扫地的、打杂的，哪个不知道你赌钱？用不了多长时间,这事就会传到县革委会主任的耳朵里,他一生气,派公安局把你抓了，你是隐蔽在革命机关内部的赌博集团首犯，肯定是现行反革命罪。"

"叫你这一说，性质还怪严重。"

老张把钱掏出来递给我。"一会儿你先去俺家一趟，把这钱给恁姐，代我赔个不是。今儿晌午我要钱她不给我，我打了她两巴掌。"

我把那一沓钱还给恩姐时，她笑了："你中啊你，脑子够好使的，到那儿就把钱给我要回来了。"

第十三章　　祸从天降

阴阳先生在登封算不上是一个令人尊敬的职业，他们的水平也像下围棋一样，是分段位的。水平低的，只能业余时间去干这事，混点小酒喝；水平高的，那就是职业选手，天天有人请，养活一家老小不成问题。

　　阴阳先生还需要有足够的聪明和智慧，特别是当他的预言发生偏差时，他必须解释得令人信服才行。

　　刘庄的老张生了个儿子，宝贝得跟啥似的，刚刚长到100天，就请了一个阴阳先生去看好。

　　阴阳先生问了生辰属相，一掐八字，说是上上签，吉卦。

　　老张问："此话怎讲？"

　　阴阳先生说："你这儿子是金命，而且是真金子命，真金不怕火炼，长大文武双全。"

　　"文武怎么双全？"

　　"文武双全，就是说，你这儿子将来从军，当个团长跟玩一样，小菜一碟。你这儿子搞文，也是手到擒来，最少能管五个县。"

　　"你的意思是我这儿子长大是个州官，能当地委书记？"

　　阴阳先生答："这不是我的意思，这是你儿子的命。"

　　老张闻言大喜，一次性地给了阴阳先生十元钱。那时的十元钱比现在的一千元钱都多。

　　遗憾的是，老张的儿子小张从小到大，连刘庄都没有出过，既不能文，又不能武，既没有当过兵，也没有当上官。最后还是他爹走后门，让生产队安排他管电，浇地的时候推上电闸，浇完地拉下电闸。

　　老张感觉儿子小张的命与算的卦不沾边，想到当年给阴阳先生的十元钱，越想越生气，就去找阴阳先生理论。阴阳先生问明了情况，说自己算的卦没有问题。

　　老张眼一横："为啥？"

　　"我那时候就说了，他最少能管五县，你看现在他头顶，是不是有五根电线？"

　　"此话怎讲？"

　　"'县'与'线'是谐音，这个'线'和那个'县'虽然不一样，但你儿子还是管'五线'——五根电线，能管几根电线，命也不赖，比种地强。"

　　老张气得无话可说，可是仔细一想，觉得阴阳先生算得还真准。

　　我对这事记这么清楚，是因为我就当了村电工，管好多根"线"。

　　我能当上电工，并不是公家人去俺庄招工把我选中的，而是我给电业局长家盖过房。他看我一个年轻人在工地上指挥那么多人干活，一下就看中我了，问我愿不愿当国家正式工，那还能不愿意吗，我面红耳赤地表态说，保证干好。

　　小小的村电工，城里人是看不起的，但是对我来说，却是向城市迈出的关键性一步。如果把县长比作将军，那么从士兵到将军，中间隔着至少13个层级，而乡下的农民连个士兵都算不上，最多是个军中挑夫。挑夫只能入另册，没有资格升迁。我能进入县电业局，当上正式的村电工，等于已经成为一个正式的士兵，有了升迁的可能性。这就如同小鬼告别了阎王爷，爬出地狱来到了人间，如果运气好碰上七仙女，说不定就能得道成仙。在那个看似很平等的年代里，中国农民距离城市的路程有十万八千里，一个能吃商品粮的户口本，就把贵贱区分得清清楚楚。而成了正式工的我，已经看见城市在向我招手了。

那时工人里流行一句顺口溜：紧车工，慢钳工，吊儿郎当是电工。意思是电工平常没有啥事，这儿晃晃那儿晃晃，是最舒服的工种。

我除了拿正式工的工资，不上班的时候还能去揽些木匠活来干，成了全村收入最高的人。我给赵慧芳治病时卖掉了"三转一响"，现在又一一置办回来。我天天骑着自行车进城上班，为了更好地享受村民们羡慕的目光，我在自行车上安了两个铃盖扣在一起的转铃，一出家门使劲一按，转铃就像陀螺那样转起来，铃声唱歌似的响成一串。

每当这时，俺娘就撇撇嘴，嘴里嘟哝一句"烧包货"。

我当电工，她一点也高兴不起来。"连福，我看电工不好干，爬高上低不说，那电比老虎还厉害咧，咬你一口就丢命。"

"娘，你不懂，俺发的工具都是绝缘的，安电的时候把电闸一拉，电线里就没有电了，一点危险也没有。"

"一点危险也没有？俺为啥经常听人家说电死人的事啊？"

"那是不按规矩办事造成的，要是按规矩办事，人站到高压线上都没事。咱村将来磨面、抽水、打场，啥事都得用电，电工最吃香。"

"你想干就干，反正我是不喜欢。"

果然祸从天降。

1977年4月28日，下了一场冻雨，电线上挂着冰溜子，风吹在上面，产生了吹口哨那样的声音效果。中午我骑着车回家吃饭，热汤还没喝上一口，变电所的所长派人来找我，说县电影院旁边的高压线断了，附近都停电了，因为晚上要放电影，下午5点前必须把高压线修好。

高压线出故障，既危险又不好修，水泥的高压电线杆比一般的电线杆更高更粗，冻雨之后更难爬。我不敢耽误，拿了俺娘递过来的两块红薯就出门了。

　　我带了两个徒弟来到电影院，肉敦敦的胖经理给我指了指电影院门口那根出了问题的高压线。我看见一根胳膊粗的树枝被风刮断，横着搭在两根电线之间，有烧过的痕迹。

　　高压电线杆有十几米高，如同龙王爷的定海神针一样站在那儿，我把后脑勺使劲往后仰，才看到顶。

　　我让两个徒弟在底下看着，自己拿出包着橡胶皮套的电工脚镫穿到脚上，再把安全带套在腰里，一步一步往高处爬。电线杆上的冰虽然只有薄薄一层，却让我吃尽了苦头，爬一步往下出溜半步，用了10分钟才爬到顶。胖经理在下面冻得吃不住了，转身回屋时喊了一声："连福，记住，15点来电。"风大，雨急，我的注意力全在故障上，竟然没有听清他的话。我脑子里的印象还是临来时所长交代的下午5点前把电接通，而胖经理所说的15点却是下午3点。

　　这使我犯了致命的错误。

　　即使如此，我还是有机会避开灾难的。如果胖经理快到15点时出来看一下、问一声，或是给电厂打个电话，事故就不会发生；如果我修理高压线的速度与平时一样快，15点之前完全能干完。但是，经理坐在屋里喝茶聊天，聊得很热闹，把15点来电的事忘了，也把电线杆上的我给忘了。而电线杆上的我手完全冻僵了，手指不听使唤，干一会儿就得插到怀里暖和一下，所以在钟表的时针指向15点时，我刚把高压线接好。

　　这时候，电来了。那时，登封城没有电厂，电力是从百里外的郑州送过来的，6000伏的高压电线，安全距离是一米五，而我距离电线也就尺把远。电流接通的那一瞬间，我看见高压线放出一道猛烈的电弧，如同闪电一样，瞬间把我从高空中击落在地。

　　那一刻，我没有任何意识，完全变成了自由落体。事后人们告诉我，幸亏有安全带把我扣在电线杆上，所以我不是头朝下或是后仰着掉下来的，而是顺着电线杆猛地滑了下来，一屁股坐到了地上。

我睁开眼的时候，已经是第 7 天了。

我看见俺娘和赵慧芳在那儿坐着说话，我感到奇怪，这是哪儿？

俺娘看见我睁开了眼，一脸惊喜："连福，你还认识我不？"

"认识。"

"我是谁？"

"娘。"

"这是谁？"她指指赵慧芳。

"俺屋里的。"

俺娘松了一口气："哎哟，你吓死恁娘啦。"

"咋啦？"

"咋啦？你从电线杆上摔下来，昏迷不醒七天了。"

我这才恢复了记忆，不过我整个人都是木的，没有悲伤，也没有害怕，好像换了一个人似的，原先那个连福已经从灵魂里走掉了，一个新的灵魂跑到了我的身体里。

我的病床前来了很多医生，听说还有郑州的专家，他们表情严肃地看着我的病历和拍的片子，在我身上这儿摸摸那儿摁摁，窃窃私语了一番。然后，一个眼镜片很厚的中年大夫对我说："你腰椎的第 11、12 节错位，神经挫伤。可能以后不能正常走路了。"

我们乡下人哪儿知道什么叫神经。

俺娘根本不相信，反驳说："俺儿子身上一点伤也没有，连皮都没破，摔得不重，将来肯定能走。"

医生说："大妈，你不知道这病的厉害吧。他现在外面没有出血，但是内脏伤得不轻，胸腔里出了很多血，你看他的肚子胀得多大，马上就得插管引流，不然会危及生命。另外，我还得把丑话给你说到前面，咱们人是脊椎动物，平时是大脑通过脊椎的 31 对神经指挥全身活动，脊椎受伤了，就是俗话说的腰断了，人体的主干道堵死了，腰以下的身体就会瘫痪。下一步，这个病人还会出现各种各样的问题，比如肌肉逐渐萎缩、心跳减慢、血压降低、呼吸困难、大小便失禁、剧烈头疼等，有的甚至连咳嗽这么简单的事都很困难。"

俺娘听了医生的话，出溜一下就蹲地上了，医生再说什么，她只能"嗯嗯嗯"，说不成话了。俺娘说："那一会儿，我的五脏六腑就跟兜不住了似的，浑身都软了。"

果然，我发起了高烧，大小便失禁，大腿眼看着一天天变细，更恐怖的是泌尿系统经常感染，需要导尿。我以为插导尿管会很疼，结果插进去时一点也不疼，我甚至还有一两秒暗自庆幸，觉得护士的技术非常好。但我马上就醒悟过来，我是感觉不到疼了。导尿管里流出来的是血尿，是洗肉水一样的颜色。这是男人们称之为命根儿的地方，一次次地看着血尿从里面流出来，精神上的打击比疾病的打击更重。

我不能动弹，无法咳嗽，呼吸微弱。因为长时间地躺着，我得了体位性低血压，头蒙蒙的。俺娘想扶我起来坐坐，我刚坐起一半，只觉天旋地转，眼前飘过无数金星，头一歪就昏倒了。

俺娘急了。她认定县医院治不了儿子的病。"俺连福来的时候没有这么多病，让你们越治越多。"

俺娘说："洛阳白马寺正骨医院全国有名，咱去那儿看。"

夏天到来的时候，俺娘叫来我的两个徒弟，把我抬到架子车上，拉着往洛阳白马寺走。

白马寺离俺家有一百里地，俺娘小脚，走道不方便，是赵慧芳陪我去的。

临走，俺娘把我蒙在头上的被窝掀开一道缝，把手伸进来，轻轻地摸着我的脸说："我的儿啊，你可不要相信这些医生，你养好了伤肯定能走。我亲眼看的还会有假？你摔伤的地方没破一点皮。伤筋动骨一百天，过了一百天，咱跟好人一样样的。"

从我摔伤，我就没有看见俺娘掉过眼泪。她坚持认为我的伤不重，不会走是暂时的。

我受伤的时候，赵慧芳怀孕两个多月了，可是为了照顾我，她一路
走着去了洛阳白马寺。

我心疼她，劝她别去了，她说："你看你说的是啥话，我有病的时
候不是你一步一步把我拉到郑州的？要没有你，我可能都死罢好几年了。
你这天天屙咧尿咧都在床上，外人谁不嫌弃呀？我不去咋弄？"

赵慧芳跟俺娘的看法一样：我摔得不算轻也不算重，再养上三两个
月就能走了。

到了白马寺骨科医院，原来想着医生会给我推拿正骨，没想到他们
用的也是洋办法，先让我去拍片子、化验，然后拿个小锤往我腿上腰上
一通乱敲。我的主治医生姓白，他把我的 X 光片插到灯箱上，对着灯看
了看说，骨头没啥大问题，错位三分之一。

我一听大喜，那是不是把骨头正过来我就能走了？

他脸一沉说："先别高兴，骨头没啥大问题，不等于别的地方没毛病，
有时候'寸劲'比实打实摔下来还可怕。从你肌肉的情况看，你可能腰
部以下终生瘫痪。从你的身体情况看，你已经没有生命危险了，你还能
活很多年，但是你的病是好不了的。你可能梦想哪天能站起来，梦想奇
迹会出现在你身上，但是我告诉你，奇迹有没有？有。万分之一，百万
分之一，似乎是有的。脊椎神经不能自动恢复生长？可以。但是它跟骨
头断了再长起来是两回事。你想，几十对神经断了，互相之间找不到了，
怎么长？不仅长不了，还会萎缩。"

医生说的是实话，但我听起来觉得特别刺耳，好像一只丧门星公鸡
在你最困乏的时候冲着你的耳朵不停地打鸣一样。

我觉得只要有"万一"，我就可能是那个"万一"。我的身体好，
摔得也不重，骨头错位三分之一，恢复的可能性很大。哪怕将来拄着拐

灾祸人人厌恶，却能检验人性。
自从摔成重伤，朋友跑掉大半。

能走也中啊。

这家医院没怎么给我治疗，每天都是康复训练、针灸、按摩，还有一种方法是把两条腿的关节用带子绑紧，让腿不能打弯，然后尝试让我站起来。这些方法能够防止肌肉萎缩，防止体位性低血压，使我的呼吸系统、心肺功能、泌尿系统、神经系统能适应瘫痪后发生的改变。

这不是要把病治好的节奏，而是教你如何带着疾病过日子。

我的心情随着住院时间的延长变得越来越烦躁，有时候无名火起，正吃着饭，把碗和盘子都摔了。生命在灵与肉两方面都变成了痛苦的延续。特别是大小便失禁，完全剥夺了我最后一点自尊心。

我下半身没有任何感觉，经常是躺在床上闻到臭味了，才知道是拉在了床上。

接下来就是掀开被窝，一番擦洗、通风，全病房的人都皱着鼻子。

我赤条条地躺在那里，没有半点隐私可言。

我无辜无奈而又无助。

我无地自容。

人常说，久病床前无孝子。我说，久病床前无贤妻。

赵慧芳对我的态度发生了变化，一开始我发火她好言相劝，后来她默不作声，再后来就不让我了，从拌嘴发展到吵架。

"家里俩孩子没有娘，肚子里还怀着一个，天天在这儿给你擦屎擦尿，可能你还没死咧，我先累死了。"

她给我掀被窝的动作越来越不讲究，不管有人没人，不由分说，一下掀个底朝天，脸上还有许多不耐烦。她很用力地把我不会动的身体推来搡去，像对待一具尸体。我承认我完全没有知觉的下身除了还有些温度，与尸体没有太大的区别，必须使劲才能推动，但是我的脑子没有坏，我的眼睛也在看，她的动作里包含的意思似乎让我明白了什么。我跟她商量："赵慧芳，你怀着孕，身子也笨了，要不你回家吧，让俺娘来照顾我。"

毕竟是多年的夫妻，赵慧芳迟疑了一下，问了一句："那能中？"

这三个字透露了她的心思，我连想也没想就回答："咋不中，就这么定吧。"

被人看不起，被人烦，被人嫌弃，这些事情过去从来没有在我身上发生过，而今天我必须学习接受这个事实。

我的自尊像我的身体每天被赤条条地暴露于众人面前一样，无处躲藏。

俺娘来了，赵慧芳走了。

赵慧芳把换洗衣裳包成一个小包袱扛着，手抚着已经隆起的肚子，面无表情地说："走了。"我最初认识她的时候，就觉得她不说不笑的时候嘴角往下耷拉，是个哭丧脸。现在这种面相越来越多地在她脸上出现了。

看着她头也不回地走出病房，我没有丝毫别离的伤感，反而轻出了一口气：这冤家终于不用再烦我了。

娘与媳妇的不同，就在于娘与你血脉相连，她与你永远是一个生命共同体，她的爱没有条件，她的付出不要回报。不论你是富贵还是贫穷，不论你是离家远走还是在家啃老，不论你是万人景仰还是下里巴人，她都一样爱你，呵护你，永远站在你的一边。哪怕你是个十恶不赦的罪犯，她打你骂你恨你，但你感受到的依然是爱与牵挂。

而媳妇是你人生路上的一个伴侣，她的付出是要求回报的，你必须更多地付出和呵护，才能使关系长久，否则你们的关系很快就会枯萎凋谢。古文里说，"夫妻本是同林鸟，大难来时各自飞"，"君生日日说恩情，君死又随人去了"，描写的就是夫妻关系，其中的悲怆意味，只有经历过的人才能体味。

俺娘给我擦屎洗尿时，从容自如，眼里装着慈悲与心疼。

夫妻本是同林鸟，大难来时各自飞。
儿是母亲心头肉，刀山火海也相随。

那些日子，俺娘像祥林嫂一样总是在重复一句话："连福，你的伤一定会好。我看你那腰了，不红不紫不肿，连皮都没破一块，肯定将来能走。"

俺娘说："丹可磨而不可夺其色，玉可碎而不可改其白。儿啊，你天生就是干大事的人，就算你真不会走了，也照样干大事。"

我唯有苦笑。

大约过了一个月，恩姐突然出现在我的病房里。她扛了半篮子鸡蛋，还是一如既往地表情欢快、声音豁亮："连福兄弟，你摔成这样，咋不托人给我捎个话？我前几天才听说。"

"这也不是啥光彩事，有啥说的。"

"看来咱的关系还是没到那份上，嫌我对你不好吧？"

"哪能呀。"我艰难地笑了一笑。

"这一段我跟恁娘一块儿伺候你，叫恁娘别累着了。"

"你不去上班了？"

"请几天假不中啊？"

后来，我从恩姐的言谈中知道，她这次过来除了来看我，还另有隐情。她信仰道教，前些天跟着一些教友进山烧香，有人举报了他们是反动会道门。那时宗教政策还没有放开，登封历史上又多次出现过一贯道、红枪会一类民间组织闹事的案例。公安局对进山烧香的人高度戒备，抓了几个领头的去审问。恩姐吓得不敢在家待，跑到洛阳躲灾来了。

虽说是躲灾，恩姐干活不含糊。

我嫌害羞，不让恩姐给我擦屎洗尿。

恩姐笑道："恁姐都是过来人了，我不害羞你害啥羞呀。恁娘能伺候你一辈子不能？"

恩姐天天给我洗呀涮呀，手在凉水里泡的时间过长，手背上裂开了许多血口子，粗糙得像一截老树皮。俺娘那么心疼钱也看不下去，掏了五分钱买了一盒蛤蜊油，让她搓手。

这个乐天派故作惊讶地说："咦，我的个娘呀，你咋买这么好的东西让我用呀。我消受不起呀。"

"你笑话俺，你啥好东西没见过呀。"

看着恩姐不嫌脏臭，乐呵呵干活的样子，我不免想起了赵慧芳的哭丧脸，不由得一阵心酸。

恩姐大大咧咧不拘小节，有时也会让我恼怒和尴尬。

同病房里有一个陪儿子住院的乡下人，是个大队会计，人很聪明，爱笑爱闹，一来二去就跟恩姐熟悉了。他不敢明着打情骂俏，老是说些半荤不素、语带双关的话挑逗恩姐。

有一次他俩玩猜谜语。男的说女的猜。

"大闺女进洞房，新婚之夜——打一地名。"

"开封。"

"猪八戒洗澡——打一食品。"

"猪下水。"

"你盼我来我盼你——打一数学名词。"

"我没念几天书，不知道。"

"哈哈，相等。"

我听着他们说笑，有些生气，又不好发作，不知道这是醋意还是什么别的情绪。我对俺娘说："你得管管她，万一他俩好上了，出点事，老张准保把屎盆子扣到咱身上。"

俺娘说："我看恁恩姐不是那种人，就是喜欢打嘴仗，图热闹。"

在白马寺的这家医院住了三个月，医生开始话里话外地赶我走，意思是我住在这里除了占一张病床，再没什么别的意义了。

我们家的架子车又来接我了。我像来的时候一样，被人背出病房，然后被重重地跌放到车上。不同的是，来时满怀着希望，而走的时候，心里一片荒凉。

放眼望去，洛阳山峦洒金，层林尽染，风把暖暖的阳光吹到人的身上，路两旁高高的白杨树上叶子翻飞，从树荫中蹦出来的大块光斑在车上车下喧哗闪耀。我却把头一蒙，什么也不看，什么也不想。

所有的风景对我来说都是一种风刀霜剑式的折磨，一种物是人非的残忍。

恩姐在路上与俺娘商量说："我看让连福到我那儿去住一段。一来城里有自来水，洗东西方便，回马庄洗衣裳得下河。二来赵慧芳快生孩了，也伺候不了连福。"

俺娘觉得她说的在理，就同意了。

到了恩姐家，开始她丈夫老张还算热情，说了些安慰我的话，而且他跟俺娘和恩姐的观点一样，坚信我今后还能走。就凭他这句善良的瞎话，我很感激他。

住在恩姐家里的那十几天，我的肉体从突然而至的伤痛和紊乱中得到了调整，但我的精神却陷入巨大的恐惧和抑郁之中。

有一天，恩姐背我出来，把我放到向阳的墙根下晒太阳。

这里临街，车来人往，还算热闹，我也好些天没看过街景了。

但眼前的一切怎么那么高呢？骑自行车的从我眼前过去，我看到的是两条腿和一个屁股。有个要饭的过来，低着头看见我，饭也不要了，转脸朝外走，边走边回头。我看不清他的眼神，但我觉得他的眼睛里一定满是好奇和怜悯。

接着，我看到我的裤子上有渗出来的尿液，浸湿的地方正慢慢扩大。小时候我们嘲笑偶尔来不及上厕所而尿裤子的同学是"尿裤精"，我现在天天尿裤子，并且暴露在大庭广众面前，实在是太耻辱了。

我垂头丧气，像尘埃一样矮到了土里。

我叫恩姐赶快背我回屋，我不想晒太阳。

恩姐可能是没有听见，也可能是在忙别的，没有答应。

　　我不敢想今后的日子，我干不了木匠瓦匠和电工了，不会再有工资，今后的日子怎么过？收入的来源在哪里？谁又能保证别人会养活你一辈子呢？

　　这一个个让我无法回答的问题让我害怕极了，我抱着头痛欲裂的脑袋暗自哭了起来。

　　不知过了多久，哭累了的我迷迷糊糊斜倚着墙昏睡过去。

　　我做起梦来：我沉入够不到底的水里，我的腰腿想发力却一动不能动，只能随着波浪的摆动下沉再下沉。我奋力挣扎，用脚蹬水。我从小就会浮水，与小孩们一块儿在水里打闹，没人能追上我。可是我身上好像拴了个大铁铊，一动也动不了。我浑身发抖，无法呼吸，看到一个像太上老君的炼丹炉一样的东西把我扣在里面，看不到一丝光亮。远远地我听到有个声音响起来："赶快喊救命，让人来救你。"我回答："喊人干啥？我这个样子比死还难受，沉到底正好。"那人说："恁爹娘还有恁的孩儿们都靠你活着呢，你死了他们咋办？""你错了，我现在是全家最大的累赘，没有我了，他们还轻松一点。"

　　那个声音靠近我说："你拽住我的手，我能给你拉上来。"

　　我说："你是谁，拉我干啥？"

　　那人说："我是神仙，专门救苦救难。"

　　我说："你要真是神仙，你立时三刻让我的腿能走路。"

　　"嗖"的一声，那只手从我身边抽走了。

　　周围恢复了沉默。

　　水的压力越来越大，四周越来越黑，我眼看就要窒息，猛地一甩头，醒了。恩姐站在我跟前，手里拿着一摞旧衣服剪成的尿片。

　　阳光很好，明亮，温暖，也使我裤子上的尿印子更加刺目。我抹了一把脸，把做梦时流出来的泪擦掉。

　　恩姐问："做梦了吧？"

　　"姐呀，我可害怕，心里拔凉拔凉的。你看那猫呀狗呀都能活蹦乱跳地跑，知道找地方拉屎撒尿，可是我这么大的人往这儿一坐，裤裆里湿一片。"

我说这话的时候，眼泪怎么也忍不住。可是恩姐一句话就让我的眼泪显得毫无意义。"你看你这么大的男子汉，在一个娘儿们面前哭咧抹咧，那我要想哭找谁去？"

恩姐蹲下来，把脸靠近我，我看到她光洁的嘴角边上有了两条细细的皱纹，眼圈下有两团阴影，这让我看到了她刻意隐藏起来的种种不如意。就在昨天晚上，我隐约听到她和老张在小声吵架，声音听不清，但我感觉他们吵架应该与我有关。

老张和恩姐是两个完全不一样的人，老张是及时行乐型的，恩姐是修来世的，这使他们对人对事的态度截然不同。

恩姐对我说："人生有四苦：看不透，舍不得，输不起，放不下。这四苦合到一块儿，就是'贪嗔痴'。我说这些你可能还不懂，但是男人最爷们儿的事你应该知道，就是拿得起放得下，愿赌服输。韩信打仗百战百胜，最后叫不会打仗的吕后杀了；孙膑神机妙算，却算不出来庞涓要挖他的不老盖。所以说天下没有不散的席，没有不败的人。今天你败了，谁知道你明天是啥样？说不定能成大气候呢。"

"咦，别安慰我了恩姐，我能活下去都是祖上烧高香了，还成气候呢？"

"现在说这话有点早。一切都是天意，人得学会顺应天意。"

在恩姐家住了20多天，老张的脸色越来越难看，说话的声音也高了起来，我知道该走了。老张跟我非亲非故，交情也不深，能容我在他家里住这么长时间，我已经很知足了。毕竟这个家不是恩姐自己的。

我从恩姐家被架子车拉走时，俺娘拉着恩姐的手说："恩贤，你这个名儿真好，跟你这个人一样样的，又漂亮又贤惠。咱非亲非故，你待俺连福这么好，叫俺咋谢你咧？"

恩姐说："婶子，你请把心放到肚里，到连福老了，我照顾他。"

我听了，忍不住在心里苦笑，这客气话说得有些离谱了，谁信呀。

第十四章

自杀

我回到家，来看望我的人像秋天被风刮下来的树叶一样蜂拥而来，有真情的，有假意的，有叹息的，有流泪的，有报恩的，有还愿的，但更多的人还是来看热闹的。

　　我在县城摔伤的事成了马庄的头号新闻，各种说法越传越玄，有人说我当场吐血而亡，有人说我腿被锯掉了，有人说我被送到大医院当研究标本了。人们为了核实新闻的准确程度，纷纷前来，把我的小屋挤得像骡马市场一样熙熙攘攘。我躺在那儿与他们寒暄，看着他们或真诚、或虚情、或伤感、或高兴的面孔，我知道，在我人生的树上，他们已经像秋叶一样被风刮掉了。

　　果然，三天之后，人们的好奇心被极大地满足之后，我的屋里立刻像草原一样空旷了。

　　没有想到，这时候尚有良来看我了，当过领导的人，会选择时机。多年之后，我对他来看我的那一幕依然记忆深刻。

　　尚有良提了半斤蜜角儿、半斤芝麻酥，用黄色的马粪纸包成两盒，摞在一起，一声不吭进了俺家的门。进门后，他冲俺娘哈了一下腰算是打招呼，然后搓了搓手，仿佛要镇定一下情绪。

　　我客气道："有良叔，这事还惊动你的大驾来看我？"

　　"你是咱马庄的名人，你出点事，全村都知道，我能不来吗？"

　　他得知我以后再也站不起来以后，话里有话地说："你还年轻，以后当心吧，别啥事都想伸头。越是能人，摔得越惨，为啥？出头的橡子先烂，聪明反被聪明误。"

"随你去说吧叔，我也不想说啥了，我说啥也没用了。你来看我，还提着点心，我得好好谢谢你。"

那时，中国刚刚抓捕了"四人帮"，十年"文革"，一朝完结。从1972年开始，许多"文革"中挨斗的老干部陆续被解放，恢复了党籍和工作，我认为距离他翻身的日子不远了，显然他自己也是这么认为的，不然，他不会专门跑来给我添堵。

尚有良来看我的时候，他的脸已经黄得跟土地一个颜色了，我受伤这件让他高兴的事并不能延续他的生命。不久，他肝病发作，肚大如鼓，因腹水而死。红楼梦的《好了歌》唱道："正叹他人命不长，那知自己归来丧！"看来，天下之人，嗡嗡营营，追名逐利，互相争斗，互相嘲笑，没有一个人能笑到最后。当然，命运对我也没有丝毫的偏爱。

暮去朝来颜色故，门前冷落鞍马稀。

俺家门前很快就冷落到门可罗雀。

我是习惯了热闹的人。当木匠时，跟雇主结完账，我都会带徒弟到酒馆喝点小酒，一手夹烟，一手叨菜（用筷子夹菜），高谈阔论，甚是痛快。可是这次回来，大多数徒弟只露一次面就不再来了。有一天，我跟娘念叨一个经常一块儿喝酒的徒弟，说他一直没露面。

说者无意，听者有心。第二天，俺娘来到徒弟家，笑着说："俺连福念叨你呢，你过去看看他，他天天憋在屋里难受得慌。"

徒弟正忙着晒麦子："不中啊，这两天我老忙，过两天再说吧。"

看见俺娘垂头丧气地回来，我心里明白了大半，赶快给她找台阶："我那徒弟没在家吧？"

"就是就是，等他回来了我再去喊他。"

俺娘不死心，瞒着我，迈着小脚到邻村叫了一个徒弟来看我。这个徒弟是个老实人，进来说了几句话就夸俺娘："师父，恁娘对你老好，上俺家叫我来看你。"

我笑笑说："真的谢谢你，有的人俺娘去叫也不会来。"

我的心情坏到了极点。这个世界上再没有人需要我了。

赵慧芳十月怀胎，马上就要生孩子了，我搬到她隔壁的房间与俺娘同住。

俺娘已经63岁了，但身体硬朗，手劲很大。每次给我换铺盖的时候，双手一揽，就把我从炕上抱到了她的木床上，换好后再用同样的动作把我抱回来。

与她的硬朗相反，我离开医院后，身体不断出现各种各样的问题，主要是吃不下去，拉不出来。

过去我一顿饭吃过三斤九两红薯面面条，现在我连一碗稀汤也喝不下，体重从130斤狂减到106斤。我排泄困难，一星期不解一次大便，肚子鼓得很大，人更加烦躁。那时候，根本没有听说过开塞露一类的通便药，俺娘为了帮我排便，要用手给我揉肚子。她的手粗糙而有力，均匀沉稳地在我的肚子上转着圈按摩，正转三十六圈，反转三十六圈。我可以通过她的手读懂她的心，那是一种不变的耐心和疼爱。我想起小时候家里养的花狸猫下崽了，小崽光会吃不会屙，母猫每天都会给吃完奶的小猫舔屁股，帮助小猫排泄。

有时候，单靠手揉肚子也解决不了问题，俺娘就用热毛巾捂在我肚子上揉，再不行就用手给我抠出来。

俺娘低头给我揉肚子的时候，我看见她的头顶已经盖满了白发。

我摔着以后，俺娘一夜白了头，她骨子里的高傲也仿佛失去了支撑，她给赵慧芳说话时，不知不觉有了讨好的表情。

我见不得俺娘这样，可我啥话也说不出来。

初冬时节，我的三女儿松枝出生了。她的到来不仅没有给全家带来惊喜，反而增添了愁容。"又多一张吃饭的嘴呀！"俺娘叹道。

受伤这一年，我没有见赵慧芳笑过，她总是吊着个脸，愁容惨淡。我摔伤以后，她的日子也变成了一团解不开的乱麻。

她必须独自撑起这个家。三个女儿吃饭、穿衣、上学，都需要钱，她却失去了收入的主要来源。她每天下地干活，收工后一刻不能停，马上烧锅添水，给全家七口人做饭，吃完饭，还得给女儿们缝衣服、做鞋。而我的被褥和尿片每天都是一堆，都要洗，俺娘有时候忙不过来，赵慧芳也得去洗。那时候上面几乎天天派下来义务劳动，一会儿要修路，一会儿修水库。这种活是按每家每户的劳力平均分配的，比如修水库一人要挖十个土方，我们家连我在内是四个全劳力，就要承担 40 个土方。我因为是工伤，法院判定电影院和电业局各赔偿一千元，报销部分医疗费，同时生产大队免除我们家两个人的派工任务。

免除两个劳力的活，还剩下两个劳力的活，必须由俺爹和赵慧芳去干。

另一个说不出口的原因是，我受伤之后，赵慧芳成了"守活寡"的人。

她每天都要面对各种各样的闲话，协调各种各样的关系，看各种各样的脸色。生产队派的活多了，她干不完，就去求队长开恩把任务给免掉。但是这时的队长已经用不着我这个瘫痪的木匠和泥瓦匠了，没必要给她面子，她气急了，会跟人家大吵一架。

这么重的压力放在谁身上也受不了。

有一天，她背上背着吃奶的孩子下河去给我洗被褥和弄脏的衣裳，有个妇女伸头一看，叫唤起来："嫂子，你这被窝上咋有这么大的窟窿咧？"

"俺那一口成天屎咧尿咧在上面沤，能不烂吗？把我的新被窝、新褥子、新单子都沤出了大窟窿。"她没好气地说。

妇女说："嫂子，你真不容易，你要是个男的，旧社会得授你一个孝贤。你是俺们的榜样。"

"你跟我学呀？找个这样的？你试试！"

河边立刻一片寂静，只剩下棒槌敲打衣裳的声音。

终于，我屋里荒凉到连赵慧芳也不来了。她自己不来看我，也不叫孩子来看我。别人不来我不能生气，但是她不来我很生气。一天傍晚，我听着她忙完了，就喊她，可是她却一声不吭，不答应。我没法儿，就对俺娘说，你把赵慧芳叫过来。

俺娘一通近乎哀求的苦劝，终于让赵慧芳露面了。她手里拿着针锥和麻线，边走边纳鞋底，很不情愿的样子。

我压住心里的火气，放缓了声音说："咱商量商量，以后咋办。"

"咋办？往后不管啥事都是我一个人办，还能咋办？"

她的眼神像刮骨的钢刀一样，寒光闪闪，把我的灵魂肢解得体无完肤。

我试图让她回忆过去，让她想起我送她上郑州看病、救她一命的事。

她回复说："我的病不管花多少钱，能治好。你的病能治好吗？"

一句话差点把我噎死。

"你咋是这种人呀？咋啦，嫌我烦啊？"

"我养活个猪还能卖个百十元钱咧，我养活条狗还能看门咧，养活个残废有啥用？不死不活的。"

我顿时五雷轰顶。

我与她夫妻七年，我曾经花光了家底救下她的性命，我风里雨里四处揽活养活这个家，如今卧床不到一年，她就能说出如此绝情的话。

自从我受伤以后，我们两个在家中的身份就颠倒了，她成了当然的一家之主，也是最棒的劳力，但我没有想到我会被她看得这么低。

我浑身发抖，指着她骂道："你是个啥人啊，能把自己家的男人比成猪，比成狗？没有念过书，可你不能连妇道人家的三纲五常都不懂。你这个忘恩负义的东西，才是猪狗不如！"

赵慧芳火气已经憋了多时，一直找不到出口，我的话让她控制不住要发泄，她一边骂我，一边把手里的针锥一个劲地朝我挥舞。

我一生气，夺过针锥朝自己的脖颈上扎了下去。

一滴一滴的鲜血像一只一只的红蜘蛛，麻酥酥地顺着我的脖子往下爬。

我对赵慧芳说："这下你痛快了吧，你出气了吧？"

俺娘惊呆了，但又不敢发火，只是抹着泪说："儿啊儿啊，可不敢这样啊。"

赵慧芳站起身走了。

"娘，这日子没法儿过了，我得跟她离婚，叫她滚出这个家。"

"连福哎，你可不敢不要你囡子，也不能给人家吵架。她是三个孩子的亲娘，把她赶走，你这三个闺女能活？你能比得了她们的亲娘？再过几年，爹娘一伸腿一瞪眼死了，你叫谁管你？你可记好了，以后她对你再赖，你也不能离婚。"

俺爹也过来了，他一口一口地抽着烟，满脸的皱纹拧在了一起。他叹了口气说："都别说了，以后再别提这事了。"

我看着这一年里仿佛老了十岁的爹娘，一种无力感变成两行清泪流下来。

我得忍。为了老的和小的。

天天躺着坐着，我背上和屁股上生了褥疮，并且越烂越大，肉一块块往下掉，久治不愈。医生说这是气血不畅造成的，我必须活动才不会让身体彻底烂掉。

好在我是木匠，我设计了一个类似双杠的木架子，让徒弟做出来，我站在架子中间，把两条腿的膝盖用木条固定住，双手挪动架子，我就可以随架子一起"走"几步。有了这个架子，我的褥疮见好。

很快我们就没钱了，赔偿的钱因为看病吃药花光了。

我不能动，俺娘为了照顾我不能下地，赵慧芳管着三个闺女，小的还不到一岁，也不能天天下地。俺家的四个劳力剩下一个半。

钱越少，家里摔盆打碗的事越多。每一声叫骂都像尖刀剜心。

我受不了了。

我本是天上的飞鸟，现在却变成了一条折了腿的爬虫，过去我一瞬

间就能飞越的山峦，现在用一辈子也爬过不去。我已经对我的躯壳厌恶
到了极点，却还要听人指桑骂槐。

我很平静地做了一个决定。

第二天，俺娘要进城，我托她把我一个姓耿的徒弟叫来。这人憨厚
也听话。

耿徒弟不知道啥事，来了。

我让他把屋门关上，坐到炕边。

"咱俩师徒一场，我对你咋样？"

"好。"

"那我求你一件事。"

"只要我能办的我一定办。"

"你肯定能办。给你两元钱，你去商店给我买瓶敌敌畏。"

"买那干啥？"

"我这炕上臭虫老多，我杀臭虫。"

"师父，你有啥想不开的事，你给俺师奶说，给俺师爷说，你可不
能走绝路呀。"

"我不走绝路，我就是想杀臭虫。"

"师父，这事我可不能给你办。你可别吓我。"

姓耿的徒弟眼圈一红，扭头跑出了我的屋子。

过了几天，我爬到屋外晒太阳的时候，远远看见邻居的鸡窝上放了
一个敌敌畏瓶子，里面好像还有点药水。我趁院子里没人，咔咔地挪动
我的木架子，挪了十分钟挪到鸡窝前。果然那瓶子里还有些药水，但是
因为瓶盖没拧紧，药味跑得差不多了。不过，我不愿放弃这个机会，一
仰脖，把药水全喝了。

一股灼烧感沿着脖子顺流而下，我开始口吐白沫，看不清东西，浑
身冒汗，像在大雨中淋过。

我倒在木架子里。

迷迷糊糊的，我听见俺娘哭着喊着骂我，叫人拉着架子车把我送到了村卫生所。村卫生所治别的病不行，但喝药自杀的事见得多，也有经验。他们用一根筷子往我嗓子里捅，让我呕吐，然后又是洗胃又是灌肠，让我恨不得把胆汁都吐了。

医生说："幸亏那瓶药瓶口打开了，毒性挥发了，要不只喝两口，你儿子就见阎王爷去了。"

多年之后，我看了一位高位截瘫患者写的书。他说，自杀是人对生命形式的一种选择，而且是人能够做出的最果断、最了不起的选择。不是有一句话叫"宁为玉碎，不为瓦全"吗，自杀就是玉碎，需要非同寻常的勇气和决心，一般人绝对做不到。但他同时又说，自杀不仅需要勇气，也需要能力，我只有右手的两根手指能动，无法抓住刀，即使能抓住刀，也没有足够的力气刺穿自己身体的任何部位。"要自杀就得雇个助手帮我买刀，再帮我绑在胳膊上，我自个儿的劲不够，还得请他帮我使劲砍几下。你说我上哪儿去找这样傻的帮凶？"

我们这种人，没有同谋，想死也不易。

我想割腕，俺娘把屋里刀呀剪子一类的东西全部藏到我够不到的地方；我想撞墙，却无法让身体产生足够的速度；我想上吊，可我连站都站不起来；我想坠床，可是我距离地面不到一米，不可能摔死；想出喝敌敌畏这一招，被徒弟一眼就看穿了企图；好不容易逮到一个机会，喝下的毒药药性还挥发了。

老天爷连个死的机会都不给我，待我真是薄情到了极点。

这次事件之后，俺娘看我看得很紧，基本上寸步不离。我对俺娘说："你放心吧，我不再喝药了。这寻死不成，比死了还难受。"

过了些天，恩姐跑来叫俺娘，说是她的闺女要出嫁，缺人手，让俺娘过去帮忙。

俺娘有些为难，问我："连福，我走两天，你能行不？"

我强装笑脸说："娘，你去吧，俺爹和赵慧芳都在家呢，有啥事他们帮我。"

俺娘走后的第一天，赵慧芳没有进我的屋，只是让 6 岁的大女儿松霞进来给我端了一碗汤。我说："霞，你端回去，我不吃。"

第二天，没人来送饭。我的被单已经被尿浸透，大便弄在了床上。我用纸把屎擦干净，然后爬出屋，丢在门外。我在门外待了一会儿，想看看有人没有。可是赵慧芳真沉得住气，她在隔壁屋里一声不吭，视若无睹。

我想这也好，这样躺上几天，饿死拉倒。

第三天，还是没有人来。

我和赵慧芳仿佛都在检验对方的定力和决心。如果说我开始还有一丝丝心情盼望赵慧芳回心转意的话，那么，在这一天之后，我已经彻底领会了啥叫"恩断义绝"。

挨饿的滋味对我来说再熟悉不过了，我是最害怕挨饿的。但是当死亡的决心压倒一切时，我反而因挨饿有了一种晕晕乎乎的快感。一股灼烧的感觉从我肚子里向外扩散，我隐约看见我的身体正在变得越来越透亮，可以从前胸看到后脊梁骨。

我的气息轻薄如纸。

第四天下午，我感觉生命正一点点地从我的身体里溜走，我却不想挽留它。我决定离开被尿液浸透的被窝，找一块干燥的地方，躺得舒服一点，死得体面一点。

我双手按着炕沿，往炕的另一边爬，才爬了几下，一阵困意袭来，我睡着了。等我睁开眼睛时，我发现我的头耷拉在炕沿上，沉重的身体并没有移动多少。我爬不动了，就回过身，把我的腿一点点往前搬。终于找到了一块干燥的地方，我躺下来，马上又迷糊了。

不知是幻觉还是梦境，我突然发现我能走了，一步两步三步，真的能走了！我欣喜若狂，又不动声色，一个念头在心中冒了出来：我要采取一个行动，惩罚那些忘恩负义、不能患难与共的势利之人。我找出我的新衣服，还有一年多没有穿过的解放鞋①，悄没声儿地穿上，然后蹑手蹑脚地溜出我家的院子，穿过寨门，走出马庄。一上路，我就飞跑起来，我要试试我的腿是否还像以前一样那么健壮敏捷。我决心逃离这个家，我没有目的地，我只是想跑，我要去找一种新的生活，过一种不一样的日子。

正跑着，突然感觉不对劲，身后响起了嘈杂的声音。我一回头，看见俺娘骑着一匹白马，往我这边追来。俺娘满头的白发被风吹散，与白马飘逸的白色鬃毛一起向后飞起，好像是一面猎猎飘扬的旗帜，又如同一支耀眼的火炬。

我慢下脚步，想问问俺娘这么快赶来有什么急事。没想到俺娘打马跑到我跟前，伸手一搋，把我拉上马背，然后转头向马庄跑去。我不想回去，挣脱俺娘的手，想跳下马去，没想到俺娘狠狠地瞪我一眼，啪地打了我一个耳光。俺娘目光如炬，不容分说，我被她无情地揪了回来。

我醒了，看见俺娘和恩姐正站在炕边。

我不想让恩姐看到我蓬头垢面的样子，闻到屋里难闻的气味，我说："你们都出去，我谁也不想见。"

恩姐说："连福，是神仙派我来救你的。"

原来，恩姐带着俺娘进山求神去了，见庙就磕头。走到一个叫石船的地方时，看见一个乡下老太太坐在路边，用怪怪的眼神盯着她们看。恩姐问她看啥呢，她说："不好了，尚门的儿子有灾情。"

恩姐对俺娘说："是不是连福出啥事了？"

俺娘说："他从电线杆上摔下来，摔那么狠不就是灾情吗？"

当晚，她俩住在石船。到了五更天，突然听到那个乡下老太太哭开了，

①全名叫胶底布鞋，它是品种繁多的胶鞋中的一种，因最先在解放军中使用而得名。

边哭边说："尚门的儿子有灾情，尚门的儿子有灾情。"

俺娘说："赶紧回去，这个老太太通灵，这是连福托她叫咱们咧。"

她们赶到家的那一刻，我的梦醒了。

恩姐说："连福，我和恁娘对你这么好，你还要寻死寻活的，像个大男人吗？你要这么没志气，以后我再也不管你了。"

俺娘给我端来了一碗红糖水。

我喝着喝着，便有眼泪掉下来，咸的泪和甜的水混在一起，混成了娘的滋味。

俺娘说："连福，想死容易，想活难。求死就是一念之间的事，求活是一辈子的事。自杀在佛教里是最重的一种罪，和杀人是一样的罪，这事万万做不得。"

我们三个人头抵着头哭了一场。

没想到，我绝食这事反而把赵慧芳惹恼了，她觉得我这么做是故意让她背上不忠不孝的罪名，故意坏她的名声，所以，她要求跟我离婚。

她陆续把家里值钱的东西往她娘家拿，自行车、缝纫机、大立柜等值钱的东西都拿走了。更让我哭笑不得的是，她把家里养的一头小猪也赶走了。

俺娘面对这事度量大得出奇。她平静地接受了这一切，好像啥事也没有发生过一样。俺娘说："赵慧芳也不容易，只要她答应不离婚，她想要啥都中。"

你不得不承认，女人的直觉比男人更敏锐、更准确。她们能在四分之一秒的短时间内判断一件事情的好坏。俺娘判断一件事情的功力更强，她冷静、客观，总是从长远的利害来决定自己的态度。

我知道，如果离婚，我们这个家就彻底毁了，但赵慧芳缺心少肺，还是让我怒不可遏。天要下雨娘要嫁人，我想挽留也是白搭。

我对赵慧芳说："你在这个家里确实吃苦了，受累了，委屈你了，你真想走我也拦不了。但是你走的时候，要把三个闺女带走，你要不带，我和三个闺女一块儿死。你让她们捡条活命吧。"

赵慧芳说："孩子我一个也不带。"

我定定地看着她的脸，不相信这话是从一个当娘的人的嘴里说出来的。

那一刻，我才知道什么叫万箭穿心、撕心裂肺。我浑身发抖，大脑一片空白，半晌才挤出一句话："那随你的便吧。"然后开始号啕大哭。

这样的屈辱，对我的精神打击是毁灭性的。当无情、无奈、无助、无力的绝望浸透你的每一个细胞时，你所有的价值观、人生观会像太阳下的雪人，顷刻化为一摊肮脏的泥水，变得一钱不值。

那时离婚比现在复杂，需要上大队开证明，然后去公社办手续，办手续时必须两个人一块儿去。我走不了路，也不想去丢人，就写了个同意离婚的字条给了赵慧芳。

赵慧芳接过字条，看了看，可能觉得满意吧，往衣裳兜里一塞，骑着车去大队开证明。一进大队，就看见大队秘书刘宝洛满脸严肃地盯着她。

"真要离婚呀？"

"嗯。"

"想开证明？"

"是。"

"对不住，我不能给你开。"

"咋啦？"

"咋啦？你说咋啦？"刘宝洛脸一沉，"恁家连福是偷人啦还是抢人了？还是犯了王法了？我告诉你，连福是因公受伤，人是好人一个，现在不能挣钱，不能让你过好日子了，你就拍屁股走人呀？你也太无情无义了吧。这个证明我不能开。"

赵慧芳的脸红一阵白一阵，一扭身，走了。

一来二去，赵慧芳离婚的事拖下来了，毕竟三个闺女都是她亲生的，总有舍不得的亲情。

第十五章

石船

我掉入了泥潭。

泥潭太深，如果不设法脱身，很快就会没顶。

我的自尊不容许我每天生活在屈辱之中。

恩姐说过，家里容不下，可以上山去住。

当年出去要饭时，知道嵩山上遍布废弃的庙院和山洞，这些地方都能安身。我要是住到这儿，不见亲人，自己心安；不打扰别人，别人心安。

而且到了这些地方，死起来更方便，更无声无息。无论是冻饿而亡，还是滚下山坡，撞石而死，都不会引起太多的注意。

我把进山的想法跟恩姐说了，恩姐说："要去就去石船，那儿有三孔窑洞没有塌，能住人。"恩姐有一个亲戚，解放前在石船的道观里修行，了解那里的情况。

俺娘听说我要走，先是愣怔了一会儿，然后她说："也中，我跟你一块儿去。"

"娘，你就不用去了，你年纪大了，山里又冷又潮，去了受不了。"

俺娘说："我啥都不怕，啥都不要，只要俺儿活着就中。我没有了你，就等于没有了家。"

俺娘说这话的时候，目光炯炯，坚定异常。

俺娘的话，使我自杀的念头显得自私和渺小。

破帽遮住颜面，俺娘陪我上山，
最好谁也不见，默默了却残生。

在以后的岁月里，每次遇到迈不过去的坎，俺娘这两句话就会在我耳边响起来，我就像打了鸡血似的又抖擞精神活下去。

石船是嵩山里的一个地名，因山路旁边有一块天生的巨石，长得像翘起的船头，百姓称其为石船。从前这里是一座道观，名叫峻极宫，解放后被废弃了。

俺娘去书院村找到俺二舅，对他说："家里没法儿过了，连福想进山找个地方，出去一天算一天，能活就活，不能活死得也舒心一点。"

"他自己去那儿咋活呀？"

"我跟他去，孩子去哪儿我去哪儿。我啥都不要，我就要俺儿。"

俺娘还是那句话。

俺二舅的孙子侯文宾14岁就跟我学木匠，关系亲近，俺舅说："让文宾找几个人，抬着连福上山吧。"

第二天，侯文宾先用架子车把我接到了书院村，然后找了一把破藤椅，两边绑上抬杆，做成担架的样子，把我抱到上边，四个人抬着走。

这四个人是我的徒弟侯文宾、尚学勇、侯中岳和我的姐夫。

他们抬着我走，俺娘背个包袱，提着几斤面跟在后边。恩姐也来了，她带着镰刀，说是进山要割草给我铺床。

叫我吃惊的是，俺娘竟然还带着几本书和一个罗盘（指南针）。

前面我说过，俺堂哥号称马庄的大圣人，会看病，会看好，会看罗盘，懂风水。他听说我摔着了，就扒开山墙，把一些书掏了出来送给我。这几本书是《周易》《道德经》《黄帝内经》《梅花易数》。

俺堂哥对俺娘说："山上无事，你让连福好好看看这几本书，学会了，给人家看看病、看看好，也算有个吃饭的本事。"

上山的路有七八里，坡陡弯多。虽说那时的人们天天进山砍柴、背煤，走山路如履平地，可是我和俺娘，残的残，老的老，行李又多，爬山很艰难。俺娘很快就落在了后面。抬我的人停下等她，她仰起头，抹一把汗，冲我一挥手："连福，你们先走，我随后就到，我认识路。"我望着她躬起的腰，听着她的喘息声，心里像打翻了五味瓶。"娘啊，孩儿落难，让恁跟着遭了大罪了。"

山那边，风中隐隐传来一个放牛老汉嘶哑而又跑调的声音：

小苍娃我离了登封小县，
一路上我受尽饥饿熬煎，
二解差好比那牛头马面，
他和我一说话就把那脸翻。
在路上我直把嫂嫂埋怨，
为弟我持戒时你在哪边？
小金哥和玉妮儿难得相见，
叔侄们再不能一块去玩。
再不能中岳庙里把戏看，
再不能少林寺里看打拳。
再不能摘酸枣把嵩山上，
再不能摸螃蟹到黑龙潭。
问解差到洛阳还有多远哪？
二十里。
哎哟我的妈呀。
顷刻间我就要进鬼门关……

他唱的是曲剧《卷席筒》。
一曲未完，我心潮翻卷，眼窝子热辣辣的。
来到石船的时候已经是后晌了。原先的庙院已经被扒完了，拆下来的砖瓦和木料都拉到山下盖房去了，只留下半米多高的围墙当牲口圈。

唯一能住的地方是三孔石窑，门窗都塌了，只剩下三个黑洞。进去一看，里头除了牛粪，啥都没有。

恩姐手脚麻利地割回一堆白草。那草长秆长穗，柔软如缕。她用绳子把白草捆了背进洞中，摊开在东边的墙角，先让我躺下，然后和俺娘一起把山洞里的牛粪清了，这才和文宾他们告辞下山。

太累了，俺娘和我一起啃了两个玉米面窝头就睡下了。

第二天一早，侯文宾带了一个人，扛了点木料又来了，叮叮当当地做了一张床的框架、一个吃饭的小桌、一块案板。他们砍了些荆条编成荆芭，铺在床上当床板。侯文宾还特意在"床板"上留了一个洞，又在床下铺了厚厚的一层土，以备我解手之用。不知是谁的主意，他们还带了一个报废的汽车内胎，打满气，说是我坐在上面可以不压屁股，不得褥疮。

娘说："文宾，难为你想得这么周到。奶奶打小就知道你仁义，有出息。"

文宾小时候学习很好，可是因为爷爷当过保长，他成了黑五类，连高中都没让上，招工也没人要，十几岁就学木匠，冬天给深山里的地质队挑煤，几分钱一斤，很苦。

文宾说："六奶，你不用外气，有事你就叫我。"

文宾这番努力，让俺娘和我有了新家。

初夏的嵩山，天高云淡，树绿石白，抬眼望去，群峰争雄，陡峭笔立。

明朝嘉靖八年的《登封县志》载："嵩山在县东八里，其山高大，故名曰'嵩'，以其在天地之中，故曰'中岳'，为四岳之尊。《诗》云：'嵩高维岳，峻极于天。'今其山，东跨密县，西跨洛阳，北跨巩县，绵亘凡百五十里，即少室太室之总名也。"

嵩山由太室山与少室山二山组成，共72峰，海拔最低为350米，最高处为1512米。太室山的主峰叫峻极峰，据传，治水的大禹王的第一个妻子涂山氏在这里生下了禹的儿子启，山下建有启母庙，故称之为

"太室"（室：妻）。少室山的主峰叫连天峰，马庄和少林寺都在少室山下。"少室"这个山名也与大禹有关，传说他的第二个妻子、涂山氏的妹妹住在这里，山下建有少姨庙，故名"少室"。

根据这两个传说，嵩山就是大禹王的两座后宫。

"登封"县名的由来，是公元696年，72岁的武则天登嵩山、封中岳，以示大功告成，把汉武帝刘彻命名的嵩阳改为登封。

嵩山崇尚侠义、孝道和个人奋斗。在明代《登封县志》的《先哲》篇中，介绍了管仲、颖考叔、陈胜等几个春秋战国时期登封人的事迹。

雄才大略的管仲，年轻时地位低下，生活贫困，做过地位微贱的商人，但生意很快就失败了；他当兵的时候因为怕死而临阵脱逃，被人耻笑；几次想当官，都没有成功；后来他在残酷的宫廷斗争中站错了队，险些被杀。齐桓公不计前嫌，重用他为宰相。他推行改革，实行军政合一、兵民合一的制度，使齐国达到了强盛的巅峰。

登封的地方长官颖考叔敦促郑庄公尽孝的故事也很有名。郑庄公出生时难产，他的母亲姜氏因此厌恶他。郑庄公当上国君之后，他的母亲纵容其弟共叔段谋反，郑庄公打败了弟弟共叔段之后对母亲说"不及黄泉，无相见也"，把母亲放逐到了登封一带。颖考叔知道此事后就捉了几只猫头鹰献给庄公。颖考叔说："这种鸟叫鸮，小的时候，它妈妈一口一口把它养大，大了之后，它就吃掉妈妈，是一种不孝之鸟，因此应该把它吃掉。"少顷，郑庄公命令赐烤羊肉给颖考叔。颖考叔拣好肉割下，放在一边说："家有老母，您赐给我这么好的食物，我要带一些给老母亲吃。"

郑庄公听后凄然长叹，颖考叔见时机成熟，劝导他说："母亲虽然不像母亲，但儿子能够不像儿子吗？"

按颖考叔的建议，郑庄公派人在地下挖了一条隧道。隧道出水，代表黄泉，郑庄公和母亲在此相见，相拥而泣，和好如初。

陈胜①是推翻秦王朝暴政的第一人。他本是一个雇农，被抓去当兵，因路遇大雨而无法到达边防，于是动员900名戍卒一起造反。他最著名的一句话现在还在流传："王侯将相，宁有种乎？"陈胜很快就因兵败被杀。虽然他是一个反贼，但他身上的英雄气概感动了司马迁，司马迁专门为他写了传记《陈涉世家》。"世家"本是王侯将相的传记，陈胜不是王侯，但他首举反秦义旗，曾建立"张楚"政权，司马迁给予了他重要的历史地位。这也表明了司马迁的政治态度：王侯将相并不是天生的贵人。

我住的石船就在太室山的峻极峰下。

自从到了这里，俺娘一改她往日的严厉和严肃，像小时候搂着我睡觉那样，睡在我的身边，她的体温和气息让我无形之中获得了一种安定、安宁的感觉。我们无话不谈，家里的事、村里的事、朋友的事、国家的事、历史的事，都说。

有个问题我久存于心，一直没敢问过俺娘，现在也问了："我是你唯一的儿子，也是咱尚家几代的独苗，为啥你对别人都是和和气气，大度宽容，为啥就不容我呢？一点不对就打就骂。"

俺娘说："别的人我没有生他没有养他，没有那种恩情，别人犯了错，咱只能点到为止，不能打也不能骂。你是我生的、我养的，管严点是为了让你成才。咱家一无权、二无势、三无钱、四无关系，你说你出去惹事，别人家有关系、有能耐、能给他挡，谁给你挡呀？恁爹给你挡啊，还是恁娘给你挡啊？不叫你惹事，平平安安就是福。"

我跟俺娘终于达成了和解，我也佩服她在许多事情上的先见之明。

---

① 《史记》称："陈胜者，阳城人也，字涉。"史学家对当时的阳城有五种说法，一曰今河南登封，一曰今河南商水，一曰今河南方城，一曰今安徽宿县，一曰今安徽阜阳阜南。

比如，她一直反对我当电工，几次劝我不要去干。

还有一点我也想不通，俺爹俺娘都是积德行善之人，老天爷有眼，本该降福给俺家，为啥偏偏降下这么多灾祸？

俺娘说："你听过宋朝的野史没有，从朱熹往上数三辈，他这太爷爷遭的罪可大了。这罪大到啥样？大到没有天理。他这太爷爷是个大好人，很穷，靠卖苦力过日子。他家路边有一条河，河上没有桥，水大的时候他撑船摆渡，水小的时候他背着老人或小孩过河。到了 50 岁的时候，他带着自己挣的一堆铜钱找到当地的大地主说，我老了，背人过河走不动了，想在河上修座桥，我这点钱肯定不够，不知道你肯不肯帮我的忙。大地主听了，表示愿意做这个功德，出面组织人修桥。施工的时候，朱熹的太爷爷天天上山抬石头，他年老体衰，不小心跌倒了，让石头砸了腰，双腿瘫痪了。瘫痪以后，他还不死心，坐在那儿砸石头。可是不久，他的眼瞎了，啥也看不见，啥也干不成。他就天天坐在桥头上听造桥的声音。一年之后，桥修好了，老百姓说，太爷爷你的心意完成了，你到这桥上看看吧。这老头不会走，眼又瞎，怎么办？大家就把他抬到桥中间，叫他摸摸桥栏杆，了却一生的心愿。太爷爷手扶着桥栏杆，跪在那儿，面向苍天，双手合十，祈祷老天爷保佑一方百姓，保佑朱家万世平安。本来天晴得好好的，艳阳高照，可是他一祈祷，突然一个晴天霹雳，把太爷爷打死在桥上了。民间的说法是叫龙抓走了。

"这时候，正好皇帝在朱熹的老家微服私访，听老百姓说没有天理，就问是怎么回事。当地的县官把这事一说，皇帝就过去了，一看这个太爷爷还跪在那儿呢。皇帝心里很不平衡，就掏出御笔，大笔一挥写了七个字'行善不好作恶好'。他的字刚一写完，太爷爷应声倒地，被抬下去埋了。老百姓把皇帝的字刻成了朱砂碑立在桥头，昭告天下。

"皇帝回京以后，后宫马上来报，娘娘生了太子，只是这太子好生奇怪，生出来的时候胳膊上有几个字。皇帝赶紧到了后宫，一看太子的胳膊上，正是自己写的'行善不好作恶好'。皇帝的金口玉言本来是不能改的，可是他一看到这情景，马上改口说'行善好作恶不好'，话音一落，太子胳膊上的字就消失了。

"这之后，过了三辈，朱家生下了朱熹。朱熹生下来眼角带七颗黑痣，如同北斗七星。朱熹享的是他太爷爷的阴德，学问天下无双，还当了州官，光宗耀祖。但是到了晚年，朱熹也是双腿瘫痪，双目失明，跟他太爷爷一样样的。"

"娘，你这故事是啥意思呀，说了半天，行善还是不好呀。"

"我的意思是，命论终生，运在一时。"

俺娘的心思我明白，真理是送给孤独者的礼物，改变命运的过程其实就是改造自己的过程。许多人想的是如何改变眼前的世界，却没有想到，只有改造了自己，世界才会以一种全新的面貌呈现在你面前。苦难其实是修炼成才的药引子。

我从受伤以后陷入了长期的抑郁，反复梦到我像只猴子挂在悬崖边上或大树的顶端，风从脚下刮过，好像在催我赶紧松手跳下去。有时我又梦见我在地狱里，有很多小鬼来抓我，我拼命逃跑，然后喘息着惊醒。我甚至能闻到地狱里血腥的味道。

来到石船以后，我的情绪出现了明显的变化，抑郁的情况少了。俺娘的开导很管用，既然朱熹那样的大人物都逃不过命运的折磨，我这样渺小的农民还有啥可抱怨的？

我开始改变，通过读书学习新的生存本领。

每天早上起床后，我拖着木架子"走动"一个钟头，舒筋活络，然后开始看俺娘带上山的四本书。

《黄帝内经》是一本医书，是中国最早的医学典籍，主要讲养生治病。中国中医的"阴阳五行学说""脉象学说""藏象学说""经络学说""病因学说""病机学说"等，都是以《黄帝内经》为理论基础创立的，这是学医的必读书。

《周易》是一本研究自然规律和人世间变化的书。早期是一部占筮书，为当时的人们提供行动准则之用，后来演变为安邦治国、修身养性的哲学典籍。有人认为它是孔子写的，也有人认为是周文王姬昌所作。内容包括《经》和《传》两部分。《经》主要是六十四卦和三百八十四爻，卦和爻各有说明（卦辞、爻辞），作为占卜之用。《传》包含解释卦辞和爻辞的七种文辞共十篇，统称《十翼》。学者们对《周易》评价很高，认为它是"大道之源"，对中国几千年的政治、经济、文化影响深远。瑞士心理学家荣格说，人类唯一的智慧宝典，首推中国的《易经》。在科学方面，我们所得出的定律常常是短命的，或被后来的事实推翻，唯独中国的《易经》亘古常新，相距近 3000 年之久，依然具有价值，而与最新的原子物理学有颇多相同的地方。

《道德经》是一本讲究为人处世之道的思辨之书，是春秋时期老子（李耳）的哲学作品。老子主张"无为而治"，讲究以柔弱、处下、忍耐和等待的方法修身、治国、用兵、养生……这本书虽然只有区区五千言，但由于对万事万物的规律与变化认识精准，让人读之有包罗万象之感，被称为"内圣外王"之学，誉为万经之王。《道德经》是除了《圣经》以外，被译成外国文字发行量最多的世界文化名著。

《梅花易数》是中国古代占卜法之一，是一部以《周易》中的数学为基础、结合易学中的"象学"进行占卜的书。《梅花易数》可以根据声音、方位、时间、动静、地理、天时、人物、颜色、动植物等事物的变化和异相，预测其发展趋势。

我开始一页一页地"啃"这些书。

我高中没有毕业就辍学了，读这些古书很难，生字多，意思全靠猜。没办法，只好求恩姐帮忙弄了一本老式的四角号码字典，这种字典把汉字笔形分为 10 类——头、横、垂、点、叉、插、方、角、八、小，分别用数字 0~9 表示，查字时按照左上、右上、左下、右下的顺序取号，组成四个数字，然后从字典上找到对应的数字，就是你要查的那个字的读音和意思。

　　这几本书，不愧是千古经典，写得很吸引人。比如《黄帝内经》，一开始就是黄帝与一位天师探讨长寿之道。为什么过去的人能活过100岁，而今天的人们才50岁就开始衰老了呢？天师说，古人能够取法于天地阴阳的变化规律，食饮有节，起居有常，不妄作劳，故能终其天年。现在的人却把浓酒当作甘泉滥饮无度，把任意妄为当作生活的常态，醉酒之后还要行房，恣情纵欲，作息起居毫无规律，所以50岁左右就衰老了。

　　我读了这本书后，把起居时间改成黎明4时起床、晚上9时休息，长年起居有常，使残疾的身体得到补益。

　　老子的《道德经》就更震撼人了，每一句每一章都深邃玄妙，让人回味。

　　"道可道，非常道。名可名，非常名。无名天地之始，有名万物之母。"

　　"道生一，一生二，二生三，三生万物。"

　　这些话，可以有无数种解释、无数种理解，确实是"玄之又玄，众妙之门"，让我迷恋了许久，也改变了我的世界观。

　　对我这样出身卑微的山民来说，读书就如遇到高人点拨，常常有如梦方醒、豁然开朗的感觉。慢慢地，我的眼界超越了饥饱、钱财、夫妻恩怨、哥们儿义气这些身边琐事，可以去想天地万物的生生不息、江河日月的不增不减、人世沧桑的变化规律，可以在人生和命运的大问题上看出轻重是非了。

　　曾国藩说："人之气质，由于天生，本难改变，惟读书则可变化气质。古之精相法者，并言读书可以变换骨相。"我觉得我脸上的线条柔和了许多。

古代圣贤用他们的智慧滋养我精神生命的时候，俺娘为了养活我，吃了大苦。

她每天早上要去捡柴、做饭，照顾我大小便，然后就背个筐、拿个小抓钩，上山去采药。嵩山里中药材很多，有白芍、白术、丹参、桔梗、板蓝根、甘草、皂刺，运气好了还能挖出何首乌和灵芝。那时我还不会给人看病，俺娘就把这些药材晒干，拿到山下去卖，换一些吃的。

俺娘有时还会砍一些荆条背回来，我看书累了，就用荆条编篮子，有方的，有圆的，这些也能卖钱。

嵩山缺水。俺娘原先是从一条小溪里舀水做饭，后来这条小溪断流了，没法儿做饭了。我问俺娘咋办，俺娘说，水跟地势走，山有多高水就有多高，附近肯定有。她摸摸索索找了一天，终于在距离石船100多米远的一个石洞里找到了一汪泉水。水是一滴滴从石缝里渗出来的，非常甘甜。但是，从我们住的山洞去那儿提水，要连着下两个陡坡，一不小心就会滑倒。俺娘每次去提水我都非常担心，生怕她有个闪失。下雨的时候，我就用木架子"走"到第一个陡坡的边上，等俺娘提着水上来时，伸手拉她一把。俺娘说："连福，你别出来，我一个人能行。"

我说："娘啊，我可不能摔着你，娘的命就是我的命。"

说话间，冬天来了。

那年刚过11月，山洞里就冷得待不住了。俺娘说："连福，我看这天要下雪，咱不能冻死饿死在这儿呀。我得赶紧下山去拿个被窝，再背点粮食，你自个儿在山上待两天。"

我答应着送走了娘。

俺娘走后第二天，天下起了雪，开始还不大，但后来越下越猛，地上的雪堆得足有半尺深。我知道俺娘一时回不来了，赶紧爬到灶房把铁锅和一捆柴火拖到我住的山洞。口袋里的玉米面只剩下两小碗，我省着吃应该能吃两天。水不是问题，门外的雪随时都能吃。

等到第四天的时候，我完全断粮了。

这与要饭不一样，要饭时可能一天要不到吃的，但第二天就会有吃的，实在不行还可以从地里刨野菜，可我现在除了坐等，没有任何办法可想。

我知道俺娘一定会回来的，她知道我这里没有吃的东西，她不回来，我只有死路一条。

一定是出了什么事，不然俺娘绝不会走了四天还没回来。

下午两三点的时候，我把木架子拖出来，来到第一个陡坡前等俺娘。这里视野相对开阔，能看到被雪覆盖的小路。雪让山中的一切都长胖了，小路已经看不到了，只有我知道，俺娘会从那里出现。

山风正紧。吼叫的山风卷起地上的雪，打着旋拱进我的衣领和袖口，使我仅有的热量消耗殆尽。不一会儿，我的手冻得没了知觉，意识有些模糊，手一松，没有知觉的腿脚滑进了陡坡边的雪窝里。

在我身体失去平衡的一刹那，我清醒过来，抬起头判断了一下地形，雪窝并不深，却比较滑，如果是受伤前，我三两下就能爬出去，但现在双腿不能动，双臂的力量很难拖动全身的重量。不过，我必须爬出来，因为周围没有人，一旦到夜里我还出不去，就会被冻死。

我深吸一口气，开始往上爬。我想，只要我的手能够到我的木架子，借一把力，就有可能出去。

使劲，再使劲，手往前探，身体往上拱，离木架子只有一个拳头那么远了，可就是干急够不着。我力气耗尽，手一滑，哧溜一声又掉到了底。

当我第三次滑下来的时候，再也动不了了。

迷迷糊糊的，仿佛看见俺娘走了过来，我忍不住大声喊起来："娘，娘，我在这儿——"睁眼一看，什么都没有，只有呼呼的风声在耳边叫唤，我的喊声被无情地淹没在群山与风雪的合唱声里。

天擦黑了，我再次开始行动，要积攒最后的力量拼死一搏。正在这时，我抬眼看见上面有个头发花白的脑袋探过来："是连福吗？"

原来是俺娘。

"娘，娘，是我。我在这儿等你，掉雪窝里了。"

"儿子，别急，娘拉你上来。"

俺娘趴到地上，一手撑着坑边，一手拉我。可是雪窝边沿被我反复爬了几次，变得很滑。俺娘一使劲，不但没把我拉上去，反然让我把她拽下来了。

这可咋办？

俺娘说："也好，我托你上去，更能使上劲。"

我受伤后，变得很瘦，体重从一百三十斤降到一百零几斤，还没有俺娘的体重大。俺娘因为要不停地抱着我挪这儿挪那儿，反而越来越有力气。

俺娘两手抱着我的腿，用肩膀抵住我的腰，一使劲，把我顶出了雪窝。

俺娘爬出雪窝后，让我仰面躺好，用她的双手拽住我的手，一步一滑，踉踉跄跄地把我拖回了山洞。

俺娘习惯性地用手一摸我的棉裤，里面渗尿，外面雪泡，已经湿透了。再一摸我的腿，哎哟，跟冰棍一般凉。她把棉裤给我换下来，对着我的腿一阵猛搓。她边搓边给我赔不是："儿啊，娘回来晚了，让你受苦了。我一回到家就发高烧，两天起不了床，病好一点就给你缝被窝，蒸玉米面饼子，这路我又走了一天。"停了一下她又说："这次你要有个三长两短，娘都没法儿活啦。"

"娘，我的亲娘，你只要回来我就放心了。我就知道你一定会冒着雪往回走，我就怕你弄不好掉沟里呀。"

俺娘看到我的腿有了一些血色，就把被窝给我盖上，双手掐着我的胳肢窝，把我往上拥了拥，让我躺舒服。不过，她没有松手，而是把我的脸贴在她的胸口，停了很长时间。除了儿时模糊的记忆，我从不记得俺娘这样抱过我。在我面前，她总是冷峻的、严厉的，连笑容都不多见。而这一次，她是那么深情、那么依恋，带着深深的忏悔。我不由得也紧紧地抱住了娘，把我的脸颊贴在她的怀抱里。

娘啊，世间只有你是我最亲的人。

俺娘把从家里带来的玉米面饼烤热，只让我吃一半，又让我喝了半碗汤。她说饿了好几天的人不能一下吃得太饱，会把肠子撑断。

"娘，你咋不吃？"

"我在家里刚吃过，不饿。"

"你走一天雪路能不饿？你要不吃，我也不吃。"

娘只好把另一半玉米饼吃了。

她拾掇了一下，点起火开始给我烤棉裤。我这才发现，她自己身上也湿透了，坐在火前瑟瑟发抖，身上不停地朝外冒着水蒸气。

俺娘把家里藏的《宣讲拾遗》带过来了，一套六本，装在一个匣子里。

"别大眼瞪小眼了，念书吧。"俺娘说。

书很轻，纸已经变成了深褐色，上面是木刻版的楷体字。我打开书，借着火光默默地念起来：

人生在世，无论贵贱贫富，哪个身子不是父母生的？

众人各个回头思想，当日父母未生你时节，你身子在何处？可是在父母身上做一块不是？你身与父母身，原是一块肉，一口气，一点骨血。如何把你父母，看作是两个？

且说你父母如何生养你来？十个月怀你在胎中，十病九死。三年抱你在怀中，万苦千辛。担了许多惊恐，受了许多劬劳。冷暖也失错不得，饥饱也失错不得。但稍有些病痛，不怨儿子难养，反怨自己失错，恨不得将身替代。未曾吃饭，先怕儿饥。未曾穿衣，先怕儿寒。等得稍长，便延师教训。待得成人，便定亲婚娶。教你做人，教你勤谨。望你兴家立业，望你读书光显。哪曾一刻放下。若教得几分像人，便不胜欢喜。若不听教训，父母便一生无靠，死也不瞑目。

死也割不断，父母这样心肠待儿子。

看来今日这个身子，分明是父母活活分下来的。今日这个性命，分明是父母时时刻刻养起来的。今日这个知觉，分明是父母心心念念教出来的。满身一毛一发，无不是父母之恩。为子的当从头思想，如何报得。及到你的身子，日长一日，父母的身子，日老一日了。若不及时孝顺，终天之恨，如何解得。我看今世上人，将父母生养他，恰是当该的，所以不能孝顺。岂知慈乌，也晓得反哺，羔羊也晓得跪乳。你们都是个人，反不如那禽兽，可叹可叹。

看到这里，望着正在火堆前一边发抖一边为我烤棉裤的娘，我泪如雨下。

命运仿佛故意在与我作对。冬天刚过，上来了一个叫张戌的人，要赶我们娘儿俩走。

张戌脸上线条坚硬，目光凶狠，说话瓮声瓮气，不容商量。

张戌原来是石船峻极宫的住持，他的故事我早有耳闻。他是荥阳人，从小读过几年私塾，有些文化。他的第一个老婆不知为啥跳井自尽了，留下一个闺女。后来他又娶了第二个老婆，生了一个儿子。女儿长大成人后，张戌正准备给她找婆家，却发现女儿怀孕了。张戌大怒，认为这是坏了门风，不问青红皂白，当场就掐住自己亲闺女的脖子，直到她七窍出血而亡。张戌抬眼，发现老婆正要往门外跑，他怕老婆告官，一不做二不休，把老婆也按倒在地，掐到没气才松手。然后，他翻过嵩山，跑到这里当了道士。哪知道，他那媳妇在他逃走后，缓过一口气，又活了，打听到他的下落后，带着儿子找了过来。张戌见状大惭，把母子安排到登封的樊家庄居住。后来因为兵慌马乱，他也不是本地人，他杀人的事就不了了之了。

后来峻极宫被扒，砖瓦弄走盖了学校，张戌还俗到生产队当了社员，老实了几年。"文革"一结束，他的心又活络了，想收回这座庙。

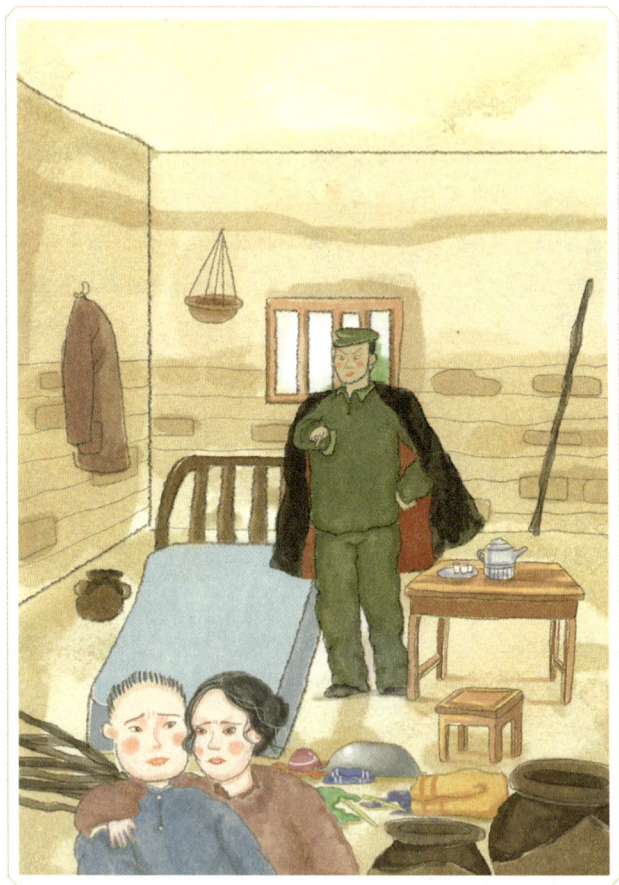

石船石大如磐，寒窑孤灯一盏。

娘俩相依为命，寻找世外桃源。

庙主卡腰赶来，要俺即刻滚蛋。

张戍对我说："你是马庄的，你肯定知道以前这庙是我的。"

"1958年你就还俗了，这山林都归公了，这地方早就不是你的了。"

"那也不中，这也不是你们生产队的地方，你们不能在这儿住。"

"咱没仇没怨，你又不住，撵我干啥？"

"我不住，你们也不能住。"

张戍撵了我们几次，见我们没有走的意思，就使坏。他让自己的儿子叫上本村的几个小青年，隔几天就上山来冲着我们娘儿俩叫骂一番。我跟俺娘不还嘴也不吭气，他们骂得没劲了，就往我们山洞的洞口扔石头、扔牛粪。

有一天，俺娘上山捡柴火回来，正好撞见他们又在胡闹。她放下柴火，把花白的头发往上拢拢，把大襟上的土拍拍，走到张戍的儿子面前。

"孩子，按辈分你得叫我奶奶，你站在我门口骂我这些天，把几辈儿的祖宗都骂了，我一句都没有回你，你咋就不通人性呀？你爹他也是修行之人，再不懂事也知道善有善报，恶有恶报吧。"

没想到，张戍的儿子更不讲理，他指着俺娘的鼻子说："死老太婆，轮不到你教训我，你再不搬走，我天天来这儿骂。"

俺娘回到山洞，气得浑身发抖，好一阵缓不过气。

我看俺娘动了大气，知道此地不能再住，劝道："娘，别跟那帮吃屎的人一般见识，咱们再找地方住，嵩山大得很，我就不信没有咱住的地方。"

我们被迫离开了石船，离开了我精神之旅的起始之地。

张戍始终也没有回到石船，他得了骨癌，并死于这种病。

第十六章 老母洞

1979 年的腊月，侯文宾带了几个人过来帮我们搬家。说是搬家，其实我们根本就没有家，不过是把床、小桌和锅碗瓢盆这些东西背到另一处地方而已。

我和娘去投奔的地方叫老母洞，过去是一座道观。

老母洞里供奉的神仙是"无极老母"，也有人说是"无生老母"。

中国民间有无极老母、无生老母、王母娘娘等多种关于"老母"的神话传说。有人说这三个称呼指的是同一个神，有人说是指三个不同的神。我觉得关于老母的神话崇拜，来源于中国人对原始母系社会的追忆和怀念。

王母娘娘、无极老母、无生老母应该是同一尊神的不同叫法，或者是不同时代的人赋予了她们不同的解读。

王母娘娘的传说早在 3000 多年前的西周时期就已经有了。

"王母"一词，出自《山海经》："西有王母之山、壑山、海山。"因王母所居昆仑丘（昆仑山），于汉中原为西，故称西王母。西王母的形象最早有兽相："其状如人，豹尾虎齿而善啸，蓬发戴胜，是司天之厉及五残。"到了明代，西王母越发尊贵，变成了一个雍容的女王，被称为"瑶池金母""金母元君""西灵王母""九灵太妙龟山金母""西池极乐金慈圣母"，全称是"上圣白玉龟台九灵太真无极圣母瑶池大圣西王金母无上清灵元君统御群仙大天尊"，读完这 35 个字要大喘气才行。

在道教神话中，西王母是生育万物的创世女神、全真教的祖师，主管婚姻、生育、保护妇女。同时，西王母拥有不死神药，她的宫殿后面有一望无际的蟠桃园，蟠桃树 3000 年开花、结实一次，人能食到蟠桃一颗，可长生不老，如能得食四颗，可白日飞升。

无生老母的称呼据说起源于明代中叶出现的罗教（无为教），创始人是在北京密云做官的山东即墨人罗梦鸿。在罗教的理论中，无生老母既是造物主，又是救世主。她创造了宇宙与人类，同时又拯救沉沦于苦海中的后代，曾派燃灯古佛、释迦文佛、弥勒佛下凡去度化原人，自己也曾亲自下凡救度众生。罗教自称来源于佛教禅宗，但正宗佛教却称其为"邪教"。中国民间宗教从明代的罗教开始，进入了群龙无首、教派林立的时期，衍生变换出老官斋教（斋教）、一字教、大乘教、三乘教、龙华会、糍粑教、金丹教、观音教等流派，这些教派遍及全国各地，影响深远。

中国民间地方祭祀的西王母，左右有 6 位夫人——两个送子者、两个催生者、两个治瘟疹者。而供奉无生老母的殿堂一般都叫作"安阳宫""老母洞"，里面供奉着 13 个老母。无生老母坐在中间，两边各有 6 个老母，她们是西天老母、观音老母、无声老母、泰山老母、送子老母、金身老母、出山老母、劈山老母、托天老母、文殊老母、普贤老母、地藏老母，正如俗话所说，"十二老母朝无生"。无生老母的塑像一般都慈祥庄严，面带微笑，满头白发，身披霞帔，两手持八卦，活像一个老奶奶。她专管红尘之事，度尽受苦之人。

我和娘去投奔的老母洞却空无一物。石洞上面盖的房子全被扒了，老母的神像都被打碎，只留下一面空墙，墙面焦黑，那是放羊放牛的人烤火做饭熏出来的烟痕。

老母洞离石船不远，直线距离也就七八百米，但因为是陡峭的山道，走起来很费劲。侯文宾是背着我从石船来到老母洞的。

老母洞分为东院和西院，东院为正殿，西院为偏殿。正殿的老母洞是古代人开凿的一个小石窟，洞口朝南，约2米高、10米长，走到尽头，左右各有一个3米见方的石室，人要弯腰才能进去。石室里各有一口约1米深的水井，水盛时伸手就可以舀到水。

我们住到了右边那个石室里。石室低矮，说话都带着回音。

住在老母洞的好处是俺娘不用再跑很远的路去提水了，赖处是潮气大，石墙上都挂着水珠。

我们在床上铺了一层荆条、一层白草，抵挡潮气和寒气。

穷人怕过冬，可是那一年的冬天偏偏特别冷，雪也大。老母洞的洞口敞开，风呼呼地往里灌。

我因为不能动弹，总是感觉很冷，特别是没有知觉的双腿，什么时候摸上去都是冰凉的。我屁股上时好时坏的褥疮这时发作了，脚后跟和脚趾也青肿溃烂，经常因此发高烧。

我又陷入了抑郁之中，脑子像涂了一层糨糊一样，转不动也不想转，有时一天不说一句话，觉得自己是世上多余的人，活着实在没有什么意思。

我想死，可是俺娘不让我死。

俺娘为了温暖我，开始和我睡在一个被窝里，用她的体温焐热我冰凉的腿和脚。

俺娘说："寒从脚下起，我不能叫俺儿这腿这么凉，我得给它焐热了。"

俺娘的身体放松、柔软，充满了慈爱与力量。

俺娘的温度让我糨糊般的脑子逐渐清醒，我知道她舍不得我，如果我舍她而去，会是一件残忍的事情。

俺娘温暖慈爱的一面如同天女下凡一样显现出来，原来那个严厉的娘和面前这个慈爱的娘合二为一，在我心里变得完美无缺，超凡入圣。

她调动着她的一切知识，给我讲生存之道。

记得有一天，她躺下后问我："你知道古时候的孙膑不知道？"

"知道一点。"

"那我再给你说说。因为他也是有腿不会走的人。"

俺娘的声音轻轻地在我耳边响起来，让我想起小时候大家围坐在她身边听她讲故事的情景："有一个千古奇人叫鬼谷子，此人在咱嵩山里采药得道，鹤发童颜，身轻如燕。他带着他的四个学生孙膑、庞涓、张仪、苏秦在嵩山采药修行，研习兵法，练习平地飞升。有一天，鬼谷子让四个弟子进山去采药，庞涓年纪小，心眼多，不想出力，就说，嵩山豺狼虎豹甚多，不如让我攀上树去望风放哨，好让大伙放心刨药。说着，他攀上崖边一棵大树，折了一些树枝，横摆在树杈上当床，躺在上面呼呼大睡。那哥儿仁正满头大汗地采药，突然听见哎哟一声惊呼，抬眼一看，庞涓从树上掉下来了，挂在悬崖边的藤条上。孙膑冒死攀下山崖，把庞涓救了上来。鬼谷子听他们讲完事情的经过，大有深意地笑笑说：'好心尚且无好报，何况庞涓！'"

俺娘说的这句话我熟悉，登封人常用此话比喻居心不良的人。

俺娘继续说："孙膑后来被他救下来的这个同学害了。庞涓到魏国当了大元帅，他害怕才能比他高的孙膑做出对自己不利的事，就假称请孙膑当官，把孙膑弄到了魏国的国都开封，然后说他谋反，把他的不老盖挖掉了。

"孙膑不能走路以后，也是一个劲地想死，觉得天下无义之人横行，不如一死了之。后来，他想到老师鬼谷子的话：'强大由微弱积累而成，直壮由弯曲积累而成，有余由不足积累而成，仁人君子必然轻视财物，勇敢的壮士自然会轻视危难。'于是他立志报仇，把自己的兵法传给后人。他白天躺在猪圈里泥一身屎一身地装疯卖傻，晚上苦修兵法，终于修成了百战百胜的战神。后来他听说齐国的使臣来魏国访问，就设法说服使臣，偷偷把他带到了齐国。后来，他用计谋乱箭射死了庞涓，他的兵法天下无敌。"

我问俺娘："那孙膑杀庞涓，不是也违反了佛法'不杀生'的戒律吗？"

"孙膑对庞涓有救命之恩，庞涓却恩将仇报，要害死孙膑，是恶念在先，孙膑杀他是无奈之举，也算是度他。佛陀还没有成佛之前，为了救五百僧人，杀了强盗。这就是一个功德。杀坏人，有善报也有恶报，因为杀强盗，佛陀成佛的时间提前了，免除了强盗下地狱之苦，这是善报。"

俺娘讲的故事与正史的记载不一样，但她的意思我明白，就是让我好好活着，好好修行，不怕身有残疾，就怕心中无志向。

有人说过，当我们除了坚强之外一无所有时，我们才能知道自己有多坚强，何况还有60多岁的老娘天天督导。

我又开始读书了。

煤油灯光亮如豆。

风刮过来，灯火就跳荡起来，我和俺娘的身影也在石墙上晃来晃去。

那个躬着腰，手一下一下上扬的，是俺娘，她在给我缝补棉裤。因为渗尿，我的棉裤每天都是湿的，都沤烂了，俺娘天天给我烤干，给我缝补。那个背靠石墙捧书的，是我的身影。我读完《黄帝内经》，开始读《本草纲目》，马庄和书院村的人知道我找医书，又陆续送来了一些。

年关将至，一对中年夫妻踏着雪来到老母洞求神。虽然老母洞的神位早没有了，就剩下一面空墙，但老百姓还是把这儿当成圣地。

那个妇人叫康莲，脸圆圆的，慈眉善目。她进洞看见我们，有些吃惊："大冷天你们住在这儿干啥？"

俺娘把我们的遭遇和处境说了，康莲跟着抹眼泪。第二天，天还没明，康莲和她的丈夫何泉林抬着一个厚厚的草帘子上山来了。雪路难行，草帘沉重，他们拱进山洞时，呼哧呼哧喘了半天。康莲的棉裤和布鞋都湿了，脚也冻木了。俺娘让她把鞋脱了，找块干布给她擦。她青筋毕露的脚被雪水泡得通红。何泉林带了锤子和铁钉，叮叮当当一阵子，草帘

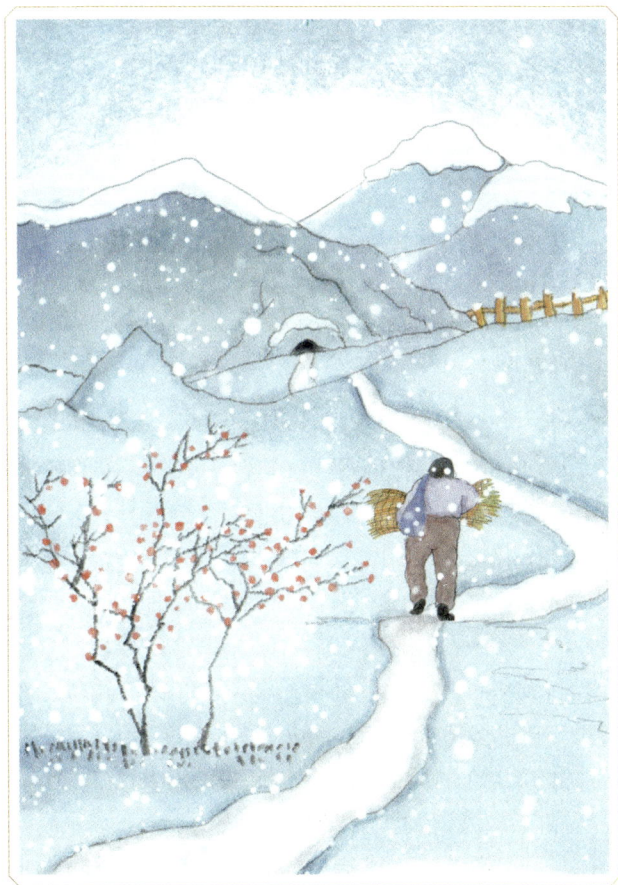

慈悲没有腿脚，却能行走天下。
仁义没有翅膀，却能飞上苍穹。
有人送来草帘，胜过暖气空调。

子挂在了洞口。草帘子是秆草编的，很密实，风被挡在了洞外，油灯的火苗不跳了，一股从未有过的温暖从脚底一直升到了我的心里。

俺娘说："康莲，你就是活菩萨呀，佛祖会保你长命百岁的。"

多年之后，我仍然觉得，无论是空调还是暖气，都不如康莲夫妇送来的草帘子暖和。人常说，渴时一滴胜甘露。康莲和何泉林的草帘子让我一生不能忘怀，每次想起，就会不知不觉地红了眼圈。我要报答他们。

我是在老母洞开始学习炮制中药的。首选的方子就是从姥爷那儿得到的治干血痨的秘方。

干血痨是一种妇科病，按中医的说法，这病是五劳七伤："五劳虚极羸瘦，腹满不能饮食，食伤、忧伤、饮伤、房室伤、饥伤、劳伤、经络荣卫气伤，内有干血，肌肤甲错，两目暗黑。"旧社会农村妇女得了这个病，月经会停止，不能生育，面色暗黄，枯瘦乏力，甚至会因为自卑与恐惧而殒命。在我看来，这种病与吃不饱饭引起的严重营养不良有关，因为这种病在今天几乎见不到了。

其实治干血痨的秘方不秘，不过几味常见的中药：川乌、草乌、干姜、巴豆。这些药多是攻伐之药，办法是以毒攻毒，所以服用之后一个月内不能吃猪肉，如果吃了猪肉就会上吐下泻，危及性命。当然也有解药，就是红花、陈皮、甘草煮水煎服。

这几味中药并不贵重，价格也不高，山上能找到的，俺娘就上山采，山上找不到的，俺娘就下山买。这几味药备齐之后，我就按书上教的方法，焙干、研磨，最后做成黄豆大小的药丸。俺娘说，制药之后，必须用甘草水洗手，否则你自己也会中毒。

我把这个药叫"血痨散"。

按俺娘他们家的老规矩，给人看病必须"赊药"——这些药虽然是我们花钱做出来的，但在给人开药的时候不能收钱。如果治好了病，人家拿些吃的喝的来谢你，可以收下。

开始的时候，俺娘是"主治医生"，我是"实习生"。俺娘会给人治病这事，我早就知道，我小的时候，她还出去给村里人接生呢。来了病人，俺娘给人号脉，她号过之后，再让我号，她问诊的时候，我在边上听着。慢慢地，我也能独自给人看病了。俺娘开始对我的判断还有不同意见，但随着我的医术提高，她不再说什么了。直到有一天，俺娘说："儿啊，你的悟性比娘好呀，现在你看病比我高明。"她说这句话的时候，布满皱纹的脸上全是笑意。只有母亲在看到儿子超过自己时，才会笑得如此灿烂。

那时农民都穷，许多人来看病并不是因为你医术高明，而是听说你看病不要钱。他们没有钱看病，为了活命就跑来找我这个不收钱的医生。

登封卢店有个女孩叫周巧伦，她的娘得了干血痨，吃不下喝不下，一个鸡蛋三天才能吃下去。去医院看病，一服中药一块五，吃了三个月，病没见好，家里的钱却花光了。听说我这儿能看病，她爹就背着她娘上山了。周家离老母洞三十多里路，他们早上8点出门，到了老母洞，已经下午4点了。周嫂进了窑洞，人软得像摊泥，站也站不了，坐也坐不住，不住声地呻吟，喊难受。

我给她号脉，觉得是干血痨，又让俺娘号脉，她也说是。我让周嫂用温水把"血痨散"服下去，让她躺好，吩咐俺娘给她熬点面汤。也怪，这个吃不下饭的人，竟破例喝了俺娘熬的半碗面汤。

因为太虚弱，周嫂在老母洞住了将近三个月。周巧伦那时才17岁，还在城里念书，她爹吩咐她隔三五天往山上送一次粮食。为了节省一毛钱的车费，周巧伦要背着麦子走十里路去换面，把十斤麦子换成八斤面，再扛着上山。三个月穿烂了六双鞋。

三个月后，周嫂的脸红润了，人也胖了一点，自己走着下山回家了。

周巧伦后来成了我的弟子。周家为了报恩，经常给我送粮送钱，虽然不多，却也能救急。

"血痨散"让许多不孕的妇女有了孩子，消息是她们的男人带上来的。他们背着干粮和青菜来"还愿"，让我和娘能在山上生存下去。

我开始尝试给一些人治疑难杂症。

有个40多岁的妇女叫李枝，她肚子上平白无故鼓起好多个疙瘩。上医院看，医生怀疑是癌症，让她去大医院检查。李枝家里穷，一听是癌症，觉得离死不远了，病也不看了，跑到老母洞求神。李枝听说我会看病，跪到我跟前不起来，非要让我给她诊治。我说："那我试试，看好了你不用谢，看不好你别埋怨。"

我从李枝的脉象看，她不像是得了癌症。我估计她肚子上的疙瘩是炎症引起的，就让俺娘去找"七叶一枝花"。

七叶一枝花是一种中药植物，七个叶片围成一个轮状的圆，顶上会冒出一朵花。它的花很特别，花萼如轮，花瓣呈细丝带状，多为橙色或淡红色，子房是球形，呈暗紫色。

这种药能败毒抗癌、消肿止痛、清热定惊、镇咳平喘，是云南白药的主要成分之一。

李枝把我的药敷在肚子上，半个月后肚子上的疙瘩开始缩小，再后来就消失了。

李枝说话好夸张，她绘声绘色地给别人讲述了她从等死到新生的过程，把我这个还没有正式行医的"实习生"说成了神人。

我发现治干血痨的秘方也能治妇女的精神病。

妇女得精神病的比男性要多出三分之一。妇女的弱点比较明显，常常为情所困，除了生孩子和更年期容易让她们陷入抑郁外，丈夫对她的态度也会对她们的精神产生很大的影响。一旦察觉丈夫变心，她们通常情绪极其低落或激动，变得疯疯颠颠，自言自语，面容枯槁。

精神病是心病，并没有特效药可治，多聊聊天比啥都强。

这种人还有一个特点：很容易被暗示。如果她相信你的话和你的医术，她的症状就会大大减轻。

她们听说无生老母是主管婚姻、生育和健康的神，都往老母洞跑，来了一看这里墙倒屋塌的，什么神像也没有，都很丧气。为了治她们的病，也为了满足她们的心愿，我找了一块布，里面塞上棉花，缝成一个布娃娃，再画上眼睛、鼻子和嘴，往神位那儿一放，就算有了无生老母。

按说无生老母要穿金戴银，可咱哪儿有呀？这个时期，老母洞的无生老母就是一块白布缝的布娃娃。

太阳照着冬日的嵩山，把金色的光芒洒在了布娃娃身上，布娃娃嘴角上翘，眉目带笑，使老母洞显得有些滑稽。三五成群的妇女来了，看到布娃娃，倒头便拜，嘴里唱着歌颂无生老母的颂词。

那些神志不正常的女人拜了神，吃了我开的药，病情开始好转，愁苦的面容舒展了许多。

她们的变化使我悟出了一个道理：心病还得心药医。这些愁苦之人需要的是一种比普通对话更彻底的倾诉，需要把心里的苦水倒出来。如果你不让她把苦水倒出来，她的生命之花就会枯萎。

最好的倾听对象就是无生老母。她不会说话，只会静静地倾听；她微笑，她大度，像母亲一样善解人意；她有民间传说给她加持的无边法力，她暗示你会得到强大的护佑，让你坦然接受命运。

医生是离神最近的人。唐代的大医生孙思邈说："凡大医治病，必当安神定志，无欲无求，先发大慈恻隐之心，誓愿普救含灵之苦。……亦不得瞻前顾后，自虑吉凶，护惜身命。……昼夜、寒暑、饥渴、疲劳，一心赴救……"

这些得病的妇女会把医者当成神的侍者，把她们的苦难不厌其烦地反复说给你听。因为苦难总是与我相依相伴，所以我对她们充满了理解和同情，她们的遭遇时而使我愤怒，时而使我伤感。我开导她们，安慰她们，现身说法，告诉她们我求生求死的经历。这种心神相通的真情实意本身就是一服良药，许多患病妇女下山时已经变成了另一个人。

俺娘和我通过看书和求师，收集了100多种少花钱或者不花钱就可以治病的土方验方，帮助那些没有钱看病的乡亲解除病痛之苦。

如果是烧伤或烫伤，用鲜活蚯蚓数条，洗净捣烂为泥，敷伤处数日即愈，还可以用米醋或将大麦烧黑研末香油调和涂伤处，可立即止痛；如果是冻伤，冬麦苗煎汤洗患处每日两次，冻疮溃烂，用麦苗在瓦上焙黄研末敷患处；痔疮出血，用鲜无花果的嫩叶捣碎塞入肛门，数日即愈；创伤出血，取韭菜、陈石灰各半，捣为泥，敷伤处即可止血；扭伤，生姜捣烂为泥，敷伤处数日即愈；棍伤，热豆腐敷伤处，豆腐变黑即换；毒蛇咬伤，七叶一枝花、野韭菜、指甲花各一把，捣烂取汁服下，药渣外敷……

后来，我把这些祖传秘方和民间验方精选了50条，刻在法王寺的一通石碑上。我想，这大约也算是一种文化遗产吧，属于穷人的文化遗产。

马上就是春节了，俺娘还在为过年的粮食而发愁。

"娘，你别愁，车到山前必有路。"

"明儿早上就断顿了，能不愁啊？"

"明儿早上一定有吃的，不信你等着。"

第二天清早，俺娘起身去拾柴，果然看见洞口放着一个篮子，里面是两斤挂面、一块冻豆腐和一小把粉条。

俺娘扭身回到洞里，吃惊地看着我说："儿啊，你真像诸葛亮一样能掐会算啦？你咋知道有人会送东西？"

我当然知道。山下的恩姐无时不在惦记着我和娘。

我一看那篮子就知道是恩姐的。

在老母洞住的日子，主要是靠恩姐往山上背粮食，我们才能不挨饿。

她经常是黄昏时上山，第二天清早天不明就下山，偷偷摸摸的。

说她偷偷摸摸，是因为那时吃的东西缺，她往山上送馍送粮不敢叫他男人知道，怕他生气，更怕他拦下她不让她送。她还怕别人说闲话，她与我不沾亲不带故，天天往山上跑，别人会觉得很奇怪。

为了避免闲话，她拜在俺娘脚下，当了干女儿。

如果说我与恩姐相识之始是她喜欢我，那现在我已经成了一个残疾的穷光蛋，她不断地前来接济我照顾我，是为什么呢？

从普通人的角度，很难看懂，从信仰的角度，一切都了然于胸。

恩姐一生信仰道教，非常虔诚。道教讲究行善积德、济世度人、清静寡欲、柔弱不争，核心就是一个"善"字。

老子说，善行天下，不留痕迹；善于说话，就不会有漏洞。圣人总是善于教育人、挽救人，在他的视野里，不能有被遗弃的人。

恩姐的信仰让她不能放下我。

我和娘靠恩姐的两斤挂面过了年。

大年初三晚上，恩姐又上山送吃的。天那么黑，如果不是因为有济世度人的信仰，我不知道她一个妇人怎么敢出没在这样的深山老林。

我那会儿正在练功，想通过意念控制住大小便。可是功夫还不到家，还攒不住尿，隔一会儿就会流一点。恩姐一进洞，拿着我被尿浸湿的棉裤就在火上烤，臊味扑鼻，我没看见她皱一下眉。

我说："姐，别烤了，你不嫌臊，我心里臊得慌。"

"我不烤，你明天还得穿湿棉裤。"

我不言语了，心里感动着。

棉裤烤干的时候，俺娘已经睡着了。因为没有别的地方睡，恩姐只能和衣躺在我身边。我睡不着，她也睡不着，两人轻声地一言一语说话。

没有任何非分之想，没有任何男女私情，似乎是亲姐弟之间的对话，也是两个修行者的对话。

说来道去，还是说到了我的伤口上。

我说："我这样下去，非得把俺娘累死。我不忍心。"

她说："你一个大男人家，怎么老说些没出息的话？人生一世，都有一死，你活得像个爷们儿，也算恁娘和我没有白疼你一场。你请放心了，有我活的一天就有你活的一天，有我一口饭就有你一口饭，绝对能给你伺候到我死那一天。我要死了，那我没办法了，我比你大。我的心愿跟咱娘的心愿一样，你要振作起来，成就一番事业。"

黑暗之中，我为了掩饰抽泣之声，咬着嘴唇，紧紧握着恩姐的手。

惊蛰那天，春雷隆隆地从我们头顶掠过，几只黑羽白腹的燕子飞到了老母洞。

我妹子连菊带着她两岁的儿子来看娘。老母洞住不下，俺娘和他们一起住到了西院的一孔窑洞里。我要独自练功，没有跟他们一起过去。

一连三夜，俺娘都说听见了鬼叫。"儿啊，那鬼的叫声可大，比狼嚎的声音还吓人。这鬼跑到咱们这儿想干啥？"

"娘，你可能是听错了，可能就是狼嚎。"

"不一样不一样。狼不会哭，鬼会哭。"

人在睡梦里或幻觉里碰见鬼，认为是不吉利，而我知道，它的危害并非是"鬼"这个形象多么可怕，而是说明那个做梦的人健康堪忧。对老人来说，这是脑缺氧、脑萎缩的信号。

俺娘说："咱这窑洞没有门，这鬼真来了你说咋办？"

我安慰娘："你晚上睡觉前弄堆圪针（蒺藜）堆到窑门口，鬼怕扎，就不来了。"

仿佛是为了印证俺娘的话，当天夜里 12 点多，俺娘听见有人推窑洞门口那堆圪针，哗啦哗啦，哗啦哗啦，声音不大，但圪针确实在动。

俺娘心想，真是鬼来了，这咋办。我死了没事，它把俺外孙吃了咋弄。

俺娘想到这儿，衣裳都来不及穿，抱起外孙子缩到了墙角里。好在她脑子清醒，哆哆嗦嗦开始与"鬼"对话："哎，外面的，你是神还是鬼？你要是神你上庙院，你要是鬼你入魔坑。我一生没有欺负过人，没作过恶，咱们各不相干，你还是赶紧走吧。"

圪针果然不动了。

俺娘刚想松口气，门外传来了说话声，吓得她浑身一激灵。

"娘，是我，我是恁干闺女恩贤，给你送粮食呢。"

"哎哟哟，可吓死恁娘了，你咋大半夜的往山上摸呀？"

俺娘拉开圪针堆，把恩姐让进窑洞。

恩姐说："俺家那口跟我生气了，不让我走，我等他睡着了才脱身。"

俺娘把山里闹鬼的事告诉恩姐。恩姐一听也害怕了："那走，咱干脆跟连福住一块儿吧，他好歹是个男人。这里阴气太重。"于是，她们三个抱着孩子下来找我了。

我还没有睡，正在练功。我对恩姐说："看来你是不怕人笑话，怕鬼笑话。"

恩姐笑笑说："我再害怕也得来呀，不能叫你们饿死在这儿是不是。"

她把带来的粮食堆到墙角，也不睡觉，点着火要给我烤棉裤。我说："恩姐，我现在练功练得能控制住一点大小便了。"

恩姐一摸我的棉裤，果然湿得不厉害。

"连福，姐活这半辈子，还没见过你这么有毅力的人。都说瘫痪是不死的癌症，你文火慢炖，硬是要把这癌症炖死到这儿呢。"

"是，我就不服这个气。"

天才麻麻亮，恩姐就要下山。我说："姐，回家别给老张吵架，他再赖，咱不理他。"

前几日，隐隐约约听人说老张新添了坏毛病，跟一些不三不四的女人来往。恩姐为了我，把自己的委屈都藏起来了。

恩姐前脚刚走，有个上香的老太太领着一个女孩来了："这女孩坐那儿哭得走不了路了，你给她看看吧。"

女孩十八九岁的样子，眉清目秀的。问她啥话也不答，一个劲地死哭。为了让她开口，我问了她一句："你刚才在山门口是不是看见有个中年妇女也在那儿哭呢？"

女孩一愣，止了哭声："你不会走路，你咋知道的？"

"那个人是你干娘，你赶紧去把她叫回来。你若能把她叫回来，你就有救了。她要问你是谁，你就说俺舅叫你咧。"

那女孩一听，觉得我有神通，乖乖站起来出去了。因为她的确看到一个中年妇女在路边哭泣。

那人正是恩姐。

女孩走到恩姐跟前怯生生地说:"俺舅叫你过去。"

"恁舅是谁?"

"就是那个不会走路的人。"

恩姐一听知道是我叫她,擦把泪跟着过来了。

我说:"姐啊,你虽苦虽难,可是命运比眼前这个女孩好多了。你认她当你的干闺女吧,兴许能转转她的运,救她一命呢。"

恩姐眼圈红红地答道:"中啊,这闺女长得心疼,我喜欢。"

她从兜里摸出十元钱递给女孩,算是认了干闺女。

那女孩不懂得磕头,也不懂得感谢,接了钱,呆呆地站在那儿。

我说:"姐,你问问她有啥难处。"

女孩这才开始说话。她叫李爱萍,是巩义人,因为到了出嫁的年纪,家里给她定了婆家,也定了出嫁的日子。可是两人刚去扯了结婚证,男的就得了急症,不出半个月就死。后来家里又给她另找了一个男的,两人一见面彼此满意,又登了记。正在筹备婚礼,男的上煤矿干活被砸死。这一下完了,当地人都把李爱萍当成克星,说她大闺女还没出阁就克死俩男人,以后不知道还得克死几个人呢。

从那以后,李爱萍的神经就不太正常,下不了地,干不了活,还动不动就跑到野地里哭,一坐就是大半夜。

家里人害怕,请一个有名的算卦先生给她看看以后的运程,算卦先生说,这姑娘要想转运,还得再克死一个人才中。

这一卦,让李爱萍彻底崩溃,跑到嵩山上来寻死。

李爱萍说:"干娘,你救救我,我咋会这么倒霉呀。"

恩姐很沉着镇定:"爱萍哎,找到我算你找对了人,咱这老母洞供养的无生老母就是主管婚姻的,大慈大悲,法力无边。我连福弟弟有一种祖传的秘方,专门治你的病。"

我对李爱萍说:"人是有命运的。命就是老天爷给的,是你的本性;运是指人生变化无穷,是你的遭遇。人可以臣服于命,却不能屈服于运,如果你屈服于运,你的命也算完了。咱中国有句老俗话,瓦片也有翻身日,只争来早与来迟。风水轮流转，你不可能一辈子都倒霉。"

我既是劝爱萍，也是劝恩姐。

看见恩姐难过，我的心会疼。

爱萍听了我的话，似懂非懂，睁着一双大眼看着我。

我解释道："你还小咧，先别急着结婚，再等一段时间，一定会转运。"

爱萍两天没吃啥东西了，俺娘赶紧做饭。熬好了汤，先给爱萍盛了一大碗。

爱萍毕竟是小孩，喝完了汤，碗一放，就问我有啥转运的招数。

所谓转运，其实就是等待时机，接受生活的磨难，改变生活的态度和处世的方法。我告诉爱萍，她可以住在山上给人"施水"——就是每天烧开水，给上山路过的人免费喝。这是一种功德，积德之后婚姻会好转。

爱萍一听，说："这不难，我能干。"

恩姐告辞后，爱萍就睡到俺娘跟前，天天一大早起来就去拾柴烧水，然后把开水提到路边，摆两只老碗，请路过的人们喝水。

爱萍情绪稳定之后，除了拾柴烧水，还下到河沟里帮俺娘洗衣裳。

有一天，她洗衣裳回来，嘀嘀咕咕不知道给俺娘说些啥，还神神秘秘地看着我。

一问才知道，她给我洗衣裳的时候，看见了虱子和虮子。

我上山后就没有洗过澡，身上长了虱子也算正常。

爱萍到底年轻，麻利地烧了几大锅开水，把我和俺娘的衣裳、被褥全部烫了一遍，把我很久没有理过的长发也好好洗了几遍，使我的卫生状况有了很大改善。

一个月后，爱萍的精神头就不一样了，走路说话正常了许多。我说："你回去吧，出来一个多月了，家里人不知急成啥样了。你不认识路，我找两个人给你送回去。"

其实，我是怕她路上再出意外。让她"施水"，也是为了稳住她的神。

临走，我说："爱萍，你走的时候，把这山上的大路小路都认认，以后你上这个山的日子比树叶还稠咧。"

爱萍似懂非懂地点点头，走了。

果然，不出 20 天，爱萍又来了，背了一个书包，里面装了 20 个玉米面窝头。

她说，我回去后老想你，还想叫你给我开导开导。

这次她在老母洞又住了 10 多天。我看她字写得不错，让她帮我把借来的《梅花易数》抄了一遍，让她从中领会运程转换的道理。

爱萍第三次上山时，带来了好消息，说家里又介绍了对象，对方也愿意，可是她害怕克人家，不敢谈。我说，你把那个男的领来，我给你看看。

不久，爱萍领着她的对象来了。小伙子不错，身体健康，性格开朗，人也勤快，一上来就帮着俺娘干活。

我对小伙子说："我给你们当家，这门亲事就算定了，你们回去就能结婚。不过有一样，爱萍跟别人不一样，以后她上山你不能拦着。"

小伙子说："只要爱萍能变成俺奶和俺干娘这样的人，我绝对不拦。"

他指的是俺娘和恩姐。

后来，爱萍结了婚，怀了孕，大着肚子专程来报喜。孩子生下来刚满月，她就带着一百元钱来了，说这是全家的心意。那时候的一百元，很值点钱。我觉得这礼太重，只收了五十元，把剩下的五十元还给他们。这两口子赶到登封汽车站，准备买票，一摸兜，钱丢了。爱萍说："这是该给师父的钱，神仙不叫咱要。"

5 月里，是割麦子的时候。农民辛苦一年，就靠这几天把粮食抢回家。

赵慧芳托人上山来叫俺娘回家，她要和俺爹去割麦，家里孩子没人带，也没人做饭。

俺娘说："儿啊，你自己在山上中不中啊？"

"娘，你只管走。你给我备下点柴火和水，我能偎到这锅灶边做点

慈乌懂得反哺，羔羊晓得跪乳。
母亲恩比天大，我却无以报答。
娘亲下山几日，野狗与我争食。
孩儿离了亲妈，饿得头晕眼花。

面汤就活命了。"

俺娘下山了。大忙时节，山上冷清得厉害，一个人都没有。

为了省事，也为了省粮食，我一天只吃一顿饭——晌午的时候熬点半稀不稠的蜀黍糁喝。可是这时候出现了两只神气活现的野狗，一只黑的，一只黄白相间。两只狗伸着红红的舌头，滴着哈喇子，不停地围着我住的地方转悠。俺娘在的时候，我没有留意过它们的存在，现在我感受到了威胁。

晌午我爬到灶边做了小半锅汤，汤快凉的时候，我爬去拿碗，一回头就看见这两只狗冲了过来，它们把大嘴伸到锅里，吧唧吧唧一口气把汤喝完了。它们似乎知道我动不了，一副大模大样、心安理得的样子。我大声喝斥，也赶不走它们，眼睁睁地看着它们吧嗒着嘴扬长而去。

结果我饿了一天。第二天我做饭时，狗们又来了，蹲在一边等着抢我的饭。我知道对付不了它们，宁愿饿着也不想把东西给它们吃，就没有做饭。两只狗很生气，趴到我的水桶里喝了一通水，不甘心地走了。

直到夜深了，我才偷偷地煮了一碗汤，不顾烫嘴，失急慌忙喝下肚去。

两天就吃了这点东西。

我很沮丧，我已经沦落到狗都能欺负的程度了吗？

我盼着俺娘赶紧回来，一直睡不着。凌晨三四点的时候，迷迷糊糊做起了梦：眼前是一个万人庙会，人山人海，热闹非凡，卖啥的都有，有不少好吃的东西，让我口水直流。突然，一只小白兔出现在熙熙攘攘的人群里，在各式各样的腿脚之间不疾不徐地跳着，样子很像我小时候从山里抱回去的那一只。一个浓眉大眼的人看了我一眼说，连福你逮白兔啊。我反驳了他一句，这个兔子没人能逮住。它要是普通的白兔，早就被人逮走了。那人又说，你不逮它，你就跟着它走。

我看见白兔往西南走了，赶紧跟上。走着走着就觉得眼前一片光明，抬眼一看，一轮东升的太阳洒下万道金光，照亮了一个非常高大的人，我仰起头才能看清他的脸。

我不知深浅地走过去问："你是谁？"

"我是释迦牟尼佛。"

"请问天上天，口中口是什么意思。"

释迦牟尼笑而不答，用手往东南一指："你向那里看。"

我扭头一看，天边有一通大碑，上面写着八个字——安安，西西，小小，号号。

我上学的时候根本不知道释迦牟尼是何方神圣，后来经常听俺娘提起，但了解也不多。只知道老佛爷不叫杀生，不叫干坏事，能保佑平安。

莫非这个沐浴在阳光之下的人就是佛祖？

我回过头来想问释迦牟尼石碑上的字是什么意思。可是眼前已经空无一物，只留下了一片金色云彩。

我很奇怪，自己从来没有想过，也没有说过"天上天，口中口"这六个字，它们为什么从我嘴里说出来？还有"安安，西西，小小，号号"更是让我摸不着边。我急得抓耳挠腮，一下子从梦中惊醒。

醒来之后又是一番苦思冥想，还是不得其意。现在想来，"天上天"可能是指无色界天，按照佛教的说法，修炼佛法要离开欲界才能进入色界，离开色界才能进入无色界。无色界天的境界不再有形象的约束，这里的生命不再是单纯的物质存在或能量存在，而是以一种高级生命的形式存在。"口中口"可能是说我以后会讲经说法，普度众生。

第二天早上，从山下上来几个放牛的人，他们坐在我这里聊天。我把这个梦说给他们听，他们似乎不甚在意，没有说啥就放牛去了。

上午10点左右从山下上来一位妇女，50岁左右，头发纷乱，面色灰暗，一看就是心情不好上山散心的。

她问我："有水没，给我喝点。"

我说："水在桶里，我下肢瘫痪，你自己去舀吧。"

那个妇女走到桶边，把水当镜子，用手拢了拢头发，洗了洗脸，然后才开始喝水。喝完之后，她回头问我："你是修行的大师吗？"

"不是，我是养病的。"

"你是什么病？"

"我是电工，从电线杆上摔下来了，下肢瘫痪，不能行走。"

妇女便不再说话，眼睛四下里看。

我说："你看我身体不好，你要吃饭就自己做。玉米糁是做汤用的，面可以烙饼，烙好了你吃点我也吃点。汤你多做点，一会儿还有几个放牛的会下来，让他们也喝一些。"

中午，那几个放牛的人下来后，围着我边聊天边吃饭。他们又问起我做梦的事，我重复了一遍。那个妇女在一旁静静地听，若有所思。

放牛人走了以后，那位妇女说："你把这个梦给我写写，我是少林寺挂单老和尚妙性的俗家弟子，我叫法师给你解解。"

妙性老和尚我认识，人称"老妙"，他不是少林寺的嫡传弟子，而是一位云游的和尚。当年他来到少林寺修行时遇上了"文革"，回不去了，留在此地当了农民，改革开放后才重回少林寺。

我觉得一个梦不值得写，可是那位妇女很坚持，一定让我写。我当然也想知道谜底，就写了一张字条，让她拿走了。

第二天，她到少林寺见了妙性老和尚。老和尚看了这张字条，朝西方拜了一拜说："这人是西方来的，现在他情势不好，身有重病，叫他和和安安不要烦恼，好好看书，安静、安心、安然、安好。这人现在还很渺小，不起眼，没人会注意他，但是以后他会皈依佛教，成为方丈之才。号号，是说将来他要排号入座，地位肯定还不低呢。这人有点能耐，以后可以让他来找我。"

那位妇女听老和尚这么说，赶紧上山告诉我，她还把妙性老和尚送的一本《六祖坛经》带给了我。

俺娘从家里回来，听了我这个梦以后说："连福，小时候算卦的说你是个出家人，看来你是个修佛的命。你多看点佛教的书吧。"

我刚在老母洞打下一点根基，厄运又找上了门。

那天，我正坐在洞口看书，突然看见上来二三十个穿白上衣、蓝裤子的人，原来是县公安局的干警来搜山。他们带着枪和手铐，四处搜查。我问："你们找啥呢？"

一个领头干警吼道："找啥？你不清楚？"

"我不清楚。"

"你的电台和手枪藏到哪儿了？炸药藏到哪儿了？"

我一听，知道是有人告了我的黑状。

"别说电台和枪了，我连打火石都没有一块。别人在山上烧火都用打火石，我嫌不好用，都是买火柴点。"

公安局的人搜了一圈，两手空空，知道上当了，但他们也没有饶了我。他们拿出封条，把山洞、窑洞都封了，让我立刻滚蛋。

"我没有家，也不会走路，我哪儿也去不了。我要是真犯了法，你们正好把我拉出去枪毙。"

那个领头的干警说："叫你走你就赶紧走，啰唆啥咧？这个地方不准你住！明白？"

说完，他们就下山了。

我向看热闹的人打听，才知道附近村庄有个叫袁生的人告了状。袁生说："自从这个连福住到这儿，山下经常有人来和他接头，有人负责送吃的，有人负责递情报，他自己天天拿支笔写写画画。"

我原以为公安查不出问题，我就可以继续在此地行医了。可是第二天，穿便衣的公安局长来了。此人我认识，我给他家盖过房。局长说："连福，是你啊？好好一个手艺人，怎么住到山野之地呢？赶快回家吧。"

"局长，我现在是有家不能回呀。"我把我的情况一说，然后摊开手问他，"你说我咋办？"

局长说："连福我给你出个主意，这个地方不属于马庄管，你住这儿老有人告你。我看你不如去大仙沟找地方住，那儿是马庄的地界，离你家也近。你住到那儿，再有人来告你，我也好解释对不对？"

看来，我离开老母洞的时候到了。

第十七章 ⸺ 大仙沟

时间仓促，我和俺娘一时不知往哪儿去。

愁苦了一夜，娘说："咱先回家，找到地方了再出来。"

这次是我的徒弟刘炎卿把我背下山的。

刘炎卿小我几岁，识字不多，不善言辞，学木匠时也不灵光，我没有摔伤之前并不是太看重他。但人往往是这样，你看好的人并不一定对你好，你不看好的人可能恰恰是最后陪伴你的人。

我进山之后，刘炎卿是我众多的徒弟中，来看我最多的一个。他来时从来不空手，不是带几棵白菜，就是背一兜红薯，来了也没有什么话，就那么静静地陪我在太阳底下坐一会儿，就告辞了。有时怕我闷，陪我下盘象棋，可是他的棋艺实在太低，让他几个子儿他也赢不了。不论是晌午还是傍晚，他一看快到吃饭的点了，站起来就跑，喊都喊不应。他知道俺娘的脾气，来了客，不吃饭不让走，所以他会跑步离开。他说："师父，你这会儿艰难，我不能吃你的饭。"

刘炎卿身体棒，一顿饭最少要吃三个馍。

俺娘望着他的背影说："这些好人，你将来都不能忘。"

刘炎卿背着我走得很慢，汗水顺着他的脊梁沟往下流，像一条条小溪。想歇脚的时候还得找块大石头，把我放上边，这样再起身的时候容易些。

走到村口，俺娘擦着满头大汗交代我："连福，回到家咱可不能惹赵慧芳。你爹娘老了，你残了，家里就指望人家一个人干活呢，指望人家给咱养老呢。她骂你你别接话，她打你你别还手。"

我说："娘，我知道。我得感恩她。"

回到阔别两年的马庄，并没有重逢的激动。几只四处觅食的鸡停住脚，缩起一只爪子，打量着我。狗们还依稀记得我，围着我撒着欢儿跑。有人与我打招呼，我没有应声。我仿佛还沉浸在一种与世隔绝的状态里，觉得眼前这一切很陌生。若干往事像反射着阳光的镜片一样，倏忽而来又倏忽而走，我不能确定自己是否经历过那些如梦一般的往事。

赵慧芳还是冷着脸把我接进了屋。

我和俺娘在石船的时候，她曾经抱着两岁多的小女儿松枝上山去送吃的。松枝看着我披散的长头发和寸把长的胡须，惊恐地瞪着眼，紧抓住她妈的手，一刻也不丢。那天，赵慧芳看天晚了，还把我背回了窑洞。但是，我们没有多说一句话，没有交流。走的时候，松枝紧紧抓着她妈的衣裳，好像巴不得要赶紧逃走。

赵慧芳也显老了，她进屋给俺娘说了好多她的艰难，经常受人欺负不说，派的活总是干不完。

我听着她的话，知道她的不易，但也无能为力。

而且我不能插话，我一插话，就好像是点燃了炮捻子，马上就是一顿数落。

赵慧芳心里堆积了太多的怨气，无处发泄，我这次回来，也让她有了一次发泄的机会。

她数落我的时候，我想，如果她能因此而感到轻松畅快一些，也算是一种功德吧。她没有在生存的重压下倒下去，已经是勉为其难了，多骂我几句也是应该的。

　　于是我闭目敛息，抚平心胸，好像无风的水面，一动不动。

　　我在老母洞给人治病有了一些名声，附近的一些村民又找到家里让我看病。印象较深的是一个叫刘爱莲的妇女。刘爱莲是从左庄嫁到马庄来的，不识字，个子瘦小，手脚麻利，说话嗓门很大，而且绘声绘色，好像是说书人托生的。

　　刘爱莲一进我的门，二话不说就号啕大哭。

　　我问："你哭啥？"

　　"我不能活呀不能活。"

　　"你放心，你见了我就不会死了。"

　　刘爱莲止住哭声，开始诉说。

　　"我从小比男孩还胆大淘气，啥事不干，专门到处去找蛇杀蛇。水里的、草里的、山洞里的蛇我都打死过。有的蛇头天跑了，我第二天还去找，不把它打死不罢休。我发誓要把世上的蛇都杀完。可是一到15岁，坏了，平白无故病了仨月。家里大人信佛，告诉我不能杀生，杀生是五戒之首，杀生要堕入鬼道下地狱。我害怕了，经常梦见无数的蛇来找我索命，它们有的从我嘴里往肚里钻，有的从我耳朵眼里往外拱。我关门看见门后有蛇，我走路看见路上盘的有蛇，我还看见它们一寸一寸地吃我的肠子。我大白天不敢出门，夜里捂着头睡觉，一闭眼就看见遍地是蛇。俺家那一口领我到郑州看病，医生看了说，啥病，没病，回去该干啥干啥。

　　"我的病还没好，俺闺女又不中了。她本来学习可好，可用功，我想让她中学毕业当个教师。可是她上初一那年，有天晚上一晚上没回家，我寻思这丫头是上她同学家住了。第二天清早，我不放心，去学校找她，发现她一个人竟然还在教室里坐着，一副被吓傻的模样。我说妮儿，你咋不回家？她说晚上上自习课想多学一会儿，结果同学都走了，她一抬眼，看见窗台上站着一个人，那个人背朝教室，看不见脸。可是她认识这个人，是她一个同学的哥哥，前两年上吊死了。过了一会儿，窗台上的人影不见了，她推门想朝外走。可是她一推，外面就好像有个人顶住门不让开，推了几十次也推不开，她就干脆在教室坐了一夜。

"从那以后，俺这妮儿就头疼得看不成书了。我说那咱休学吧，你是累着了。谁知道休学以后，俺妮儿成夜成夜地不睡觉，害怕，说她看见了什么东西。我说，你看见了啥，咱弄死它，不叫它在你眼前晃。俺妮儿说，娘，你看，一个小虫飞到我被窝上了。我拿个蝇拍往她被窝上一拍说，我打死它。俺妮儿说，你把小虫的尾巴上打掉了一根毛，小虫飞了。俺妮儿说，娘，你被窝爬出了一窝蛇，黑头黄身子，嘴张得可大。我拿把刀对着我的被窝一通乱砍，说我把它们都杀了。俺妮儿说，娘，你看咱锅盖上有个出串（蚯蚓）在那儿立着呢，你一挥刀给人家砍成两截了。你站在那儿可别往后退，你脚后跟那儿有只大螃蟹。我说，我就后退一步，看它能咋着。俺妮儿说，咦，你给人家踩碎了。"

我知道，刘爱莲和她女儿得的是癔症，按中医的说法是"心意之病"。《金匮要略》说："妇人脏躁，喜悲伤欲哭，象如神灵所作……" "脱阳者见鬼，脱阴者目盲。"

这种病一般没有器质性病变，它可因暗示而产生，也可因暗示而改变或消失。吃药效果不明显。

我给刘爱莲几粒祖传的"血痨散"，告诉她："你没啥事，都好着呢。你带上闺女，到咱庄里的几个庙去拜拜，晚上不做梦了就不用来了，要是再做梦，你就再来找我。"

刘爱莲第二天又来了，她说睡得好多了，只做了一个梦，梦里仍有条蛇盘在她屋里。

我说："好吧，今天我把这条蛇放生，你回去就见不到了。你闺女梦见的小虫啥的，我也都放生了。"

过了几天，刘爱莲再来时，脸上有了血色，也会笑了。"师父哎，这几天闺女夜里睡觉没闹，我也不做梦了。师父你可不能走呀，你得把我杀的那些蛇都管住，别叫它们来找我。"

"你放心，我都给你管住。"

刘爱莲的病后来又犯过两次，每次我都如此这般地劝解一番，她就点着头走了，一副很放心的样子。

很快我就发现，家里我还是没法儿待。我跟娘回来后，家里多了两口人吃饭，等于给赵慧芳身上加了担子，粮食也捉襟见肘。本来她已经累得闪腰岔气了，这一来她就更难了。有一天她用架子车拉了半袋麦子去磨面，往回走时，忽然一个响雷，暴雨如注。那半袋子面是全家的命，她怕把面淋湿了，直接趴在面袋子上死死压住，直到20多分钟后，大闺女打着伞去接她，两人才精湿精湿地回来。

回来后她就发烧了。俺娘熬了姜汤给她端过去，她搂着俺娘大哭。

我在隔壁听着她诉苦，心里也不是滋味，千不该万不该，怨我不该受伤。但你摊上了这个命，就得承受。

为了躲开赵慧芳的唠叨，我离开赵慧芳和爹娘住的后院，挪到前院的两间小房里住着。

那时没有轮椅，我也坐不了高凳子，就在前院的地上铺个垫子坐着看书。一天喝两碗汤，有时是俺娘送来，有时是赵慧芳送来。有一天，赵慧芳端碗过来，垂着眼帘，面无表情地说："吃吧。"我看她不耐烦，就垂着眼睛说："放那儿吧。"她把碗往地上一放，就走了。

她前脚出院，邻居家的两头猪后脚就过来了。我想伸手端碗已经晚了，猪都比我利落，它们冲过来，三口两口就把碗里的饭吃掉了。我的一顿饭就这样结束了。

我看着还挤在那儿舔碗的两头猪，想起了5月里在老母洞与我抢饭吃的两只野狗，不由得自嘲：我尚连福现在是天地不容，鬼神不收，猪狗抢食呀。看来老天爷是存心把我往死路上逼呀。我要不能活出个人样，都对不起我吃过的这些苦。

我和娘商量，决定回到山里去。

公安局长让我去的那个叫大仙沟的地方，位于少室山，是马庄的地界，沟的东口有一座庙宇，名曰安阳宫，也叫大仙沟庙。进了庙门，是一通石碑，上面记载了一个名叫吴援舟的女人盖庙的故事。吴援舟是河南开封人，生于1844年清朝道光年间，12岁修道，终生未嫁。她有心建一座道观，却总是受到登封城内绅士的骚扰，不能如愿。直到她69岁那年，修庙的工程才开始。3年后，吴援舟去世，她的几位忠心耿耿的弟子坚持完成了师父的心愿，于1916年建成了颇具规模的安阳宫。

抗战时期，这里又来了一位女道士，俗名詹凤，法名修文。战乱时期，安阳宫香火不旺，詹凤带几个徒弟，耕种山间薄地、纺花织布，自食其力。据说她曾一年织布360丈，是有名的能干之人。詹凤还会医术，对外科很在行，会正骨，会制膏药，从不收钱，所以大家都来找她看病。到了"大跃进"时期，破除迷信，詹凤由庙主变成了马庄的社员。那时她已经快40岁了，队里派她在山里放牛。"文革"中，詹凤被红卫兵拉着游街批斗，罪名是散布封建迷信的坏分子，把她遣返回原籍偃师县。她消失了一段时间后，马庄人发现出了大麻烦：马庄少了一个不收钱为村民治病的"神医"，没人为他们免费治病了。人们开始怀念詹凤，念叨人家的好处，去偃师把詹凤"要"了回来，让她边劳动改造边给社员看病。1972年，形势有所缓和，詹凤回到安阳宫居住，以种地、行医为生，在当地威望颇高。

我从小就到安阳宫玩过，喊詹凤"姑姑"，但并不熟悉。

安阳宫分为东院和西院，詹凤住在东院，西院没有住人。

我想是不是可以住在那里。

刘爱莲是个天天偷偷烧香磕头的人，跟詹凤很熟。我就请她去找詹凤说说，看能不能住到安阳宫去。

刘爱莲见了詹凤倒头就拜，然后开口说："奶奶，恁这儿有闲房没有？俺连福叔说家里老热，想到恁这儿住几天凉快凉快。"

詹凤见人不笑不说话，对谁都很客气："按说谁住都没事，但是他来住可是不方便呀，他不能走不能行的，这院里也没有厕所，万一摔了，大家都不得劲。"

"奶奶，谁都知道你是个大善人，你就行个善，可怜可怜他一个残疾人吧。他没有腿，想凉快凉快也出不了门。"

詹凤说："这院里没地方住呀。"

"你这前院没地方，让他住到后院也中呀。"

"那后院是林场的人管，你得给他们说。"

林场那人刘爱莲认识，她提了一篮花生送过去，说"人家收咱的花生了，就叫咱住了"。

得知安阳宫可以住，我很感恩詹凤，心想还是修行的人善良。

第二天，刘炎卿把我放到架子车上，拉去了安阳宫。

那时的安阳宫与别的庙一样，砖垒的房子都扒完了，神像也砸完了，大殿里砸神像留下的泥疙瘩在那儿堆着，门和窗户都被扒走，留下一个个黑窟窿。

刘炎卿把我往后院背的时候，碰见了詹凤。

詹凤笑笑说："来啦。"

"姑哎，我得好好谢谢你，你肯收留我，我不敢忘恁的恩呀。"我说。

"嘿嘿，施恩的不能望报，受恩的不能忘报。"詹凤说。

西院只有一个窑洞能住人，山里放牛的、放羊的、拾柴的、采药的都在这个窑洞里烤火做饭，墙熏得比炭还黑，黑灰之上还有一层油，阴森森的。

刘炎卿和刘爱莲到外面捡了一些半截砖，在窑里垒出一尺高的一个方框，里面填上土，上面再铺砖，就成了"床"。窑洞外，用三块石头支一个锅，算是"灶房"。

我跟俺娘就在这里安了"家"。

安阳宫比较清静，更适合读书。晴天的时候，我就爬到洞外，或是看书，或是一个人发呆。吃的东西还是艰难，全靠恩姐、刘爱莲、刘炎卿他们几个往这儿送。

詹凤活得也不易，她边给人看病边种地，以养活自己。她开始对我还比较关心，给我开过治褥疮的药方，用碘酒给我涂抹伤口。记得有一次天降大雨，俺娘不在跟前，我坐在雨中干着急动弹不得，詹凤跑来和她手下的人一起，把我抬进了窑洞。

但是，日子久了，詹凤发现有人来找我看病、看好，脸上就有些挂不住。我也觉得这是班门弄斧，告诉那些来求我看病的人去找詹凤，或是晚上过来，以免引起误会。

熬过一个寒冷漫长的冬天，到了立春时节，詹凤派了一个人过来找俺娘，说："庙院里不能晾晒不洁之物，你们把尿垫搭在后院，熏得俺前院的蜡梅今年都没开花。"

我当时不在安阳宫，被人请到巩义去给人看病。回来后，俺娘给我一说，我就明白了，詹凤这是变着法儿让我们走呢。

刘炎卿说："师父，虽然说安阳宫是众生的，但是一山不容二虎，一山只有一个主。你还是走吧。从安阳宫往上走二三里，一条顺山而下的水沟边有两孔石窑，过去放羊放牛的人常在那里避风躲雨，咱可以去那儿。"

好在天气已暖。

刘炎卿叫来几个徒弟背着我离开。

临走，俺娘嘱咐我，让我特意到前院去给詹凤请安，感谢她的收留之恩。詹凤仍然笑笑地说："以后咱常来常往。"

多年之后，为了感谢她的收留治病之恩，我派人给詹凤的安阳宫捐款十万元，用于修缮道观。

那两孔废弃的石窑隐身在茂密的灌木丛中，很难寻觅，我们只能沿着一条羊肠小道往上攀爬。

找了半天，才听见刘炎卿远远地喊了一声，找着啦。

住进大仙沟的石窑后，我除了苦读医书，又开始研究《梅花易数》和《奇门遁甲》。

《梅花易数》我之前看过，而《奇门遁甲》是俺本家的哥、尚银权的大伯新近给我捎的。除了书，他还给我带了"罗经"。罗经的学名叫指北针，对风水师来说，罗经主要是用于盖房、打井、修坟时看方位。

《奇门遁甲》有人说宣传的是封建迷信，但从中也能看出古代中国人的思维方式和处世哲学。有学者认为，它是我国古代人民在同大自然的斗争中，经过长期观察、反复验证，总结出来的一门预测吉凶的技艺，涉及天文、地理、图腾崇拜、民族心理等各个方面，被称为黄老道家最高层次的预测学。

看懂了这部书，也就成了俗话所说的能掐会算之人。

其实不用这两本书上的方法，就凭着我对苦难的感受，也能帮助那些绝望的人。

有一天，从沟口上来一个妇人，40多岁，脸不洗头没梳，掂着一个小包袱，从我的窑洞前走过去。我跟她打招呼，她却对我视而不见，嘴里还自说自话，不停地嘟囔。我觉得不对劲，大声叫住她："你上山带着根绳子干啥？是想叫我给你拾柴火咧？"

那妇人停下脚，目光仍然聚不了焦，她问："你是干啥的？"

"无名小卒，浪迹天涯。"

"你都不会走，怎么浪迹天涯？"

"云游。心驰神往。"

"你怎么知道我拿着绳呢？"

我本是猜的，妇人这么一说，更肯定她是寻死来的。"你看你那包袄里不是卷着绳子吗？"那妇人"哇"的一声哭了起来。

我说："想寻死也不在乎早晚，你先坐下，从桶里舀碗水，你喝点，也叫我喝点，我渴了。"

妇人喝了几口水，镇定了一下，开始讲述身世。她的第一个男人死了，她是改嫁到登封的。第二个男人是个生产队长，姓焦，人还不错，就是好发酒疯，一发酒疯就把她往死里打。她撸开袖子，露出许多青紫的伤痕。

"没脸在这世上活了。"她说。

"你想死很容易，往树上一挂，一会儿就死了。我算着阎王爷还不打算收你。你男人打你是一时糊涂，很快就会回心转意。我这儿还有一孔窑，你听我的话，跟俺娘住到一块儿，哪儿也别去，你男人肯定会跪到你跟前求你回家。如果他不跪着求你，你再去死也不迟。"

妇人没有别的去处，只能答应。

晚上俺娘熬了一锅蜀黍糁拌野菜，我们吃了各自睡觉。

第二天，焦队长见媳妇一天没回家，女儿哭着找娘，慌了，上山来找。正晌午头，他走到了我这儿。

他神色慌张地问我见没见一个40多岁的女人。

我说："没有。你找她干啥？"

"我喝多了，打她打得老狠，我怕她寻死。"

"女人不是人啊？你又是党员又是干部，在家打老婆，丢人不丢人呀。"

焦队长说："我错了，后悔了。"

"你要知错，去跪到我那个窑洞口一个时辰，我想办法把人找回来。"

焦队长没法儿，只好去窑洞口跪下。太阳正毒，他头上像烤出了一层油，汗珠如爬虫一样从脸上滚下来。

窑洞里头，他媳妇看着不忍，哭着跑出来，把他拉了起来，二人相拥而泣。

我笑道："你看，我说叫你男人跪到你跟前认错，这不兑现啦？"

焦队长夫妇破涕为笑，相伴着下山。

后来，这两口子常带着吃的到大仙沟谢我。

没过多久，这条小路上又过来一个年轻人，他得了小儿麻痹，走路瘸得厉害，头上脸上罩着黑云，一副很烦的样子。

我就笑着跟他说："你上山背个布袋干啥啊？"

他说："有水吗？我渴。"

"你这布袋里装的是老鼠药吧？"

他眼一翻说："你怎么知道我有老鼠药？"

"你看都露出来了。"

实际上那个布袋并没有露出什么，我看他是要寻死，就猜他有老鼠药。

我招呼他："来来，坐这儿歇歇，药掏出来吧。"

他垂着头往那儿一坐，把布袋捂得紧紧的。

"你掏出来吧，递给我。你有病不假，但是总还能走路。你跟我比比，我高位截瘫三年了，不比你苦？敌敌畏我都喝过，喝下去死不成比啥都难受。"

这小伙子姓李，25岁，三兄弟排行老二。因为有残疾，哥哥和兄弟都成家了，只有他说不上媳妇，父母嫌他没有劳动能力，天天给他脸色看，他一生气，就不想活了。

我说："你遇到了我，说明你命不该绝。我看你怪聪明咧，去做点小生意吧，生意不会太大，也不会赔本，过几年就会结婚。"

小伙子看我给他预测得不错，高兴了，在我这儿住了两天，帮我提水捡柴，临走把老鼠药掏出来扔在我这儿，一瘸一拐地下山了。改革开放后，他开了个服装小店，到温州去进货的时候结识了一个女孩，两人感情很好，还生了两个男孩。

后来的日子里，他有了难处，就跑上山来找我想办法，与我结下了忘年交。

由于大仙沟地方狭窄，我的活动减少，屁股上的褥疮越发严重，溃烂的面积越来越大，双脚的脚后跟、脚趾也烂了，十个脚指甲掉了五双。俺娘说，屁股后头烂的地方变黑了，肉都往下掉，脚后跟上的口子能塞进一个手指头。

其实，不用俺娘说，我隔着衣裳也能摸到屁股上凹下去一个大坑。

我虽然感觉不到疼，但经常因为感染而发高烧。

我黄皮寡瘦，少气无力，心里很害怕。

俺娘火急火燎地从安阳宫请来了詹凤。

我住在安阳宫的时候，詹凤给我治过褥疮，这次她看到病情如此严重，吃了一惊。她对俺娘说："这种病有的人三五年也好不了，你别让他吃辣椒、葱蒜一类辛辣之物，想办法多动一动，别压着伤口。"

说完她就告辞了。

俺娘说："哎哟，詹凤都不给你下药，你这病真麻烦了。咋办？咱不能等死，娘给你治。"

俺娘咬着牙，拿把剪刀，哆哆嗦嗦伸到我的伤口里，把烂肉一点一点剪下来，让新鲜的肉露出来，然后涂上自制的"灵药"。

这种药是一种民间偏方，成分是朱砂、神砂、硼砂、火硝、食盐、白矾、黑矾、雄黄、水银等。俺娘在夜间把这些中药放入铁锅中，上面倒扣一只碗，文火慢烧一夜，黎明时将碗拿起来，这时候就能看到碗底上有药物的灰白色结晶，也就是传说中的灵药，能治恶疮。

我问："娘，你拿剪刀剪我伤口里的烂肉，不害怕？"

"我当过接生婆，血腥的事经历过。我不下狠手，你这伤口长不住。"

在乡下，去给别人家接生，如果一切顺利，人家会给十几个馍，家境好点的还能给块肉。

俺娘嫁到穷人家，为了糊口，啥都得干。

俺娘逼着我锻炼。每天早晚两次，用木板绑牢自己的腿，支撑着木架子"走"上两三个小时。气血一通，褥疮开始见好。

俺娘的"灵药"果然灵，秋天的时候，我的褥疮竟然全好了，脚上的伤口也全部愈合，脚趾上长出了新指甲。

1979年，农村开始包产到户，俺家分了10亩地，地里的活更多了。农忙的时候，赵慧芳忙不过来，叫俺娘回家带孩子做饭，山上经常只剩下我一个人，三四天吃不上饭是常事。留下的干粮吃完了，就自己爬着去打水、做饭。

那天刘爱莲上山来找我，看见我趴在小河边上，以为我要寻死，吓得大喊："叔啊叔啊，阎王爷不收你，咱不能去找他呀。"

我回过头笑了一下："我是来喝水呢，天热，喉咙老干。"

我拉着架子立起来，"走"到窑洞前的平地上。刘爱莲又大呼小叫起来："蛇，蛇，你这木架子上盘着一条蛇。"

我这才发现一条二尺多长的小蛇不知啥时候爬到了我的架子上。

刘爱莲最怕蛇，做了噩梦就跑来诉苦，我只好对她说："刚才一条大蛇要吃它，它躲到我架子上了，你欠蛇的命，正好给它放生吧。"

放走了蛇，刘爱莲松了一口气。

我问她："为啥 20 天都没来呀？"

"老忙。"刘爱莲掩饰地说。

"不对吧，挨打了吧。你男人不仅打了你，还把我也撅了。"

"没有。"

"没有？那你走路咋一瘸一拐的？"

刘爱莲这才说了实话："上次我来送馍的时候，出门时扥了个小篮，不知道谁的嘴那么快，给俺那一口说了，俺那一口恼了，问我为啥偷他的东西。我说东西都是老天爷给的，你不懂行善，我给你讲啥道理你也不会明白。他拿根皮带就抽我，打得我呀口鼻蹿血。我急了，跟他对打。他个信球货，一看我敢还手，拿个棍子对着我一顿乱打，把我打得半个月起不了床。"

我说："以后你别来了。"

"那不中，我还得求你治病呢，不来咋能中。"

"那以后家里拿的东西我不吃了。"

"咦，那谁的东西不是从家里拿的？"

"我不管，反正你从家里拿的东西我不吃。"

　　刘爱莲下山走到刘炎卿家："师父怕我挨打，不叫从家拿东西上山。"

　　刘炎卿说："师父是叫你悟呢，你就不能学蚂蚁搬家，一点一点往外拿，先放到我这儿，攒多了，再背到山上？"

　　后来，刘炎卿家成了一个中转站，李爱萍、岳巧云、周巧伦、耿莲蓉、侯文宾他们会通过这个中转站给我送些粮食。

　　以后再没听说过谁为这事挨打了。

第十八章

莲花寺

那年冬天的雪大，放眼远眺，嵩山像一条银白色的巨大卧龙，蜿蜒错落地盘踞在天地之间。千山鸟绝，万径人稀，只有远处的大风像巨龙吸水一样打着旋把雪吸到半空，然后倏忽飘散。

　　按说冬天是农民的好日子。在没有饥荒的年代，冬天是最闲适的：暗绿的麦苗被覆盖在厚厚的雪层之下，等待着拔节抽穗；农具被堆到墙角，像一堆废弃的兵器；男人们围着炉火喝点小酒，脸红脖子粗地说些暧昧粗俗的笑话；女人家纳着鞋底子四处串门，张家长李家短地议论婆婆和媳妇智斗的故事……

　　对我和俺娘来说，冬天就没有那么简单了，因为那是阎王索命的季节。

　　俗话说，下雪不冷化雪冷。大雪过后的几天，没法儿拾柴火，窑洞的墙上都蒙了一层冰。风呼啸着灌进我们的窑洞，恶狠狠地扫荡着。我和娘瑟缩在墙脚，把所有的东西都捂在身上，还是止不住发抖。

　　我们在窑洞外搭的那个做饭用的草棚，竟然被风吹得没了踪影。

　　俺娘说："连福，咱得赶紧走，要不非冻死在这儿不可。"

　　风刚停，俺娘就下山去叫刘炎卿。雪很深，俺娘不顾一切地蹚雪前进。她的双脚很小，在雪地上踩出来的脚印像棍子戳出来的窟窿，等她拔出腿来，鞋已经不在脚上了。俺娘叹口气，把鞋从雪窝里提溜出来，回到窑洞，用绑腿带把鞋和棉裤绑在一起，又出了门。

刘炎卿背着我又一次逃难。

大仙沟的路平时空手走着都艰难，何况有大雪，背上还有一个我。

刘炎卿背着我，另外两个徒弟一前一后扶着他，俺娘背着行李跟在后面。

刘炎卿喘着粗气说："师父，唐僧西天取经也没这么艰难吧。"

话音未落，他脚下一滑，我们四个人像四个麻包一样摔倒在山坡上。我腿上无力，连翻带滚地往下出溜了七八米，碰得鼻青脸肿。

俺娘吓得半死，她说："俺儿的腰哇，可不敢再碰着了，再碰着就要他的命了。"

这一摔还摔出了办法。我叫刘炎卿打开被窝，我躺上面，他们三个拖着我走。被窝被扯烂的时候，我们见到了平地。

躺在架子车上，大家才讨论去哪儿。

刘炎卿说："听说清凉寺新近住进去两个和尚。那儿地势平，背风向阳，离马庄十五六里地，不算远。咱去那儿求求，说不定能收留咱。"

清凉寺在登封城西南的清凉峰下，寺内现存金贞祐四年（1216 年）《重修清凉禅院记》，碑云："父老相传，以为基于秦晋，隆于隋唐，迄于宋末，盖千有余年矣，其间兴废不一……"清凉寺究竟建于何时，后人无从考证，至今还是个谜。

到了清凉寺，一老一少两位和尚果然客气，愿意收留我。可是这里也是殿倒屋塌，没有一间像样的房子。我看寺后的山坡上有一处废弃的土窑，就说："我是个废人，也不卫生，就住到这土窑里吧。"

熬过冬天，我又开始在清凉寺为人治病，寺里的香火也渐渐旺了起来。老和尚还为我请了几本佛经，有《心经》《金刚经》《地藏经》和《华严经》。

可是"人在寺中坐，是祸躲不过"。随着宗教政策放开，文物部门和僧人争夺寺院管理权的事情多了起来。文物部门知道有僧人住在这里，不愿意，要赶我们走。

他们的办法简单而有效，就是告我搞封建迷信活动。

果然公安局很重视，派人来录了我们的口供，然后对俺娘俩和两个和尚宣布：尚连福等人，在清凉寺大搞封建迷信活动，利用骗术为人治病，严重影响社会治安，责令三日内搬离清凉寺。

俺娘俩只好卷铺盖走人，搬到了距离清凉寺七里之遥的道观清微宫。

清微宫相传是唐代诗人、江州刺使李渤出仕前的隐居读书处。因年久失修，十分破败。屋子没顶，土墙歪斜，台阶下陷，一口古井里厚厚的落叶比水还多。进屋再看，墙角是大片的蛛网，墙根是小片的蘑菇，一只尺把长的大老鼠眼泛贼光，盯着我们看了一会儿，哧溜一声跑掉了。

不过这里总算没有人赶我们走。

这算是最大的福报了。

从 1980 年春天到 1981 年秋天，俺娘俩在清微宫住了一年多。

本以为日子可以安定下来，可是附近来了一支部队，在山里修建了靶场，清微宫属于危险区域，我们还得搬家。

一个不会走路的躯壳，却有走不尽的漫漫长路。天涯的独轮车失去它唯一的轮毂，默默望断天涯。

我是深深河水之下一株漂泊的水草，没有根系，没有依靠，不知前程。都说前程遥远，我却不知道它有多么遥远。

俺娘俩在力所能及的范围内寻找，最后选中了莲花寺。

莲花寺是个不大不小的庙院，建在太室山的莲花峰下，属于左庄的地界。历史上此寺多次废弃，无人知晓建于何年。明代的登封县志上已经没有了关于它的记载。寺内有一通重建碑，日期是 1928 年。传说在 1940 年前后，偃师一位道士带人重修此寺，盖院三进，房舍百间。

　　莲花寺儒释道三教合一，其大门上有楹联称：千岩万壑构成奇观，三教九流终归同途。

　　三教合一的寺院，供奉释迦牟尼、孔子、老子这三位轴心时代的东方思想家。一般是释迦牟尼塑像居中，其右手是孔子，其左手是老子。这三个人的思想成果构成了今天中国文化的主要框架。我们的古人大约从1000年前就开始把这三位先贤放在一起供奉了，表现出一种很高的智慧。

　　20世纪80年代，是中国改革开放最为红火的年代。登封全县开始分田到户，联产承包，1980年的粮食总产量达到了1.43亿公斤，比1960年的2900万公斤多了将近4倍。还是那些土地，还是那些人，政策对头，财富就像源头活水一样汩汩涌流。农民终于能吃上饱饭了。

　　那一年，电影《少林寺》在嵩山的少林寺里开拍，少林寺一时红遍天下。国家拨重金修复少林寺、中岳庙等名胜古迹。

　　还是那一年，思想文化的活跃前所未有，各类图书陆续开放，我大哥给我的那些古书不再是禁书，各种翻印、手抄的版本多了起来。

　　一方面是思想的天空让我任意驰骋遨游，一方面是肉体的羁绊让我终日寸步难行。这种极端对立的矛盾与痛苦，让我有时壮怀激烈，有时心灰意冷；有时神通万里，有时卑微似尘；有时发奋苦读，有时慵懒无为；有时刚强张扬，有时敛气息声……

　　此时的我，虽然还是一个弱者，但已经听到了时代的呼唤，隐隐感觉到心底有一种力量在冲撞，感觉有一种志业等待我去奋斗。

　　莲花寺大殿的屋顶塌了大半，但仍可栖身。我和俺娘进寺的当天，就睡在大殿之中。

　　不料过了几日，几位护林员上山，一进山门就发现我们这两个不速之客。其中一个领头的胖子过来，对着地上的铺盖踢了一脚，脸吊得老长："你们是谁呀？啊，咋恁自由恁光棍啊？谁同意让你们住这儿的？"

俺娘赔着笑脸求情："他大哥，俺是没有家的流浪人，找不到去处才住这儿的。你行行好，让我们住下吧。"

"啥大哥小哥咧，别来这一套，这儿不能住，赶紧搬走。"

我看见这种对穷人横眉立目、对卑微之人出口不逊的家伙心里就来气，要是在我身体好的时候，肯定上去就给他几个耳光。我压住心头之火，放缓声音说："几位大哥，这儿不是没人住吗？我一个残疾人，住几天还不行吗？"

胖子恼了："这儿是国有林场的地界，这地方的房子也属于林场，你再给我充大蛋，我整个莲花山都不叫你住，不信你试试。"

胖子一使眼色，他的几个跟班动手朝外扔我们的东西。我们的东西本来就是一堆破烂，让他们这一摔，更是惨不忍睹：铁锅摔掉了一个耳朵，木架子摔断了两条腿，被窝撕开一个尺把长的三角口，菜篮子扁了半边。

他们扔完东西，用铁丝把大殿的门拧死，警告俺娘儿俩："下次来看见你们要敢住大殿，立刻把你们的东西一把火烧了。"

他们一走，俺娘开始抹泪。

"这老天爷非把咱娘儿俩逼死不中啊？"

"娘，别跟他们一般见识。孟子说过：'舜发于畎亩之中，傅说举于版筑之间，胶鬲举于鱼盐之中，管夷吾举于士，孙叔敖举于海，百里奚举于市。故天将降大任于是人也，必先苦其心志，劳其筋骨，饿其体肤，空乏其身，行拂乱其所为，所以动心忍性，曾益其所不能。'"

孟子的这段话我已经默默地背过几十遍了，想不到今天在俺娘面前脱口而出。

舜原先是种地的，后来做了国君；傅说早前跟我一样，是个泥水匠，后来做了宰相；胶鬲起初贩卖鱼和盐，后来当了周朝的谋臣；管仲是登封人，当过逃兵，坐过监狱，后来却辅佐齐桓公成就霸业……

人要有"天将降大任"这样的志向，才可能成就一番事业。

我虽然达不到他们那样的高度，但所有的苦难、灾祸和意外之痛，所有的鄙视、伤害和落井下石，都是我人生的大补之药。我要把这一切都吞下去，吞不下去伸长了脖子也要吞，被噎得半死不活也罢，被卡得如鲠在喉也罢，我都要张大嘴使出吃奶的劲去吞去咽。

从那天起，我和俺娘就住在莲花寺大殿的屋檐之下。

日子纷落。

我看着秋叶飘着摇着落到我的枕边，又看着雪花飞着舞着扑到我的脸上……

冬天来了。

来送馍的刘爱莲看见我的被窝上蒙着一层小雪，立刻喊了起来："哎呀，师父，你这都睡到雪窝里了，咋不搬到屋里呀？"

"不是不搬，是人家不让住。"

刘爱莲的火暴脾气上来了，她看见有间屋子的门口往外冒烟，就冲过去理论。林场的那个胖子正坐在屋里烤火呢，刘爱莲不管不顾地就是一顿撅："你在屋里还嫌冷，你就没有看见残疾人在雪窝里拱着？你是人不是？"

胖子一看眼前这个小个子妇女敢挑衅他，气得口鼻蹿火，骂道："你是谁呀？敢骂我？你信不信，我敢拿枪一枪捅死你。"

那时护林员真的有枪，多是过时的"三八大盖"，上面有很长的刺刀。

刘爱莲不怕他："你敢摸摸我试试！判你个流氓罪。"

这一吵，吵出了转机。俺娘过去劝架，好言与胖子商量，最终以每月十元的租金成交，他同意我们搬到寺院后边的一孔窑洞里住下。

我估计，这孔窑洞原先是寺院第三进院子里的，后来院子扒了，这孔窑洞成了寺院外一个孤零零的住处。

不打不成交，我和这个胖子后来还成了朋友。

胖子虽然待穷人很横，但在家里却是个孝子。他娘那年冬天中风后得了偏瘫，他又要照顾娘还得上班，愁烦得很。春天的时候，他娘想上山求神拜佛，他用架子车把娘拉到了莲花寺。烧完了香准备下山，他娘看见我和俺娘在寺院外晒草药。

他娘问："儿啊，这个可怜人是干啥咧？"

"逃难的。"

"他懂医？"

"听说会一点，也有人找他看病，二把刀吧，瞎猫撞个死耗子。"胖子不屑地说。

二把刀的意思是说我知识不足、技术不高。

但是他娘病急乱投医，非要让我给她瞧瞧病。

胖子没法儿，脸上红不疵地过来了："连福，俺娘想叫你给她看看病，你要多少钱？"

"周围十里八村都知道，我尚连福看病从来不收钱，看好了你不用谢，看不好了你别埋怨。"

"那中，你给俺娘瞧瞧吧，我先谢谢你了。"

我给老太太号了脉，开了药，还给她做了半天思想工作："恁这病需要养三个月到半年，你要相信我，就按我说的办，保证你能生活自理。"

对病人来说，给他们信心比给他们开药还重要。病人有了信心，情绪就会转变，心情就会放松，所以说，信心这一味药是最有效的药。并不是所有的医生都会给人信心，有的人为了钱，故意把病人的病说得很重，把人家吓个半死，乖乖掏钱；有的人缺少同情，不愿听病人诉说，认为只要对症下药就万事大吉了。这些人治病的疗效都不会太好。

我给老太太开了药，用旧报纸包好，又叮嘱了半天，两人这才下山。

老太太问儿子："这片山不是你管的吗，让人家娘儿俩挪到寺里头住多好，那破窑洞看着多吓人。"

胖子支支吾吾地说："中，中。"

过了三天，胖子上山找到我说："连福兄弟，俺娘吃了你的药见轻，你再给开几服药吧。以前是我不对，你别跟我一般见识。我叫了几个兄弟，今儿就帮你搬回莲花寺。"

我和俺娘就这样搬回了莲花寺，住进了西院的菩萨宫。

菩萨宫名字听起来像宫殿，实际上也是被扒得只剩下几面墙，刘炎卿他们修修补补，搭了顶棚，才像个屋子。

俺娘很感慨，她说："儿啊，你看见了没有，善心没有腿脚，却行走于天下，没有人不尊重它；仁义没有翅膀，却能飞上天空，没有人会轻视它。咱们积德行善，就会善有善报。"

半年后，胖子他娘虽然还没有好利索，但生活能自理了。

这件事对胖子是个教育，以前他管山时对进山的农民都是横眉立眼的，抓住一点毛病就把人家罚个底朝天。从老太太的病好了以后，他对穷苦人的态度好多了。

日子依旧艰难。

莲花寺距离马庄有十五里山路，步行要走两小时。村民们联产承包后种地的事比天还大，到我这儿来的人比过去少多了。

记得那年 6 月间割麦，俺娘和恩姐都回家抢收粮食，我这儿五六天没人管没人问。四天后，她们留下的馍吃完了，我只好饿着。

那天傍晚，我饿得心慌，就爬到莲花寺的大门口等俺娘。

太阳一寸一寸下落，月亮一点一点上爬，路上却一个人影也没有。

天从青灰变成了瓦灰，大山堵塞了一半天宇，也把我的心塞得喘不过气来。

夜深了，恍惚的月光伴着虫鸣像青蛇一样爬到我的脚前，我的脚却一动不动，无力地耷拉着。

残疾人的无助与脆弱随时都会变成深深的恐惧：难道我会死在这儿吗?

那夜，我没有回屋，半躺半卧地待在庙院门口，似睡非睡，半醒不醒，固执地等着俺娘。

天开始放亮的时候，我看见了刘爱莲，她是拾柴来的。

刘爱莲急忙把我扶回屋去。她看见我那里冰锅冷灶，啥吃的也没有，知道我断粮了。她说："师父，没面了，我下山去给你背点。"我说："饿得受不了了，隔壁屋的那个墙洞里有个纸包，包了一点绿豆面，你去拿来给我做碗面条吧。"

那个纸包里的一捧面是我专门存放起来救急用的。

刘爱莲把纸包打开一看，绿豆面在潮气之中放得太久，已经变质变味了，淡绿色的面变成了黄土一样的颜色。

"这还能吃吗？"

"能吃不能吃都得吃。"

"这面都不到二两，咋擀面条呀？"

"你试试吧。"

刘爱莲忙活一阵子，终于给我做了一小碗面条，她把空酱油瓶子用水涮涮，倒进去，权当是调味品。

面条端过来，刘爱莲说去给我拿筷子，回头一看，我已经把那一小碗面条吞下了肚。

"师父，那面都坏了，我正想问问你啥味咧，你一口就吃完了。"

"这不比吃土强？"

刘爱莲听完我这话，"哇"的一下哭出了声。"老艰难哪，老艰难哪。"她边哭边念叨。

我听着，泪也跟着下来了。

临走，刘爱莲把面袋子仔细扫了一遍，用扫下来的面给我烙了个小饼，下山叫俺娘去了。

俺娘背着一口袋玉米面饼子上来时，白发凌乱，满脸通红，身上的衣裳像从水里捞出来一样，全是汗。她身上有一股被汗水浸泡过久的馊味，那是因为在家割麦时，汗水从来没有干过，她却没时间洗澡洗衣。

看见俺娘,我所有的委屈、抱怨一股脑地涌上来:"娘啊,你是想把恁儿饿死在这儿吗?你看看我的脚又烂了,后背的褥疮复发了,还不胜死了咧,死了你们都省心了。"

俺娘低下头,把她满头的白发朝后拢拢,掩饰着眼中的泪水。"儿啊,娘对不住你,十几亩麦子不割回来能中?恁爹也病了,起不来床,两头都是亲咧呀,你叫我咋办?"

俺娘连拖带抱地把我搬到院里靠墙根坐好,把带来的玉米面饼子掰开,夹上咸菜疙瘩递给我:"赶紧吃吧,把俺儿饿坏了。"

我狼吞虎咽地一口气吃了三个饼子。

我吃东西的时候,俺娘抬起我的腿,把我的脚放到她的腿上,用手使劲给我按摩,活血化瘀。

吃饱了,我开始低头看书,有一搭没一搭地跟俺娘说话。虽然俺娘很用力地按摩,可是我的腿却什么也感觉不到,我只能用心感受她对我的爱。

突然,俺娘身子一歪,不吭声了。

我抬眼一看,见她斜倚在墙上,头垂得很低,手也耷拉了下来。"娘,娘,你咋啦?"

她没有任何反应,看样子是昏迷了。

我赶紧把我的腿从俺娘腿上挪开,爬过去抓她的手腕,另一只手放在她鼻子下掐她的人中。俺娘的脉象坚急如鼓,似手指弹石,僵硬而短促。我判断是高血压,因为俺娘脸上有一种不正常的红色。俺娘的家族有高血压病史,俺姥爷、大舅、二舅和五姨,都死于高血压。

《素问》说,高血压病的主脉是弦脉,有如按琴弦之感,硬而有力,轻度如揭长竿末梢,中度者如循长竿,重度者急益劲如新张弓弦。

俺娘为了救我,在大太阳底下背着馍一气跑了十五里,急火攻心,犯了高血压。

而我不知好歹,见了面还抱怨。

"娘,娘!"我大声喊着。

哎哟一声，俺娘睁开了眼。

"咋啦？你哭啥咧，我的儿？"

"娘啊，娘啊，我险些把你累死呀。你说咋办哪？"

俺娘用她关节粗大变形的手抚摸着我的脸："儿呀，恁娘的身子骨硬朗着咧，一时半会儿死不了。我死了谁招呼俺儿呀？我放心不下你呀。"

我这才看见，俺娘的手上有三个大血泡，是割麦磨的，可我在她给我按摩腿时还心安理得。五尺高的汉子，太不懂事了。

那一刻，我暗暗做了一个决定，不能叫俺娘再伺候我了。虽然看上去她的身体还算硬朗，可屈指算来，她已是67岁的人了，天天拾柴做饭、端屎端尿、洗衣裳，确实干不动了。

我托人把恩姐叫来，把我的想法给她说了，恩姐说："干妈是得歇歇了，我看她脸色一直不太对劲。"

从那时开始，恩姐开始更多地来到山上，虽然还是晚上来早上走，但是每周至少会来四到五天。她来的时候不仅背吃的，路上还拾些柴火，到了莲花寺马上挽袖子给我擦身，洗尿片和衣物。

恩姐的个性跟俺娘一样，也是很强势，哪句话说不好，她就敢打你。后来我也想通了，她对咱好，为咱付出得太多了，她要不付出，她也不敢那样做。

恩姐力气很大，结实的胳膊就像两节大白藕，要把我挪出屋子晒太阳的时候，她把头往我胳肢窝底下一拱，一只手搂着我的腿，一使劲就把我扛到肩上了。

她喜欢讲一些修行人的奇闻异事，这些故事的主角，不是鬼就是神。我相信，在她的灵魂里住着各路鬼怪和神仙，这些鬼怪和神仙每天打打杀杀，互相争斗，从而使她的精神生活异常丰富。她还会占卜人的命运，每天与我谈论未来。

俺娘喜欢恩姐，她一上山，俺娘就笑嘻嘻地看着她说："妮儿，你想吃啥，干娘给你做。"

而我也对她十分依赖，几天不见就很想念，这种想念不同于姐弟之情，也不是肌肤之亲的夫妻之念，而是一种纯洁的精神依恋。这是一种我从未经历过的感情。

算卦先生说我有三次婚姻，这也算一次？

恩姐天天往山上跑，有时夜里也不回家，引起了她男人老张的强烈不满。有一天晚上，我听到窑洞外一阵急促的脚步声由远而近，恩姐神色慌乱地推门进来，她的脚被什么绊了一下，险些摔倒。恩姐喘着粗气说："俺那一口追着要打我，我往山上跑，他追了我十来里地。"

说话间，她男人老张也进来了，手里很夸张地舞着一根棍子。

俺娘一看这阵势，放下手里的针线活，走到老张面前，挡住恩姐。"他张哥，咱们这儿都不是外人，恩贤是俺的干闺女，你打她跟打我一样。咱有啥话慢慢说不中？你消消气，我给你倒茶。"

老张身上散发着浓烈的酒气，他想用胳膊把俺娘推开，自己却趔趄了一下。他大着舌头说："婶子，这囚子三天不打，上房揭瓦，把家里的东西都偷到山上了。"

我明白，老张是冲着我来的，恩姐上山拿不拿东西并不重要，而是他觉得恩姐的心根本就不在他身上，完全忽略了他的存在。他是想找我理论呢。

我清清嗓子说："张哥，你要想拿棍打俺干姐，你不如先打我一顿。我早就活腻了，我天天生不如死，你打死我，我还得谢谢你。俺姐往山上背东西都是给我吃的，她是代你行善，我是靠吃百家饭活着，这是恁家对俺家的恩典，我啥时候也不会忘。我好着的时候，上恁家干活，钱没多拿一分，饭没多吃一口，跟恩姐更是清清白白，没有半点瓜葛，这你都知道，要不你也不会叫我到你家去。现在我啥功能也没有了，你反而起疑心了，这要叫外人知道不笑掉大牙吗？所以，你要打就打我，谁叫我没出息摔成这样，逼着恩姐行善呢？"

俺娘搂着恩姐掉眼泪，说："俺娘儿俩是累赘呀，害得恁家不和。

连福说得对，他张哥你要怨只能怨俺，不能怨俺干闺女。"

老张掩饰地干咳了两声说："干娘、连福兄弟，我喝多了，发酒疯，让恁笑话了。"

他两手一抱拳："祝你早日修成正果。"说罢，低着头，一个人隐身在嵩山的夜色之中。

我对《梅花易数》和《奇门遁甲》越来越有兴趣，我发现我对那些别人看来晦涩难懂的卦象、算法和手印基本上过目不忘，很容易就能背下来。不知道这跟我上学时喜欢钻研数学题有没有关系。

记得有位作家说过，才气这个东西是一种同智慧和感情无关、近乎生理的天赋能力。

我这方面确实有一定的天赋。

那时，我为了验证我的预测能力，早上会写下一张字条，预测下午几点从某个方向会来一个人，可能会带什么东西。

由于心静如水，我的预测常常是准确的。

有一次，我们没有吃的东西了，俺娘很发愁。

我说："不用急，一会儿有人给我们送。"

"眼瞅着正晌午头了，还没米下锅呢，啥时候有人送啊？"

说话间，来了四个男人，其中一人左手拄着棍子，右手提个竹篮，里面放着几斤挂面。

他们是慕名来让我看病的。

这几个人走后，俺娘笑道："连福，真中，说啥来啥，这是四大天王托身下凡供养你呢。"

俺娘还会幽默呢。

不知道是不是恩姐给我带来的运气，我到了莲花寺的第二年，找我看病的人越来越多，有不少人是从偃师、巩义、洛阳和密县来的。他们上山以后当天回不去，需要住在寺里，可是寺里没有多余的房子，大伙只能睡在屋檐下或是靠着树坐一晚上。俺娘看着不忍："连福，好事要做到底，咱们筹点钱盖上几间房吧，让这些求医的人有个地方住。"

恩姐的心更大："咱何不把这个寺重修一下，建个道场呢？"

我一听恩姐的想法，心里很振奋。

有人说，人的一生只有两次能选择自己的命运，第一次有机会时往往不太懂事，第二次有机会时往往太懂事，结果都可能错过。

我知道这事虽然很难办，但如果能抓住这个机会，功德无量。

我最先做的事就是进城去找县里各个主管部门的人办手续，央求他们同意把这儿作为一个旅游景点来建设。

那时，我们连辆架子车也没有，只有一辆木轱辘的独轮小车。这种车年轻人不会推，推着我不是歪就是倒，很吓人。恩姐说："我会推。"她撕了一条破被单，像编辫子一样编成一条绊带，两头往小车上一系，套在自己后脖颈上，双手抓起车把，一挺胸，车就稳稳当当地走了。我的一个徒弟跟在旁边，遇到上坡就在前面帮着拉，遇到下坡就在后面拽。

我坐在独轮小车上，进了登封城。

县城里有汽车、马车、架子车，唯独没有独轮车。

独轮车已经古老得如同出土文物，我如同与文物一块儿出土的兵马俑。

周围全是好奇的目光。看看恩姐，再看看我。

我有些害臊和自卑，觉得自己这副样子太寒酸，对不住城里人。我扭头看了一眼恩姐，只见她满脸是汗，旁若无人地走着，眼神里全是不屑一顾的骄傲。

"连福，你走你的路，你办你的事，心里不要瞎想。"恩姐的语气很坚定，让我心里踏实了许多。这世上很多人都戴着面具生存，而恩姐却是素面朝天，敢爱敢恨，啥时候都是敞敞亮亮的。

修行的人讲究"见自己，见天地，见众生"。见自己，就是要精进自己的志业，清楚自己的心性、优势和弱势并加以改进。见天地，就是走出自身的局限，看清自身的渺小与独特之处，心中装得下整个世界。

然后可以见众生——超脱自己和天地的局限，帮助众生脱离苦海。

恩姐是我的榜样，她心里装满了信义，所以才能在大街上推着独轮车和独轮车上的残疾人，神态自若地走。我既然立志要见众生，就必须先见自己，自己的心坦然了、平静了，才能泰山崩于前而色不变，麋鹿兴于左而目不瞬。

前后跑了两个多月，我们的诚意感动了县里主管部门的领导。他们说，建好莲花寺，县里多一个旅游景点，何乐而不为？于是，各项手续很快就办好了。

实际上我兜里连一百元钱都没有，砖瓦、水泥，还有钢筋和木料，都是央求别人一点一点凑来的。

因为没有财力，我们的工程进度很慢，筹备了一年多，砖瓦的数量加在一起不过一两万块。我很发愁："娘，要照这个样盖房，咱这房子猴年马月也起不来呀。"

俺娘啥时候都是很有定力的样子，她说："连福啊，这两天我一直做梦，每次都看见一只白毛狐狸。你知道吧，这狐狸是千年黑万年白，白毛狐狸是修了一万年才修成的，这就是狐狸精。"

俺娘接着给我讲了白毛狐狸的故事，这个故事我过去听人讲过，但今天听来格外有意思。

从前，一个女道士想盖庙，可是手头没有钱也没有物，她很发愁。有一天，她下山借钱，回来时碰到一件事：一只白毛狐狸下山去偷喝人家的喜酒，结果喝多了，醉到村里了。拾粪老头把它逮住了，寻思回家做个皮帽子戴。他正往家走咧，女道士拿出刚借来的两吊钱说，我出两吊钱，你把这只狐狸卖给我吧。

老头一听还有这好事，就把白毛狐狸卖给了女道士，掂着钱下酒馆去了。女道士回到山里，把狐狸精放开，对它说，你还有孩儿吃奶咧，不能贪杯啊，赶紧走吧。

白毛狐狸双爪一合，作了一个揖，跑走了。

第二天早上，女道士开门一看，门口放着两吊钱，穿钱的绳子上有一撮白狐毛。

女道士知道这是白毛狐狸来谢恩呢，就收下了。

第三天早上，门口又有两吊钱。

女道士自言自语地说，光有钱没有牛，砖瓦拉不上山，庙还盖不成啊。

第四天早上，她一开门，咦，一头壮壮实实的大黄牛拉着一挂大车在门口站着呢。

女道士修庙三年，白毛狐狸给她送了三年钱，大黄牛给她拉了三年车，寺庙修成那天，大黄牛倒在门口死了。一位香客走过来看看说，咦，俺家的牛丢了好几年，咋会在这儿看见呢？

后来，咱庄里人给这头牛立了一通碑。

俺娘的意思是，只要努力行善，天地神仙都会来助你，没有办不成的事。

俺娘这话我信。修行这些年，我们不就是靠着免费看病得以生存，还积蓄了盖寺院的力量吗？

建筑材料凑齐的时候，我让刘炎卿把我的老徒弟们都叫来。我拱起双手先给大伙作了一个揖，感谢他们在我受伤后不离不弃，然后我说了修莲花寺的心愿。

徒弟们一听说莲花寺没有钱盖房，以为我要找他们借钱，你看看我，我看看你，都犯怵。

我笑道："别害怕，别着急，我尚连福一不借钱，二不借物，就是想请大家吃上十天半月的饱饭。"

众人不知道我葫芦里卖的什么药，静听下文。

"我是想借大家一双手，像过去你们跟我学徒一样，出义务工为寺院盖房，我管饭，但没有工钱。"

这下子，大家放心了，纷纷说："修庙是为了叫神仙上天替咱言好事，出点力是应该的。咱庄稼人钱是少点，但有的是力气，帮助师父行善，天经地义。"

按照图纸，莲花寺要翻修大殿，再盖 15 间瓦房。

很快，大殿的地基和墙都砌好了，就等上梁了。这挂大梁长 12 米，算上前后檐一共 18 米长，需要一千多元钱。我拿不出钱买大梁，天天寻思，上哪儿去找这一挂梁。

正犯愁呢，附近一个煤矿的矿长把车开到山下，跑着上来找我。他顶脑上戴着安全帽，汗把脸上弄得一道黑一道白，哆嗦得说话都结巴了："矿矿上出出事了，透透透水了，有有两个人没上来，兄弟你你赶紧给我看看，还还有没有救。"

我按他介绍的情况分析了一下，查了查卦书，然后说："没事，你这两个人能上来。你现在有啥招都使上，赶紧排水，你这坑道上边还有一个小口，找到这个小口下去就能把人救上来。"

矿长说："你你这一说，我我倒有点印象，过去听说这巷道有有一个废弃的洞口，我赶紧去找。"

矿长带着他的人跑着下山了。

第二天上午，矿长又跑来了，上来抓着我的手，感激得没法儿，说话也正常了："多亏你呀兄弟，把两条命救了。这两个人要是没了，我这煤矿得罚个底掉。你说你要啥，我得好好谢谢你。"

"没啥，俺这寺里正修大殿呢，你要想做功德，感激佛祖救苦救难，就捐一挂大梁吧。"

矿长一拍巴掌："咱矿上就木头多，这挂梁我今天晚上给你送到。"

莲花寺的大殿就这么立起来了。那时买不起琉璃瓦，大殿的屋顶铺的是青瓦。

在盖房的过程中，我见识了恩姐惊人的能量。

那年，恩姐 47 岁了，脸上的红颜悄然消退，多了些庄严和沉稳。她个儿大，瓷实，穿件没有袖的小褂，双手套着结实的劳保手套，往那儿一站像一尊神一样，没有任何人敢在她眼皮底下偷懒。她干活更不含糊，

100斤一袋的水泥，她一次能扛两袋；铺大殿台阶用的石条，她一个人就能掀起来；20米高的大殿，她敢爬到上边提泥运瓦，她就是工程质量和工期的保证。

我竖起大拇指对她说："姐，我光知道你包的饺子好吃，没想到你是'何大拿'呀！"

何大拿是电影《敌后武工队》里的反面人物，他进衙门不用通报，上大堂不用弯腰，在镇上一跺脚两头乱颤！这个电影演过无数遍。台词我们都会背。

恩姐说："那是汉奸，我可不当汉奸。"

"我的意思是，天底下没有你恩姐办不成的事。"

"这话你说对了，我想办的事没有办不成的。"

与恩姐的生机勃勃相比，俺娘默默无声地支持着我。她那年已经68岁，似乎一夜之间，我发现母亲变小了、变弱了，说话的声音也显出了沧桑。岁月的风霜爬上她原本光洁的额头。她挺拔结实的腿脚像被沉重的沙袋拖着一样，步履蹒跚。那双无数次打过我的大手青筋毕露，还生出了铁锈般灰黑色的斑点。

俺娘带了几个妇女在临时搭建的厨房里给工人做饭。煤火炉子上的大铁锅直径有一米多，能盛下两桶水。炉子下边安了台鼓风机，电门一按，鼓风机吼叫，红红的火苗蹿起尺把高。俺娘每天都要躬着腰蒸几十斤面的玉米饼子，熬三大锅蜀黍糁汤，还要把几斤芥疙瘩咸菜切成细丝，十分劳累。

每天晚上，我都能听到俺娘强忍着疼痛发出轻微的呻吟，心中十分不忍。

"娘，要不你下山回家歇歇吧。"

"瞎说，我下山伙房这一摊咋办？谁招呼你呀？等把房子盖好吧，盖好了我下山歇几天。"

忘记是谁说过，力量不是来自你的肉体，而是来自不屈不挠的意志。

俺娘像是一支老旧的千斤顶，平时你不会注意到她的存在，关键时刻，她一咬牙一跺脚，就会支撑住千斤的重量，而且她永远与我站在一起，用意志支撑着我的事业，让力量从我的生命中生长出来。

大殿落成，释迦牟尼、孔子、老子的塑像并排立了起来，莲花寺的香火比以前更旺了。

我看着金光闪闪的释迦牟尼佛，想到了洛阳龙门石窟的卢舍那大佛，想到了治病时去过的白马寺，想到了我梦境中站在西南方的大佛。为什么我会与他一见如故，为什么他会莫名其妙地出现在我的梦境里，为什么他让我感到一种从没有过的灵魂震撼和激荡？

只有一种解释，那就是佛教已经融入了中国的血脉，成为中国文化里根深蒂固、不可分割的组成部分，所以，即使你根本不知道佛陀，他也会固执地走进你的生活，进入你的梦境。

佛教原本是不立佛像的，早期佛教徒认为佛是人天之师，是圆满、完美、至高无上的象征，因此不能用普通人的相貌来表现，只是用佛的脚印表示佛陀的存在，以菩提树表示佛陀的智慧。但后来，古印度受到希腊雕刻艺术的深刻影响，佛教徒吸收了希腊艺术的表现形式，开始以人的形象表现佛陀的容貌和身体，于是有了佛陀的造像。

佛教称"佛有三身"：应身佛"释迦牟尼"，法身佛"毗卢遮那"，报身佛"卢舍那"。阿弥陀佛、药师佛都属于报身佛。报身佛宣称"现世现报"，我即是佛，佛就是我，人人皆可为佛陀。因此，报身佛最接近尘世，最能体现慈悲和众生平等的思想。相传龙门石窟的卢舍那大佛是按照唐朝女皇武则天的模样塑造的，这也是佛陀接近尘世的一种办法吧。

修行这些年，我对世界上的几大宗教都有了涉猎，最钦佩的是佛教。因为佛教特别真实，有血有肉，让人能够学习和效仿。

从现有的资料看，佛陀成长于富裕的环境，娶妻生子后，大概在 29 岁时出家，但此后所学的禅定和苦行都无法解决生死问题，他一直在寻找更好的修行方法。大约在 35 岁时，佛陀悟道了，领会了"缘起性空"的真意。在余生的岁月中，他的足迹遍布恒河流域，向各阶层说法教化，帮助人们应对世间的苦难，让他人和自己得到根本的解脱。

佛陀从来不想把自己打扮成无所不能的神仙，而是老老实实地讲述了自己在修行过程的经历，有痛苦，有失败，有纠结，有教训。他的真实表现在五个方面。

其一，出家不为己。佛陀是一个热血青年，据说，当他开始思考人世间苦恼现象的根源时，他看到了四种景象：一个完全无依无靠的可怜老人度日如年；一个皮包骨头、极端不幸的人正饱受疾病的折磨；一队悲痛的人，抬着亲人的尸体去火化；一位出家人，态度安静、沉着、超然和自立，正在寻求解决生命之谜。这些景象，深深地触动了他的心。他的内心召唤自己要为一切苦恼众生服务，探求解脱生、老、病、死的方法。

其二，饥了要吃饭。悉达多向所有世间的"成就者"求学，尝试了所有的苦修方式。他 6 年没有洗澡，每天只吃一麻一麦，手摩胸腹，能触背脊。因为饿得要死，反而妨碍了他找到真理。他意识到，过度享受无法解脱，但是一味苦行，也没有办法进入大彻大悟的法门。于是他下河洗去身上的污垢，喝下牧羊女送来的羊奶，恢复体力后才继续修行。

其三，病了要吃药。佛陀在晚年以身体出现疾病这样的方式提醒弟子们时刻不要忘记无常。《维摩诘经》里讲过一个故事，佛陀生病了，需要喝牛奶，佛陀的弟子阿难托着钵去富贵人家化缘。结果他被智者维摩诘骂得狗血淋头。维摩诘说，佛陀是金刚不坏之身，一切的恶果已经断了，集汇了一切的功德善行，怎么还会生病？怎么会有烦恼？你阿难是佛的大弟子，又是佛的堂兄弟，怎么能毁谤佛呢？阿难正在惭愧，忽然闻空中传来佛的声音：维摩居士说得没有错，佛是不会生病的，但佛的肉体脱不了生老病死，用自己的病，以身行教来说法。所以佛陀的确要用牛奶。如果你们希望自己少病少苦，这一生就多布施医药给别人。

其四，娶妻生子，孝敬父母。佛陀的慈悲心肠，促使他牺牲尘世间的幸福，出家去寻找生命的永恒真理，但他在离别自己熟睡中的娇妻和儿子时，心中充满着不舍，此后的想念也使他悲伤和心酸。在父亲病重时，佛陀赶回家探望病重的父王，并为他开示，父王因此得度。父王逝世后，佛陀尽孝道，亲自抬着父王的棺椁下葬，为天下人做出了示范。

其五，老了会圆寂。有一个老妇人死了儿子，伤心欲绝地哀求佛陀救活自己的孩子。佛陀听了老妇人的要求之后说："世间有一种药草，叫作吉祥草。如果你能找到一棵，给你的孩子食用，一定能够起死回生。"老妇人迫不及待地追问："请问佛陀，哪里有吉祥草呢？""这种吉祥草，生长在没有死过人的人家之中，你赶快去找吧！"老妇人于是昼夜奔忙叩求吉祥草，但走遍邻里异国，没有一户人家不曾死过人。老妇人蓦地觉悟到：死亡是人人必经的过程，害怕死亡，并不能因此而免于死亡。佛陀讲这个故事，也是为了说明自己最终也会圆寂。到了九九八十一岁的时候，佛陀信徒成群，声名远播，伟大的智慧造福了无数众生，然而，衰老也悄悄降临。他得了重病，浑身疼痛，"死"在不远处招手。此时的佛陀，已经在精神上超越了生死和苦痛。他预感死期将临，就走到一条河边，洗了澡，枕着右手，侧卧在绳床上。他告诫弟子们，老师走了以后，要"以法为师"，勤勉精进。说完，他安然"涅槃"。他没有故弄玄虚地盘腿"坐化"，而是像普通人那样，躺着离开人世。

这几个方面，是佛教最为打动我的地方，佛陀用行动说明佛教不是有关神的宗教，而是有关人的宗教。

佛陀是个凡人。他与凡人一样曾经在世间活着并死去，没有像耶稣一样死而复生，也不会像道教的神仙那样长生不老。

佛陀又是一个圣人。他坦然面对死亡，告诉我们宇宙人生的真相，指出一切众生皆具佛性，皆可成佛。世间包罗万象，如山河大地、花草树木、一人一物，乃至微尘沙砾等，都是因缘和合而生，也将随着因缘散而灭。

我与佛教的缘分还因嵩山而起。

从古到今，中国历史上最有名望的佛学大师许多都与嵩山有关。

中国历史上第一位汉族僧人、第一位西行取经的"留学生"朱士行是河南禹州人。公元 3 世纪，印度高僧昙河迦罗在洛阳白马寺设戒坛，朱士行第一个登坛受戒，随后他西行求法，到达于阗，并在那里抄录、翻译《放光般若经》的梵本，共有 90 章 60 万言。朱士行是古代中国人摆脱世俗偏见、不畏路途险恶和遥远、矢志向外界和自己的毗邻虚心学习的先驱，他像那些消失在沙漠里的河流，最终圆寂在异域，黄沙中他西行的脚窝，排成了一部史书。

公元 4 世纪的支道林是开封人，曾经在白马寺研读庄子的《逍遥游》，他创立的"即色宗"是中国东晋时期佛教般若学"六家七宗"之一。

中国禅宗的创立者达摩祖师是印度人，公元 6 世纪来到中国，他曾经在嵩山的少林寺内面壁多年，刻苦修行，并在此地传法给二祖慧可。

中国禅宗的二祖慧可是嵩山东北边的荥阳人，他幼年出家，通晓佛典，约 40 岁时拜菩提达摩为师。传说他为表求道决心，自断左臂。达摩感其赤诚，收他为传法弟子，并在嵩山以四卷《楞伽经》授予慧可。慧可传承了达摩的禅法，成为禅学大师。

公元 7 世纪初，唐代著名高僧玄奘出生于河南偃师，他只身一人越万里流沙，几经生死，到达印度佛教中心那烂陀寺取回真经。与鸠摩罗什、真谛并称为中国佛教三大翻译家。他写的《大唐西域记》12 卷成为了解古代西域和古代印度政治、经济、语言、文字、风俗民情的罕世之作。英国历史学家斯密士说："印度历史对玄奘欠下的债是决不会估价过高的。""印度"这个译名也是出自玄奘之手。

……

研读佛经，佛教的开放性、包容性与我的思想产生了共鸣，我觉得拈花微笑的佛陀，用一枝生命之花、一个迷人的微笑，赢得了整个世界。

佛教在 2000 多年的发展与传播中，那些伟大的思想者不断地丰富它

心高没有英雄，心远无论成败。
嵩山暮云烟树，阅尽人世枯荣。

的内含与外延，让东方人在文明的台阶上越走越高。

佛教有一种直指人心、洞察一切的力量，从创立那天起，就直指人性最难以克服的三大弱点——无知、贪欲和憎恨，引导人们改变这个充满苦难的世界。

佛教起码从五方面对世界文明做出了贡献：

一是非暴力。佛教十善，以不杀为首；佛教五戒，列戒杀第一。和平只能从非暴力和不相信武力而来。

二是平等心。佛祖的教训可以用五个字概括：怜天下万物。这是一种对全人类的慈悲、仁恕与谅解，这种开阔的平等主义正是现代化和民主化的基石。

三是生死观。佛教是一种全面关注生命内在真实和内在超越的学说和教育，它改变了近30亿东方人对待生死的态度与认识。

四是包容性。佛教的平等心决定了其包容性，它大度地接纳别人，也深刻地改变自己。它坚信，包容无法改变过去，却能改变未来。

五是和谐论。和尚和尚，以和为尚。佛教致力于建立人与自然的和谐、人与人的和谐以及人内心的和谐，而人世间最大的问题就是不和谐。

正当我潜心研习佛经的时候，少林寺的住持行正法师听说了我以一己之力使莲花寺香火重续的事情，派人找到我，希望我能去协助他管理寺院。

行正法师1914年出生，比我大33岁，俗姓李，名太宝，是登封城刘庄人。刘庄与马庄相距一公里，行正法师是俺爹的舅舅，我称他为舅爷。行正法师6岁出家少林寺，拜德宝长老为师。1928年，军阀石友三火烧少林寺，行正法师同寺院僧众奋力抢救，因遭遇浓烟熏烤，视力受损严重，走路时需要手持一根棍子。1937年，豫西遭大旱，少林寺所种田地绝收，行正法师不顾视力低下，来往于崇山峻岭之间，卖煤换粮，带领僧众度过历史上少见的灾荒年。"文革"时，红卫兵小将冲进少林寺里破"四旧"，行正法师采用转移地点、埋藏地下等方法，使传世佛经、达摩铜像、紧那罗王铁像和各种匾额免遭厄运。红卫兵小将不甘心，准备用炸药炸掉少林寺的塔林，年已 52 岁的行正法师得到消息，拄着棍子一路狂奔，跑到县委救援，最终将红卫兵小将劝走。如果没有行正法师的勇敢无畏，号称中国古塔博物馆的少林寺塔林早就不存在了。

　　行正法师晚年视力更差，需要一个人协助管理寺里的财务和杂务，他想到了我，几次派人来到莲花寺，请我出山。行正法师听说我在莲花寺生活条件差，特意让手下给我买了桌子、椅子和各种生活用品，说是让我有个接待人的地方。

　　我对佛教心仪已久，行正法师的诚意感人，我答应了行正法师，愿意前往少林寺，剃度出家。

　　恩姐不同意我走。

　　她不高兴地说："连福，你就在莲花寺妥了，你在莲花寺成的名，去少林寺干啥？你一走，这一摊事咋办？"

　　恩姐是道教徒，她希望我与她一起入道教。

　　我嘴上不说，心里却有一个愿望，就是想把莲花寺交给恩姐管理，也算是我对她的报恩。

　　恩姐想让俺娘劝我别走，俺娘说："妮儿呀，连福小时候算卦就是个出家的命。现在我老了，你也不年轻了，他能找到自己的归宿是件好事，还是让他走吧。"

　　俺娘说这话的时候，老泪纵横。

　　农历四月初八是佛诞日，1983 年的这一天，我前往少林寺拜永山和尚为师，剃度出家。

　　我不能拜行正法师为师是有原因的。行正法师说："论亲戚关系，我是你的舅爷，如果我收你为徒，就乱了辈分，所以你还是拜我的徒弟永山为师吧。"

永山和尚不识字，一辈子跟随行正法师，烧火做饭，忠心耿耿，啥苦活累活都是他干，人品一流，威望也高。他是当时少林寺内行正法师硕果仅存的老徒弟，我成为他的关门弟子，也是我的福分。

四月初八一早，天色微明，星星还挂在屋檐，鸟儿还没有开始鸣叫，俺娘已经起身去给我烧火做饭了。

伙房里黑漆漆的，煤炉冒出橘红色的火焰，一下一下地舔着锅底，把俺娘的脸勾出了一圈跳跃的金边，丝丝白发也变得金光闪闪。

我扶着木架子站在伙房门口，仔细端详俺娘：她的轮廓依然清秀而端庄，她的肤色依然白皙而柔和。在我心里，俺娘就是世界上最美的美人，是天底下最漂亮的仙女，是转世到我生命中的观世音。

锅开了，水咕嘟咕嘟地叫唤着，俺娘手撑着膝盖站起来，拿出蜀黍糁下锅。她往起站的那一瞬间，我看到了她的艰难，我知道她一直被腰腿疼困扰着，做什么事都得咬紧牙关。

俺娘看见了我，笑道："连福，今天要吃饱点，到那边就剩你自己了，好好照顾自己，别渴着，也别饿着。有啥事了，给娘捎话，娘去看你。"

我鼻尖发酸，说不出话来。

俺娘顿了顿又说："儿啊，这可能是娘给你做的最后一顿饭了。"

我终于忍不住哭出了声："娘啊，你别说了，儿子不孝，不能给你养老送终了。我走了你就下山去，好好照顾俺爹和咱家……"

俺娘走过来，用她的手抹去我的泪，双手抱住我，把脸贴在我的胸口上。

我发现，当我用木板绑住双腿的关节，站起来的时候，俺娘显得有些矮小，我印象中，她年轻时比现在高出许多。我想，这是我受伤后，我的忧伤、我的病痛和家庭的重担把她的腰压弯了。

阳光跳进莲花寺院子的时候，俺娘催我说："少林寺离咱这儿三十多里地呢，早点走吧。"

　　这时我身边已经有了刘炎卿等几个愿意与我一起修行的人，他们要
与我一起进入少林寺。

　　俺娘和恩姐一起来到山门外，帮我在架子车上铺好褥子，放上枕头，
掖好被角，让我躺舒服了，然后她俩分别拉拉我的手，说着保重之类的话，
示意我可以走了。

　　车轮转动，我离开了莲花寺。回头望着俺娘，见她抬起手朝我挥了挥，
脸上仿佛挂着浅浅的微笑，但仔细一看，她眼里满满的都是泪。

　　恩姐也哭成了泪人。

　　毕竟我们仨相依为命七年之久。

　　这两个女人是我此生无以回报的恩人。

　　远远地，我听见俺娘最后的告别："连福，我等着你呢——"

第十九章

告别

我到少林寺那一年36岁。进寺当日，我剃度出家，法名延佛。

我那时正是精力充沛、脑子好用的时候，除了协助行正法师管理账目，剩下的时间都用于研读佛经。我每天早上4点起床，用手撑着木架子"走"两小时，然后上早课。早课之后，就开始打算盘、记账，把各种事情理出一个头绪，然后一条一条向行正法师报告。行正法师说："延佛，我相信你，因为你说的都是实话。"事务性的工作一结束，我就开始读经，自己觉得长进很大。

俺娘离开莲花寺，回到了马庄。
恩姐到登封中岳庙，皈依为女道士，法名智贤。
不久，恩姐回到莲花寺做了庙主。

转眼三年过去。
马庄人的日子好起来了，习惯于挨饿的农民开始发愁粮食卖不出去怎么办，饥饿这个魔鬼终于被赶跑了。
俺娘还是闲不住，整天操持家务。我的三女儿松枝那时6岁，是个喜欢疯跑疯闹的小丫头，性格有点像男孩，专爱上树，不爱梳头，因为她的头发都"锈"在头上，梳头会很疼。所以她一看奶奶拿着梳子过来，扭头就围着院子跑，奶奶只能迈着小脚在后边追。奶奶追不上松枝，但不耽误她发表议论："松枝你这孩子阳气特别重，你说你要是个男孩多好，我也不用给你梳头了。"

如果松枝被奶奶抓住，强行按着给她梳头，她就会大哭着抗议。奶奶说："你哭吧，你哭一声山上的鬼就下到半山腰，哭两声鬼下到山脚下，哭第三声鬼就到你跟前了。"

小孩子怕鬼，松枝的哭声立刻就收住了。

虽然不缺吃的了，可是家里还是缺钱，松枝穿的衣裳多数都是姐姐们剩下的，老大穿完老二穿，老二穿完老三穿，从来没有穿过新衣裳，更没有穿过裙子。有一天，松枝看到同村的小姑娘穿了一件紫罗兰颜色的裙子，回家非让赵慧芳给她买。赵慧芳手里没钱，没答应。松枝赌气把自己关在屋里哭了半天，还拿起一块砖把自家的窗户砸了。

俺娘不明白松枝怎么气性这么大，一问才知道，松枝上学时老被一个小女孩骂，说她是穷光蛋，就知道拾别人的衣裳穿。

俺娘给赵慧芳说："咱再穷，今儿也得叫松枝穿上裙子。"

两人凑了几元钱，去城里扯了布，比着别人的样式，给松枝做了一条紫色的裙子。

在俺娘看来，这是捍卫家族的尊严。

俺娘对人特别亲，俺家附近的小孩子们还是像我们小时候一样，晚上会跑到俺家的炕上，有躺有卧，听俺娘讲故事。每当这时，我二爷的孙子尚文善就有些心酸。他一直跟俺家住一个院，当兵复员回来后，媳妇小产了两次，一直没有生出孩子。俺娘心里着急，对文善说："你让你媳妇按我说的办，求子不难。"俺娘以"血痨散"为主方，又加配了几味中药，给文善媳妇开药方调理，然后带他们去老母洞向观音老母求子。俺娘当初向观音老母求子得了我这个儿子，至今她对这个方法深信不疑。尚文善说："婶子，俺当兵的不兴这一套，让俺媳妇自己去吧。"俺娘很严肃地对他说："我这几天做梦老梦见一杆枪对着恁家的窗户，咱得镇镇邪。"不由分说，带着两人就进山了。

说来也怪，不知是药物调理的作用，还是心理暗示的作用，尚文善媳妇这次怀孕后没出任何意外，顺利地生下一个大胖小子。我记得那孩子从出生一直长到12岁，脖子里都系着一根红绳。

1986年3月11日，是农历的二月初二，这一天，是中国民间传统节日"春耕节"，也是民间传说龙抬头的日子。龙是祥瑞之物，是和风化雨的主宰。春雨贵如油的时节，人们祈望龙抬头兴云作雨，滋润万物。

因为过节，俺娘天不明就起身给全家包了饺子，好让孙女们吃了去上学。

饺子下锅，伺候一家人吃完，俺娘才端起饭碗。

赵慧芳说："娘，吃罢饭赶紧歇歇，别太累了。"

只听俺娘"嗯"了一声就不言语了。她手里的碗翻了过来，碗还在手里握着，饺子却洒了一地。她的头沉重地垂在桌边，人却没有倒，还在那里稳稳地坐着。

再喊她，已不能应声。

前一天，我在少林寺心情烦躁，隐隐约约感觉有什么事情会发生。黎明时我做了一个梦，一只白鹤呼扇着翅膀，发出很大的响声，从我头顶飞了过去。我睡不着了，爬起身扶着木架子来到少林寺大门外的路上，边"走"边张望。

几个小和尚路过，双手合十："师父，你在这里等谁？"

"不等谁，出家之人，无人可等。"

可是，潜意识中，我的确是在等什么。

果然，不一会儿，路的那头咚咚咚地开来了一辆手扶拖拉机，到近处一看，是马庄的尚忠州。

尚忠州连车都没下，他掉了个头说："哥，我是来接你回家的，俺婶子不中啦。"

我的头"嗡"的一声，原来我这几日心烦，是俺娘想叫我回去呀。

我二话不说，叫了两个徒弟，坐在手扶拖拉机的车斗里赶回了马庄。

一进屋，看见俺爹、赵慧芳和几个亲戚围着俺娘，面色沉重。俺娘脸朝上在炕上躺着，眼睛似开似合。看到我，她的眼皮动了几下，但什么也说不出来。我过去摸她的手，手还是热的，再探呼吸，也有，只是非常微弱。

我回头招呼尚忠州和徒弟："快来抬人，送县医院。"

俺爹说："连福，别花冤枉钱啦，恁娘不中啦。"

几个亲戚也说，可能一会儿就咽气了。

俺娘的家族有高血压病史，俺姥爷、大舅、二舅，还有几个姨都死于脑溢血。俺爹知道这些事，也知道这病的凶险程度。

我突然对着俺爹吼道："俺娘就是真不中了我也得拉她去医院，我必须把她救回来。"

四周突然静下来，所有的人都不再说话。我指挥人把俺娘抬上车，送到了县医院。

娘住进医院后，就再也没有睁过眼。那时，县医院还做不了开颅手术，医生看了B超结果后说："从病人的检查结果看，脑出血面积比较大，出血量也比较多，如果现在把病人往郑州送，可能路上就没命了，只能先输上液，吸上氧，降压止血，看情况再决定下一步怎么办。"

然后，他直接开了一张病危通知，上面写着"患者生命体征微弱，随时可能因病情变化引发呼吸心跳停止"。

我虽然在病危通知上签了字，但我不愿相信这个事实。我觉得俺娘命硬，兴许能扛过去，逃过这一劫。

那天夜间，我坐在轮椅上，守在俺娘身边。我一直握着她的手，轻声跟她说话，试图让她醒过来，哪怕睁开眼再看我一眼也好。

俺娘冰凉的手在我的手心里渐渐有了温度，她的脉搏也快了一点，从每分钟 40 多次跳到了 70 次。她的眼皮微微颤动，好像要努力睁开的样子，但过了一会儿，她的眼终于没有睁开，好像又睡过去了。

俺娘待字闺中之时，读书写字，学习女红，一双手纤细如葱，巧妙秀美。嫁入尚家之后，辛苦劳作 40 余年，这双手如今变得骨骼宽大，皮肤粗糙，老茧如蚕。

这双手不说话，却把俺娘一辈子的艰难都文刻在自己身上。

这双手不作假，它把俺娘对我的所有疼爱点滴不漏地表达出来，没有这份爱，我无论如何也活不下去。

这双手不饶人，它曾经狠狠地打过我的屁股和脊梁，教我学会做人。

这双手很有力气，它轻轻一"挟"，就能把瘫痪的我从炕上挪到凳子上。

这双手布满皱纹，在我看来却温润如玉。

俺娘的手无声无息地沉默着，不能感知亲人的痛与爱。但是，只要我的手不离开，我与俺娘的连接就牢不可破。

我的泪大颗大颗地滴在俺娘的手上，我把这温热的液体用指尖涂在她的皮肤上，想用这无奈、无力的馈赠让俺娘知道我在她身边。

我想，俺娘还没有看到我的志业与成功，一定心有不甘。

俺娘的呼吸、脉搏再次加快，嘴唇开始轻轻地翕动。

我大声喊起来："娘，娘，我是连福，我是连福呀，恁老人家再睁眼看看我吧。你不是说要等我吗，你不能不等我就走啊娘。"

俺娘的这番努力又没有成功。

她一向是心想事成的人，也许她坚信自己不会死，还在做最后的努力。

一个护士跑过来制止我："病房里保持安静，不要影响别人休息。"

俺娘在县医院住了七天。

第七天早上，俺娘的输液针扎不进去了，吸氧也吸不了了。

俺娘的身体还是热的，像她过去睡在我身边一样。

但是，她已经往生了。

这一天是 1986 年 3 月 18 日，农历二月初九。

我双手合十，为俺娘诵念佛经："言行忠信，表里相应。人能自度，转相拯济。至心求愿，积累善本。虽一世精进勤苦，须臾间耳。后生无量寿国，快乐无极。永拔生死之本，无复苦恼之患。寿千万劫，自在随意。"

虽然佛说的都是真理，但我还是把头埋在俺娘的怀里，无法抑制地啜泣起来。

在登封，家里如有亲人亡故，要由子女或儿媳等直系亲属为其洗脸、洗脚、擦身、理发或梳头。寿衣要穿三层：内衣、单衣和大袄。俺娘按风俗穿的是红裤、绿袄，戴黑色金丝绒帽。头饰换成了新的银簪，脚下是白袜黑棉鞋。

这些东西，多数都是俺娘生前备下的，她已有预感，只是不曾向任何人说起。

俺娘被移到堂屋搭好的草铺上。黄表纸盖脸，麻线绳拴脚，嘴含红绳拴好的"衔口钱"，意为让老人家安息。草铺多是用秆草竖着铺成的，登封人讲究草铺"生是横铺，死是竖铺"，大约是送亲人出门的意思吧。

铺前要放置供桌，供桌上有一只引魂鸡和各种供品，还有一盏名为"长明灯"的油灯。

然后就要报丧。子女要随即向亲友报告亲人亡故的消息及丧期、葬期等有关事情，也有派人去送讣文的。

亲友接到讣告后，必须及时携礼前来奔丧、吊丧，礼品是果品点心、挽联挽幛，临到家时要"望乡而哭"，到家后要到灵前跪叩、哭悼，直到有人劝慰才止。灵柩之下放有瓦盒，旁边有纸钱、火柴，吊丧者进门要跪叩、烧纸，长者则可以免跪。

我作为孝子，按照习俗要披麻戴孝。白布九尺，做成丧服；头戴缀有两个棉花球的孝帽，腰系麻绳；鞋上要覆盖白布，父母双亡者，鞋全白，还有一位老人在世的，鞋是半白。

前来吊丧的人特别多，我不能跪迎客人，只能托侄子尚银权代替。

三天之后，灵棚搭起，俺娘的棺木也送来了，上面有一个大大的"寿"字。

我大声哭喊了三声"娘"，告诉她可以放心走了。

俺娘入殓了，四周响起了一片哭声。

两个唢呐班子起劲地吹奏起了《哭皇天》，忧伤的曲调更让人悲从中来。

俺娘出殡那天，十几个举幡人举着白纸条做成的"招魂幡"走到前面，送葬的亲友挂着缠了白纸条的"哀杖"跟在后面。让我没有想到的是，方圆十几里一些非亲非故的人都赶来送别，送葬的队伍足足排了二里多长，许多人痛哭失声。

那一刻，村中的大槐树正在蓬蓬勃勃地长出茂密的新叶，一些纸钱纷纷扬扬落在绿叶丛中，又悄然滑向地面。我大爷爷尚明登打出的那口水井之中，水面突然升高了许多。

俺娘葬在了嵩山的少室山下，面前是平坦的山间平原，背后是一片松林。

头三天，亲友们提水桶、面汤、水饺每天上坟哭祭俺娘，然后每隔七天上坟哭祭一次。到了"五七"之后，人们改为每年上坟一次。

待亲友们都离去之后，我在俺娘的坟前搭起了一个草庵，要为娘结庵守墓100天。

俺娘中风时我不在她身边，这是我心里永远的痛。

黄花爬满坟茔，我住草庵守灵。
夜枕松涛入眠，听到俺娘说话。

俺娘此生一天福都没有享过，我对她没有丝毫的报答，这是我心里永远解不开的结。

俺娘没有看到我日后发心救助受苦人、捐资助学、弘扬孝道的作为，这是我心里永远的遗憾。

我一生中的每个危急时刻，俺娘都会奇迹般地出现，把我从生死边缘拖拽回来，而我在她最需要的时候，却无影无踪。虽然我知道俺娘不会因此而抱怨我，但我自己却迈不过去这道坎。

西方人有一个说法：一个人会出生两次，第一次是作为婴儿来到世上；第二次是通过恋爱和结婚，用爱的力量去疗愈自己童年的创伤，然后通过爱的力量重新组建家庭。

对我来说，我也出生了两次：第一次是作为婴儿来到世上；第二次是通过"涅槃"疗愈严重伤残的肉体与精神，再次回到人间。而我这两次出生，都是通过俺娘获得的。

俺娘给了我两次生命，我却无以回报。

我心难安，我心愧疚，我心泣血。

我要在这里陪伴俺娘还未远去的灵魂，跟她对话，给她安慰，也让我的痛苦能够平复。

中国古代儒家提出的守孝时间是 27 个月，因为母亲用母乳哺育孩子要 27 个月。在守孝期内谢绝应酬，不得应考、婚嫁，现任官则要离职。

孔夫子认为，守丧三年并不是礼的要求，而是个人之仁心的要求。君子在父母去世的时候，只有痛哭悲伤，内心才会安宁。

我闭门谢客，每天除了徒弟刘炎卿过来送饭和打扫卫生外，其他人一概不见。

我每天为俺娘诵读经文，超度她的灵魂。

孝道是世间善法，佛法是出世间法。孝道是做人的根本，如果连尽孝都做不到，学佛是学不好的。

佛说："凡人事天地鬼神，不如孝其亲，孝亲最神也。"

佛说："一切男子是我父，一切女人是我母。我生生无不从之受生。故六道众生，皆是我父母。"

佛说："世间悲母，念子无比，恩及未形，始自受胎，经于十月，行住坐卧，受诸苦恼，非口所宣。虽得欲乐、饮食、衣服而不生爱，忧念之心恒无休息。但自思惟：将欲生产渐受诸苦，昼夜愁恼。若产难时，如百千刃竞来屠割，遂致无常；若无苦恼，诸亲眷属喜乐无尽，犹如贫女得如意珠。其子发声如闻音乐，以母胸臆而为寝处，左右膝上常为游履。于胸臆中出甘露泉，长养之恩，弥于普天；怜愍之德，广大无比。世间所高，莫过山岳，悲母之恩，逾于须弥。世间之重，大地为先；悲母之恩，亦过于彼！"

佛说："母有十德：一名大地，于母胎中为所依故；二名能生，经历众苦而能生故；三名能正，恒以母手理五根故；四名养育，随四时宜能长养故；五名智者，能以方便生智慧故；六名庄严，以妙璎珞而严饰故；七名安隐，以母怀抱为止息故；八名教授，善巧方便导引子故；九名教诫，以善言辞离众恶故；十名与业，能以家业付嘱子故。善男子！于诸世间，何者最富？何者最贫？悲母在堂名之为富；悲母不在名之为贫；悲母在时名为日中，悲母死时名为日没；悲母在时名为月明，悲母亡时名为暗夜。是故汝等勤加修习孝养父母，若人供佛福等无异，应当如是报父母恩。"

佛说："亲之生子，怀抱十月，身为重病，临生之日，母危父怖，其情难言；既生之后，推干卧湿，精诚之至，血化为乳，摩饰澡浴，衣食教诏，礼赂师友，重贡君长，子颜和悦，亲亦欣豫，子设惨戚，亲心焦枯。出门爱念，入则存之。心怀惕惕，惧其不善。亲恩如此，当何以报。"

1986 年 6 月 18 日，天空万里无云，山间松涛和清泉的水声一阵一阵此起彼伏。不远处的水库之中，一只青蛙鼓着肚子跳上田田的莲叶呱呱地叫着，一群黑色的鱼苗在粉色的莲花下飞快地钻来钻去，几只辣椒一样火红的蜻蜓用尾巴点着水在产卵。

夏天来了。

俺娘的坟上，已经生出青草和黄色的小花。

我无法下跪，只能爬到俺娘的坟前，燃三炷香，以头触地，向她告别。

"娘，我走了，你想我了，就托个梦给我，我会来看你。"

埋葬俺娘的地方，距离马庄不远，距离少林寺也不远，我相信，俺娘会经常来看我。在世界的那一端，但愿她不会再有那么多的苦痛与劳累。

冥冥之中，我以为俺娘会给我说点什么，可是我什么也没有听到。

四周寂静无人，只有温热的风声浅浅地唱。

我拂去额上的尘土，抬起头，一只大鸟正从头顶飞快地掠过。

我想起一句话："生存的延绵不是一个长度问题，而是一个深度和密度的问题。"

尾声

俺娘的离开，切断了我与凡尘最后的联系。

献身慈悲的志业成为我生命中的唯一。

我不是为了"让尘世的人记住自己"而奋斗，而是为了让更多人解脱痛苦而生活。

我回到少林寺后不到一年，我的恩师永山和行正方丈先后圆寂，让人不胜唏嘘。

行正方丈圆寂之前，对我说了一番话："延佛，登封城北玉柱峰下的法王寺是中国第一菩提道场，可惜现在香火断绝，成了一堆废墟。我早就发心要重兴法王寺，可惜年老体衰，诸事繁杂，一直没能如愿。你赤手空拳建起了莲花寺，不知是否有意重兴法王寺？"

我双手合十对行正方丈说："延佛愿去。"

安排完恩师永山和行正方丈的后事，我带着恒升、恒莲、恒禅、恒戈几个徒弟来到了法王寺。

法王寺果然破败不堪，大殿三座，座座露天，里面除了荒草和牛粪，什么也没有。两边的厢房，一边是牛圈，一边是放羊人和砍柴人做饭的地方，黑得什么也看不见。

我们席地而居，开始了新一轮的艰难日子。

历史上的法王寺声名显赫。

　　它是中国最早的佛寺，建于公元 71 年，比洛阳白马寺晚三年，比少林寺早 424 年，距今已有 1900 多年的历史。

　　清代景日昣的《说嵩》记载，公元 65 年，东汉皇帝刘庄听说西域有神，其名曰佛，就派人去西天取经。两年后，使臣带着佛经和印度高僧摄摩腾来到了驿站鸿胪寺。因摄摩腾用一匹白马驮着佛经，鸿胪寺改名为白马寺。中国的寺院由此起源。但是，白马寺人来车往，不适合做学问，摄摩腾到嵩山创立了法王寺。法王寺虽然比白马寺晚建三年，但就正统的寺院而言，法王寺才是中国最早的佛寺。

　　法王寺内甬道两侧，有两株树龄千年以上的银杏树，高 18 米，围 4 米以上。树叶茂密葱绿，犹如大伞遮掩。寺内现存有 6 座宝塔，其中最引人注目的是一座高 37.5 米的密檐式舍利塔，另有单层唐塔 3 座、元塔和清塔各 1 座。

　　法王寺最有名的传说是关于禅宗祖师达摩和二祖慧可的故事。

　　达摩大约于公元 6 世纪初来到少林寺修行，他听说有个叫神光的僧人在法王寺讲经说法，竟出现了"天花乱坠、地涌金莲"的殊胜境界，于是达摩就前去听神光说法。神光讲罢，达摩上前问道："法师在此作甚？"

　　"讲经。"

　　"讲经作甚？"

　　"救人了生死。"

　　达摩笑道："你讲这经，好比纸上画饼，只能看，不能吃，怎能使众生脱离苦海，了却生死？"

　　神光词穷，恼羞成怒，便用铁念珠击打达摩，击落了达摩的两颗牙齿。达摩忍痛拂袖而去。

　　达摩刚走，神光得知他打的是竟然是心目中的大师，十分懊悔，赤足追赶达摩到了其面壁的山洞，请求传授"了生死"的佛法真谛。然而，达摩根本不予理会。

　　神光在达摩的洞口整整站了 16 天。十二月初九，天降大雪，神光坚立不动，直到积雪过膝。达摩心中有些怜悯："你久立雪中，当求何事？"

　　神光流着泪说："唯愿和尚慈悲，告诉我涅槃的真理，以度众生。"

　　达摩说："佛所开示的真理，必须不辞勤苦地修行，行常人所不能行，忍常人所不能忍，方可证得。岂能是小德小智、轻心慢心的人所能证得？若以小德小智、轻心慢心来希求一乘大法，只能是痴人说梦，不会有结果的。"

　　神光为了表达自己求法的决心，暗中拿起锋利的刀，砍断了自己的左臂，顿时鲜血染红了雪地。

　　天降红雪，达摩被神光的虔诚感动，将神光的名字改为慧可，并把"不著文字，明心见性"的禅宗真谛传给了他。

　　慧可开悟后，继续留在达摩身边达六年之久，成为禅宗的二祖。

　　法王寺在公元9世纪遇到了劫难。唐武宗李炎笃信道教，道士赵归真鼓动说，现如今全国佛教势力泛滥，已经是一种不稳定因素，且损害国库收入，这种情况再也不能继续下去了。李炎点头称是，遂于公元845年下令拆毁全国佛寺4万余所，还俗僧尼26万余人、奴婢约15万人，没收大量寺院土地。法王寺的一方碑文记载了在这次法难中为了保护佛骨舍利，两位高僧将其移藏于宝塔地宫的故事。

　　公元9世纪之后，法王寺进入了漫长的衰落期。虽然在宋、元、明、清四朝中都有高僧重修过这个寺院，但都难现往日盛况。

　　我和徒弟们白手起家，经过11年的努力，先后募资数亿元，将法王寺建成了一座拥有山门、厢房、金刚殿、大雄宝殿、西方圣人殿、地藏殿等七进院落，占地面积达2000亩的宏大寺院。其中卧佛殿供奉的佛陀涅槃白玉雕像，身长7米有余，重达18吨，系我1996年从缅甸请回。

　　感谢这个时代，法王寺的建设始终得到国家和政府的支持。最初，法王寺没有电，也没有像样的路，除了拖拉机和越野车以外，任何车都上不去。省政府拨款五十万元，修路架线，让法王寺有了电、有了柏油路。

　　1996年9月9日，我升任法王寺方丈。

　　2001年，法王寺被国务院公布为全国文物重点保护单位。

2008 年 9 月，我与企业家李留法联手在河南鲁山县建造的世界最高大佛——"中原大佛"开光面世。大佛总高 208 米，身高 108 米，莲花座高 20 米，金刚座高 25 米，须弥座高 55 米，由国家非物质文化遗产技艺传承人、福建省工艺美术大师林胜标设计制作。整体佛像铸造用铜 3300 千克、黄金 108 千克、特殊钢 15000 余吨，表面积为 11300 平方米，通过焊接 13300 块铜板而成。中国佛教协会会长一诚长老、台湾佛光山开山宗长星云大师、香港佛教联合会会长觉光长老等两岸三地 108 位高僧大德共同为大佛开光。

大佛开光前，大雨连降三天三夜，直到开光的前一刻，突然乌云散尽，金乌垂天，朱辉散射，玉宇澄明。只见那金佛在阳光下熠熠生辉，首接祥云，高欲擎天。我望着面容慈祥安宁的大佛，想到了俺娘微笑的面孔，想到了我当初梦到的那个擎天巨人，不禁泪飞如雨。

恩姐做了莲花寺的庙主，但不幸的是她患了老年痴呆症，开始病情不严重，还能认出我，也能处理一些简单的事。在她去世前两年，她女儿罹患癌症，医院让准备后事。恩姐让人用架子车拉着她来到了法王寺，她走到我跟前，扑通一声跪倒在地。恩姐瘦了，腿力似乎承受不住身体的重量，双膝重重地砸在了石板上。

我心疼得要死，慌得推着轮椅去拉她："恩姐，你这是弄啥？折煞我了。"

她说："连福，你得救我的女儿。我愿拿我的命换我女儿的命，你想想办法，你不答应我就不起来。"

我十分为难，因为这超出了我的能力，但我又不能不答应："恩姐，你赶紧起来。你的大恩我这一辈子也报不完，你求我的事，岂有不办之理？只是怕事办不好，对不住你。"

"你只要下手救她就中，别的我不管。"

我把恩姐送走，将她的女儿安置在寺内的寮房中，尽我所能给予诊治。一年后，恩姐的女儿康复回家，而恩姐的病却加重了。也许是恩姐的诚意感动了上苍，用她的命，换回了女儿的命。

我让人把我抬到莲花寺，与恩姐告别。

法王寺全貌 张建斌摄

恩姐平躺在床，瘦得一把骨头，连我也不认识了。

恩姐说过，我就是谁都不认识了，也不会不认识连福。可是现在，她一个劲地问："你是谁呀？"

我拉起她的手，叫了一声姐，眼泪就下来了。

恩姐在我眼里，既像一奶同胞的亲姐，又似呵护备至的母亲；既像相亲相爱的恋人，又是大恩大德的恩人。而如今，我还没有来得及报恩，她就要走了。

我忽然领悟到，所有的恩情都是报不了的，无论是谁。恩情不过是让你牢牢记在心间的一份高贵、一份慈悲、一份付出。恩情是无言的慈与爱，而慈与爱是从来不要报答的。如果你能懂得这些，就把自己变得更好吧。

生死如幻象，死亡不过是下次轮回的开始，但我还是忍不住面对恩姐时的忧伤。

……

恩姐葬于莲花寺后的山坡上。坟旁，是她照顾我多年的窑洞，还有几块她耕种过的碧绿的菜地和兴建寺院时剩下的砖瓦。

每次去看望俺娘时，我都忘不了给恩姐烧烧纸。

恩姐的丈夫老张另娶了夫人，恩姐的弟弟和女儿的生活，一直由我照顾。

在我难耐严寒之时为我送去草帘子的康莲晚年多病，我一直照顾她30多年，尽养老送终之责。康莲于2015年圆寂之后，我把她80多岁的丈夫何泉林接到了广东隐贤寺养老，每月接济他数千元生活费。

危难之时一直不忘给我送馍送面的刘爱莲随我在法王寺出家，法名恒静。她负责法王寺斋堂的事务，至今已经70多岁，身体健康。

我的父亲尚根有于2012年去世，临终前他要求不要与俺娘葬在一起。我听从了他的意愿，将他葬于尚氏祖坟。

我的三个女儿都已长大成人，各自成婚。因为拆迁，马庄的寨墙和俺家的房子都已不复存在，赵慧芳离开了马庄，搬到登封城里居住。

我的女儿希望我与赵慧芳和解，她们说："你能度天下人，为啥就不能度俺妈？俺妈那时候多不容易，风里雨里养活一家老小，恪守妇道，作风正派，活了一辈子没有人敢说半句闲话。"

我承认，女儿说得对，我应该大度，应该宽容，不计前嫌，忘却恩怨。但是那些刻骨铭心的真相真的会被遗忘？那些苦难经历中的思考真的会烟消云散？如果这一切真的被忘川冲洗得干干净净，那怎么会有高僧们记录下来的受苦受难的经历，怎么会有高僧们忍辱忍耻的教诲？

唐代高僧寒山和拾得有一段经典对话。寒山问拾得曰："世间有人谤我、欺我、辱我、笑我、轻我、贱我、恶我、骗我，如何处治乎？"拾得曰："只是忍他、让他、由他、避他、耐他、敬他、不要理他，再待几年你且看他。"寒山云："还有甚诀可以躲得？"拾得云："我曾看过弥勒菩萨偈，你且听我念偈曰：老拙穿衲袄，淡饭腹中饱，补破好遮寒，万事随缘了。有人骂老拙，老拙只说好；有人打老拙，老拙自睡倒；涕唾在面上，随他自干了，我也省力气，他也无烦恼，这样波罗蜜，便是妙中宝。"

"唾面自干"是一种处世态度，或者是生存智慧，但不是忘却。

我可以不再怨恨，但绝不是和解；我可以宽恕，但绝不会接纳。

多年以来，我对俺娘善行天下、孝敬为先的教诲不敢忘怀。从20世纪90年代开始，我发起成立了助残中心和慈善基金会，先后向残疾人、贫困大学生、孤寡老人、地震灾区、希望小学捐款捐物合计三千二百万元。法王寺从2003年开始，发起了全国十大孝贤评选活动，至今已经举办了十三届。

莲花寺内，恩姐生前把俺娘的形象安放在十三老母的一侧，供奉起来。我想俺娘了，我就会去那里坐一会儿，拜一拜。

青烟缭绕，香气弥漫，我双手合十，定睛望去，俺娘从云雾中穿行而来。她神态安详，目光慈爱，怀里揣着一件东西，她很小心地呵护着，想让这东西千年不朽、万年不坏。

我问："娘，你怀里揣的是啥？"

俺娘说："儿啊，是慈悲。"

/ 附录 /

俺娘和我收集整理的中医验方

　　七年的修行治病生活中，俺娘和我收集整理了一些治病的民间土方和中医验方，这些药方在民间传播了至少有几百年了，有几个方子是俺娘家的祖传秘方。这些药方有些与现代医学的道理和观点并不相符，但能流传到今天也许有它的理由。我把它们记录在这里，也算是保留了中国民间的一份文化遗产吧。

外科疾病

　　1. 烧伤及烫伤，鲜活蚯蚓数条，洗净捣烂为泥敷伤处数日即愈。

　　2. 米醋外涂烧伤处可立即止痛。

　　3. 大麦烧黑研末香油调和涂伤处可治烫伤。

　　4. 冻伤，冬麦苗煎汤洗患处每日两次，如有冻烂处用麦苗在瓦上焙黄研末敷患处。

　　5. 创伤出血，韭菜、陈石灰各半，捣为泥敷伤处即可止血。

　　6. 扭伤，生姜捣烂为泥敷伤处数日即愈。

7. 接骨，断骨处扶正固定，活土元七个，研汁白酒送下。如没有活土元，干土元一两研末白酒送下，分早晚两次服，七天断骨可接好。

8. 棍伤，热豆腐敷伤处，豆腐变黑即换。

9. 跌打伤筋，韭菜一把，捣烂敷伤处数次即愈。

10. 猫咬伤或抓伤，薄荷叶捣烂取汁涂伤处。

11. 狗咬伤，养狗人家的筷子一根烧灰研末香油调和敷伤处。也可将杏仁口嚼烂敷伤处。

12. 马咬伤溃烂，马苋菜一把，煎汤每日三次饮服，外用打马的鞭子烧成灰涂伤处。

13. 虎咬伤或抓伤，蚕豆叶捣烂敷伤处。

14. 蜈蚣咬伤，生鲜公鸡血涂伤处或独头大蒜捣烂敷伤处。

15. 毒蛇咬伤，七叶一枝花、野韭菜、指甲花各一把，捣烂取汁服下，药渣外敷。

16. 猪咬伤，龟板、沙炙黄研末香油调和擦伤处。

17. 蝎子蜇，鲜桐树二层皮，外贴伤处用布包好痛即止。

18. 痔疮出血，鲜无花果嫩叶捣碎塞入肛门，数日即愈。

19. 乳痛，鲜蒲公英一把煎汤口服，再用鲜蒲公英一把洗净捣烂敷患处。

20. 腮腺炎，大青叶一两，板兰根一两，夏枯草八钱，水煎服一日两次，患处用鲜蒲公英一把捣烂外敷。

21. 褥疮、恶疮、皮癌、骨癌，取朱砂、神砂、硼砂、火硝、食盐、白矾、黑矾、雄黄、水银置于铁锅内炙烤，上盖一只碗，取下碗底上结晶的药面，涂于患处。

内科疾病

22. 预防流行性感冒，铁器烧红好米醋洒上熏屋，清茶经常服用。

23. 感冒久治不愈，旱莲草汤内服一日三次。

24. 流感，大蒜含服，咽下液汁直到无味后吐掉再含，每日三至六瓣。

25. 糖尿病，鲜仙人掌捣烂取汁内服，每日三次每次一茶杯，每一个月为一疗程。

26. 肝腹水，陈年葫芦瓢一个，十年以上的最好，水煎服早晚各一次，轻者三日，重者七日。

27. 咳嗽，鸡脑子七个、豆腐半斤、白糖半斤，一起放砂锅内煎服，每日早午饭前、晚饭后服，每次三汤匙。

28. 冬寒咳嗽，核桃仁、冰糖煎熬成浓汤饮服。

29. 热咳嗽，梨切块与冰糖同放砂锅中加水熬成浓汤，食梨喝汤每日三次。

30. 气管炎，红茶沏苦茶放蜂蜜经常服用。

31. 脑震荡，冬日积雪煮开沏茶喝。

32. 肺结核，野兔子一只、黄花鱼三条，收拾干净一起加入作料及盐放入砂锅煮熟食用，同时，白公鸡血用黄酒冲服。

33. 痢疾，鲜马苋菜一把、山楂二两，水煎服一日三次。

34. 咽喉肿痛，鲜山豆根嘴嚼咽下汁液。

35. 音哑久治不愈，栗木炭烧红放入凉水中，放少许白糖喝下，每日三次。

36. 小便不通，白萝卜籽一两，炒香开水送下。或冬瓜籽一两加水煎汤每日早晚两次温服。或鲜黑鱼一条、独头大蒜九个放入砂锅中煮熟不加作料和盐，随意吃。

37. 膀胱炎，核桃仁捣烂开水服，早晚各七个核桃仁。

38. 全身浮肿，两斤鲤鱼一条、陈皮二两，一起放入砂锅煮熟吃肉喝汤，早晚空腹吃喝。

39. 高血压，桃胶、杏胶适量，水煮成汤日服三次。或莲藕洗净切成厚片，把绿豆装入藕眼中少放白糖放入笼中蒸熟随意吃。或蚕豆花晒干和龙井茶一起泡，随意喝。

40. 白内障，菠菜叶一两，水煎服每日早晚各一次，一月为一疗程，轻则一疗程，重则三疗程，间隔三天。

41. 误吞银针，活青蛙眼睛一对用冷水吞服，其针两头穿入蛙眼从口中吐出。

42. 误吞金银，红枣煮熟大量吃，吞物顺大便即下。

43. 传染性肝炎，甜瓜蒂三钱、菌陈一两、大枣七个，分两次早晚饭后服。

44. 肝炎，马蹬草、阴沉草、山药、大枣，煎服。鸡蛋三个，只吃鸡蛋清，不吃蛋黄。逐步加量。

后

记

　　这是一部根据延佛大师的讲述写出的自传体纪实小说。小说中的部分人物，采用了化名。

　　在小说的写作过程中，登封马庄、张庄、书院村的乡亲侯文宾、尚广德、尚银权、尚文善、耿莲荣等人多次接受了作者的采访，并为写作提供了大量的素材；河南省民俗学会常务理事、河南省作协会员、登封民间文艺家协会副主席冯铭鑫，登封民俗专家、登封民间文艺家协会副主席冯昶富，向作者介绍了相关的民间风俗文化与知识；延佛大师的弟子恒门、恒静、恒帅、恒旺、恒果、刘炎卿、李玉枝、岳巧云、周巧伦、妙渡也提供了非常宝贵的第一手资料。在此向上述人士深表谢意。

　　在小说写作过程中，作者参考或引用的图书和资料有：《登封县志》（明嘉靖八年本，登封县县志办公室重印），《马庄村志》《尚氏族谱》（尚才仁主编），《登封县志》（登封县地方志编纂委员会编，主编郭明智，河南人民出版社 1990 年出版），《登封市志》（登封市地方志编纂委员会编，主编吕宏军，中州古籍出版社 2008 年出版），《悟通真佛》（郑旺盛著，河南文艺出版社 2007 年 5 月出版）。在此谨致谢忱。

作者

2017 年 4 月 18 日于北京

图书在版编目（CIP）数据

俺娘/张林著 .—长沙:湖南文艺出版社，2017.9
ISBN 978-7-5404-8261-9

Ⅰ.① 俺… Ⅱ.① 张… Ⅲ.① 传记文学–中国–当代 Ⅳ.① I25

中国版本图书馆 CIP 数据核字（2017）第 187986 号

上架建议：名家经典·文学

AN NIANG

俺娘

著　者：张　林
出 版 人：曾赛丰
责任编辑：薛　健　刘诗哲
特约策划：李　荡　妙　渡
插　图：裴　曼
摄　影：张建斌　王小吾　王洪涛
装帧设计：潘雪琴
出版发行：湖南文艺出版社
　　　　　（长沙市雨花区东二环一段 508 号　邮编：410014）
网　　址：www.hnwy.net
印　　刷：北京中科印刷有限公司
经　　销：新华书店
开　　本：880mm × 1230mm　1/32
字　　数：290 千字
印　　张：11.25
版　　次：2017 年 9 月第 1 版
印　　次：2017 年 9 月第 1 次印刷
书　　号：ISBN 978-7-5404-8261-9
定　　价：46.00 元

质量监督电话：010-59096394
团购电话：010-59320018